—————— 阅读之前 没有真相

午 夜 文 库

酒店女仆
The Maid

[加]妮塔·普洛斯 著
拾九 译

新 星 出 版 社　NEW STAR PRESS

目录

1	序章
5	星期一
75	星期二
121	星期三
165	星期四
273	星期五
281	几个月后
297	尾声

序章

我是一名酒店女仆，负责帮你清理房间。当你在外游荡时，我悄声潜入。你不在乎身后的凌乱，不在乎我会看见什么。

　　我帮你倾倒垃圾，取走你不愿被人发现的小票。我为你更换床单，知道你昨晚睡在哪里、是否有人陪伴。我整理你的鞋子，在门口码放整齐。我拍松你的枕头，摘掉上面的落发。是你的头发吗？不太像。当你喝得烂醉，弄脏了马桶盖（甚至更糟）的时候，是我在帮你善后。

　　待我结束工作，你的房间整洁如新。床铺松软、干净，摆着四个蓬松的枕头，仿佛从未有人在上面躺过。你留下的灰尘和污渍都被吸尘器消灭殆尽。光洁的镜面照出你无辜的脸庞，仿佛你从未造访此处，仿佛一切谎言和罪恶都被抹去。

　　我是一名酒店女仆，我如此了解你。但是你呢？你了解我吗？

星期一

1

我知道,我的名字很好笑。在我开始现在的工作之前倒是还好,但是四年前我入职了丽晶大酒店,成了这里的女仆,于是一切都变了。

我叫莫莉。女仆莫莉(Molly Maid)读起来很押韵,像在讲笑话一样。在成为女仆之前,莫莉只是个普通名字,是我妈妈起的。她很久以前抛下了我,我也对她毫无印象。我对她的认识止步于几张照片和外婆讲的故事。外婆说,妈妈觉得这个名字很可爱——叫莫莉的女孩有着圆圆的脸蛋,梳着高高的马尾。到头来,这两样我哪个都不沾。我有一头直顺的黑发,梳成简单利落的波波头,头发从中间(而且是正中间)分开,垂到脸颊两侧。我喜欢简单和简洁的东西。

我的颧骨很高,肤色有些苍白,就像我铺的床单。奇怪的是,有时人们也会称赞我的容貌。每天,我为精品五星酒店——丽晶大酒店尊贵的客人们打扫二十余个房间,旨在"为顾客提供具有现代特色的高雅服务"。

我从未想过自己能加入这样的高级酒店。也许其他人不这么觉得,因为在他们眼中女仆是个卑微的职业。人们憧憬做医生、律师或者富有的房地产大亨,但我不是。我做梦都不敢相信自己真的在这儿工作,每天睡醒都要先掐自己一下。没错。尤其在外婆去世之后。没了她，家就不再是家，我们住的那间公寓也失去了色彩。但只要我走进丽晶大酒店，世界又会变得光彩夺目。

当我抚上闪亮的黄铜扶手、踏着绯红的地毯一路走向门口宏伟的廊柱时，我就像是走进《绿野仙踪》的桃乐丝。我穿过透亮的旋转门，看见玻璃反射出自己的倒影，黑色的头发和苍白的皮肤依旧，但是一丝红润回到了面颊上，我再次找到了生活的动力。

进入大堂后我总会驻足欣赏一番。这个地方永远一尘不染，永远崭新，不会随着时间的流逝而褪色，每天都与前一天相同。前台和接待处在左侧，黑曜石柜台旁的接待员穿着企鹅一样的黑白制服。当然，还有宽阔的大堂本身。大堂的形状像一只马蹄铁，地上铺着洁白的意大利大理石，一直延伸到二楼的露台。露台是新艺术时期风格，围栏锃亮，铜质的蛇身浮雕盘绕而上，嘴里衔住金色的球形把手。客人经常靠在那里休息，手搭在栏杆上，欣赏楼下繁忙的景象：行李员拉着箱子穿过人群，顾客坐在奢华的扶手椅中休息，情侣躺在祖母绿的双人沙发上，将秘密藏进厚厚的天鹅绒坐垫中。

但我最爱的还是这里的气味。每天开始工作的时候，我都会深吸一口气，闻着女式香水高雅的花香、皮质躺椅厚重的麝香，还有地板清洁剂淡淡的柠檬清香。那是生活的味道。

每天来上班，我就像活过来了一样。我变成了酒店的一部分，融入这个壮观的建筑物，成为它设计中的一环。一个庞大的艺术品中独特而不可或缺的零件。

外婆曾说："如果你热爱自己的工作，就不会觉得工作很累。"她说得没错。每天的工作对我来说都是一种享受。我生来就是做这行的。我喜欢打扫卫生，喜欢我的小推车，还有我的女仆制服。

在我看来，没有什么能比得上每天早晨装备齐全的女仆推车。生活的富足和美好都被浓缩到可以用手推着走的大小：包装精美的橙花味香皂，迷你魁柏翠香波，精致的茶托，长方形的抽纸盒，崭新未拆封的卷纸，雪白的毛巾分成三摞——浴巾、手巾和面巾。当然，还有各种清洁用品。其中包括一支羽毛掸子，柠檬味家具抛光剂，带着淡淡香味的除菌垃圾袋，以及众多喷雾罐，装满了消毒剂和各类溶剂。它们排列整齐，时刻准备与顽固污渍做斗争。无论是咖啡印、呕吐物，还是血迹，都能擦得干干净净。装备齐全的女仆推车就是移动的清洁奇迹，令人赏心悦目。

当然，还有我的制服。如果非要我在推车和制服里选一个，我肯定选不出来。在酒店里，女仆制服就是最佳的隐形衣。在丽晶大酒店，制服每天都会送到洗衣房干洗。洗衣房位于酒店深处潮湿而隐蔽的走廊中，就在我们的更衣室隔壁。每天来上班的时候，洗好的制服就挂在我的储物柜门上，包在塑料薄膜里，上面附有一张字条，写着我的名字。

每天早上看到制服挂在那里，干净、平整、崭新，闻起来像是室内泳池或者刚刚裁好的纸张，我就会感到心情愉悦。新的制服意味着新的开始，一切过往都被清洗一空。

制服就像我的第二层皮肤，每当我穿上它，我就再次变得完整。我们的制服不像《唐顿庄园》那么古板，也不像《花花公子》那么花哨。白色衬衫搭配贴身的黑色弹力直筒裙，方便活动。穿好制服后，我就会变得更有自信，知道什么时候该说什么话、做什么事，至少大部分时候都是如此。脱下它会让我有种暴露在空气中的不适感。

其实我很不擅长社交。社交就像一个复杂的游戏，其他人都谙熟规则,我却总像是第一次玩的新手。更令人沮丧的是,我总在重复同样的错误。有时我想称赞一个人,却说了冒犯的话;有时我会误解对方的肢体语言,说出不合时宜的话。当然了,外婆会教我该怎么办。她告诉我,人们微笑不一定是因为开心,还可能是觉得滑稽。有时候一个人明明想揍你,却会跟你道谢。外婆会说,我的社交技巧正在逐步精进。她会说:"你每天都有新的进步。"但如今她不在了,我又开始迷失方向。

以前每天下班,我都会带着一堆问题回家。"外婆,我回来了!"我说,"番茄酱真的能擦铜器吗?还是盐和醋更保险一点?真的会有人喝茶配奶油吗?外婆,他们今天为什么叫我'伦巴'?"

但是现在,打开门之后再也没有外婆的声音。"亲爱的莫莉,我来解释给你听。"或者"你先坐好,我沏杯茶,咱们慢慢聊"。曾经温馨的两居室如今空荡荡的,死气沉沉,就像洞穴、棺木,或者坟地。

可能也正是因为我这种不善交际的性格,才没人邀请我去参加聚会。显然,我不擅长聊天,会让场面陷入尴尬。有传闻说我没有同龄的朋友,说得一点也没错。我不光没有同龄朋友,其他朋友也没几个。

但只要我穿上制服,就能融入人群,变成酒店装潢的一部分,就像走廊和房间里贴的黑白墙纸。只要我闭上嘴,我就可以是任何人。就算我一天内在你面前经过十次,你也不一定能在警察局把我指认出来。

我刚刚过了二十五岁生日。"整整四分之一个世纪!"外婆会说,当然她没有这么说,因为她已经死了。

对,死了。为什么要用别的说法呢?她没有像一阵拂过石楠花的清风那样"逝去"。九个月前她死了，死得并不祥和。

她死后的第二天，风和日丽，天朗气清。我照常去工作。酒店经理亚历山大·斯诺先生看到我很惊讶。他看起来有点像一只猫头鹰，一张方脸上架着大大的玳瑁眼镜，日渐稀疏的头发向后梳起。酒店里的人都不怎么喜欢他。不过就像外婆说的那样，别人的看法不重要，重要的是自己怎么想。我觉得很对，我们要有自己的判断，不能人云亦云。

"莫莉，你怎么来了？"他问我，"我听普莱斯顿先生说你的祖母去世了，真遗憾。我已经找人给你替班了，我以为你会想休息一天。"

"你为什么会这么想，斯诺先生？"我问，"随便猜测别人的想法，只会让双方看起来都像傻瓜一样。"

斯诺先生的表情就像刚刚吞了一只老鼠。"请节哀顺变。你确定不用休息吗？"

"死的是我外婆，又不是我。"我说，"她常说：生命不息，奋斗不止。"

他瞪大了眼睛，也许是因为惊讶？我永远搞不懂，为什么人们会觉得真相比谎言更令人震惊。

不过，斯诺先生终于还是答应了："那就请随意吧，莫莉。"

几分钟后，我和往常一样在地下一层的更衣室穿制服。就算外婆死了，或者其他什么人死了，都不能阻止我上班。

也确实有另一个人死了，只不过不是在家，而是在酒店。

没错。今天上班的时候，我发现一个客人死在了床上。是布莱克先生，那个传说中的布莱克先生。除此之外，这是极其普通的一天。

我觉得很有趣，一次简单的突发事件就可以改变人的记忆方式。一般情况下，我对工作日的印象总是含混不清。哪天、在哪儿做了什么，在三楼和四楼倒掉的垃圾是什么，我总是记不清楚。有的时候我很确定自己打扫的是四一〇号房间，可以从窗户看到西侧的街道，实际上却是在酒店的另一端，东侧的四三〇号房间，和四一〇号正好是一对镜像。但如果此时发生意外事件，比如发现布莱克先生死在自己房间的床上，这一天的记忆就会变得无比清晰，从繁杂的背景中脱颖而出。变得令人记忆犹新，独一无二。

就像今天。下午三点，我快要收工的时候就发生了上述意外事件。当时我已经打扫完其他所有房间，包括布莱克夫妇在四楼的豪华套房。我回来只是为了帮他们清洁浴室。

我来了两次，并不是因为我在偷懒，或者没安排好工作。我会对每一个房间进行全方位的清洁。当我离开的时候，屋内总是纤尘不染，没有一处褶皱，也不留一丝污垢。外婆说过：整洁是神圣的。这也成了我的生活准则。我从不走捷径，总会彻底打扫每个角落。一枚指纹、一点污渍都不会留下。

我今早没能打扫浴室就离开并不是因为偷懒。恰恰相反，我离开是因为那时浴室里有人。布莱克夫人——也就是吉赛尔女士——在我来之后不久就进去洗澡了。经她同意，我进屋清理其余房间。她洗了很久，久到水蒸气都开始从门缝弥漫出来。

吉赛尔·布莱克是查尔斯·布莱克的第二任妻子，两人是丽晶大酒店的常客。这里的员工都认得他们，甚至说全国的人都认得他们也不为过。布莱克先生每个月都会来酒店住一个星期，为了处理房地产上的事务。他是有名的企业家，是人们常说的"商业巨头"。他和夫人经常出现在报刊的社会版面上。报道上常说布莱克先生是只"银狐狸"①，可惜他既不是狐狸，也不是银色。吉赛尔则经常被描述成"年轻貌美的名媛"。

我觉得这些报道是在夸她，外婆却不同意。当我问为什么的时候，她只说：字面含义并不重要，重要的是潜台词。

布莱克夫妇结婚两年，并不是很久。丽晶大酒店很荣幸能够接待如此尊贵的客人。有这样的顾客入住，也会为酒店带来声望，吸引更多的客人前来，我也就不会失业。

大约二十三个月之前，我和外婆在金融区散步。她给我指出了哪些大楼属于布莱克先生。在那之前我并不知道他拥有四分之一座城市，但确实如此。只可惜，死人是无法拥有财产的。

"丽晶大酒店不是他名下的。"布莱克先生还活着的时候，斯诺先生这样告诉过我。说完这句话，他还轻哼了一声。那声音很奇怪，我至今搞不明白是什么意思。而我之所以很喜欢现任布莱克夫人——吉赛尔女士，就是因为她说话很直白，而且不使用拟声词。

今早我第一次进入布莱克夫妇的套房时，对房间进行了彻底的清洁。当然，除了浴室，因为吉赛尔在里面。她看起来不太开心。我进屋时发现她眼圈泛红，还有点肿。是过敏吗？还是因为伤心？但她没有闲聊，我进屋后她很快就走进了浴室，狠狠地关上了门。

我没有多想，迅速投入工作。我工作时聚精会神，非常专注。当一切处理妥当之后，我拿着一盒抽纸站在浴室门外，告诉她："您的房间已清扫完毕！我稍后会回来打扫浴室！"

---

①常用来形容幽默风趣的成功中年男性。

"好的!"吉赛尔回道,"老天!你不用喊这么大声!"

当她终于从浴室中出来时,我把抽纸递给她,以防她的过敏或情绪还未消退。我本以为她会说两句,因为她往常都很健谈,但她很快就回到卧室去穿衣服了。

我离开套房,开始打扫四楼的其他房间。我拍松枕头、擦亮镜面,去除墙壁和墙纸上的污渍,收好脏床单和毛巾,并对浴室进行彻底消毒。

打扫进行到一半的时候,我抽空将推车推回地下室,把两大袋脏床单和毛巾丢在洗衣房。地下室本就逼仄,洗衣房的强光和低矮的天花板更是雪上加霜。不过卸下沉重的换洗床单,我还是倍感轻松。回到走廊时,我步伐轻盈了许多,只是身上被弄得有些潮湿。

我决定去拜访一下胡安·曼努埃尔。他是厨房的洗碗工。我熟练地穿过迷宫般的走廊,左转,右转,左转,右转,就像一只实验室里的小老鼠。当我推开后厨大门时,胡安停下手头的工作,帮我倒了一杯冰水,我十分感激。

简单聊了几句之后,我离开了厨房,在客房服务中心补充了干净的床单和毛巾。接着,我去到空气更加清新的二楼,开始新的一轮打扫。奇怪的是,我领到的小费数额发生了变化,不过这个回头再说。

打扫完二楼,我看了看表。时间大概是下午三点。我该回四楼打扫布莱克夫妇的房间了。我在门外停顿片刻,想看看里面有没有人。我按规定敲门询问,并喊道:"客房服务!"无人应答。于是我掏出万能门卡,刷开了套房的门,将小推车也拉进来。

"布莱克先生?布莱克夫人?请问我可以继续打扫了吗?我

很希望能帮您二位把房间恢复到完美状态。"

没有回应。显然,夫妇二人出去了。不过这样更好,我可以在不被打扰的情况下完成清洁工作。我关上房门,看了看客房——并非我离开时完美无瑕的样子。窗帘被拉起,遮住了后面巨大的落地窗。玻璃茶几上散落着被打翻的小瓶威士忌,是从迷你吧台拿出来的。旁边是半空的平底玻璃杯,一支雪茄躺在附近。被团皱的餐巾落在地上,沙发上还留有人坐过的凹陷。早上我来的时候,吉赛尔的黄色手包在玄关的桌子上,现在已经不见,她应该是出去了。

女仆的工作永无止境。我将沙发坐垫拆下来拍松,放回坐垫后,我再次用手抚平表面,确保没有一丝褶皱。在清理桌面之前,我决定先看看其他房间。因为我似乎又要从头开始打扫了。

我走向套房深处的卧室,门是打开的,一条洁白的酒店浴袍落在门外的地板上。从这个角度看去,我能看见衣柜门是打开的,就像我早上离开时一样。因为当时衣柜里的保险柜开着,柜门关不上。我立刻发现,保险柜里的东西大多还在。但那件早上让我十分惊讶的东西不见了。从某种意义上说,也是谢天谢地。我不再看保险柜,而是小心跨过门口的浴袍,进入了房间。

然后,我看见了。布莱克先生。他穿着双排扣西装,和我前不久在走廊里见到时一样。但是他胸前口袋里的纸张不见了。他平躺在床上,面对天花板。床单乱得不成样子,仿佛他在床上辗转反侧许久才平静下来。他脑后枕着一个(而不是两个)枕头。另外两个枕头就在他身旁,第四个枕头不知所终。但我早上铺床的时候,确实铺好了四个枕头。细节决定一切。

布莱克先生没有穿鞋,鞋子在房间的另一头。我印象清晰,因为鞋尖分别指向东西两侧。职业病迫使我将鞋子摆正,把乱成一团的鞋带抚平之后才离开房间。

当然，面对眼前这幅景象，我的第一反应并不是布莱克先生死了。我只觉得他是喝了太多酒，现在睡得正香。但仔细观察之后，我发现房间有些怪异。布莱克先生左边的床头柜上有一瓶打开的药。我知道那是吉赛尔的药，瓶身里是小小的蓝色药片，一些撒在桌面上，一些落在地板上，还有一些被碾碎，变成粉末蹭进地毯的缝隙中。这样的污渍必须用高功率吸尘器才能消灭，事后还要用上地毯清新剂才能完美化解危机。

进屋后发现客人正在睡觉——这样的情况并不常见。不如说，很遗憾的是，另一种更尴尬的情况反倒更常见。大部分打算睡觉或进行其他私人活动的人，都能礼貌地在门口挂上"请勿打扰"的标牌。如果被我打扰，他们往往都会大喊一声以示存在，但布莱克先生没有这么做。他没有让我"滚蛋"，就像他以往会做的那样，反之，他依然睡得很沉。

也正是这个时候，我意识到自从进入这间房后，并没有听到他的鼾声。我确实认识一些睡得很沉的人，比如我的外婆。但是睡得再沉，也不可能完全放弃呼吸。

我认为有必要看看布莱克先生，以确保他没出意外。这当然也是酒店女仆的职责。我上前一步，仔细观察他的面部，这时我才发现他的肤色变得多么灰暗，整个人都有些浮肿，而且看起来……非常不妙。

我小心地靠近一些，走到床边，俯身查看。他的皱纹都僵在了脸上，嘴部向下咧开，看起来心情不佳（但这对布莱克先生来说绝非罕见）。他的眼部周围有奇怪的痕迹，像红紫色的针孔。这时，我脑中警铃大作，我终于意识到，事态比我想的要严重得多。

我伸手拍了拍他的肩膀，他的身体冰冷又僵硬，就像一件家具。我把手放在他的口鼻前，希望能够感受到呼吸，但是，什么都没有。

"不，不，不……"

我将两根手指放在他的脖颈处检查脉搏，没有心跳。我抓住他的肩膀摇晃起来："先生！先生！快醒醒！"现在想来，这个行为很愚蠢，但当时我无法相信布莱克先生竟然死了。

我放开手的时候，他倒在了床上。头部轻轻撞上了床板。我从床边退开，自己的双手同样僵在两侧。

我冲回床头柜附近，那里有一部电话，然后拨通了前台的号码。

"您好，这里是丽晶大酒店，请问您需要什么帮助？"

"你好，"我说，"我不是住客，我一般不会打这个电话。我是莫莉，女仆莫莉。我在套房里，四〇一号房间，我遇到了突发情况，非常紧急。"

"你为什么打给前台？你去打客房服务的电话。"

"我就是客房服务！"我抬高了音量，"求求你了，请你通知斯诺先生，有一位客人……失去了生命体征。"

"生命体征？"

所以你看，直白的说法总是最好的。但当时我真的晕头转向。

"他死了。"我说，"死在床上。请立刻给斯诺先生打电话，通知紧急中心，拜托了！"

然后我挂断了电话。说实话，接下来发生的事情就像做梦一样。我急得心脏在胸口怦怦直跳，房间就像希区柯克的电影一样扭曲起来。我手上都是汗，放下话筒的时候几乎没能拿住。

然后，我抬起头来。眼前的墙上有一面镶着复古金框的镜子,镜子反射出我惊慌失措的脸,还有我之前未能注意到的一切。

头晕变得更严重了,整间屋子的地板都倾斜起来,就像是在游乐园。我把手放在胸口,想要使擂鼓般的心跳平息下来,但是没有用。

"明明就在那里,却没人能看到"——这种事情比你想得更常见。这也是我当酒店女仆学到的一点:你可以对某件事或某个系统而言非常重要,但还是会被忽视。女仆是这样,其他事情也是如此。至少现在,这句话真实得令人胆寒。

不久后我就晕倒了。我眼前发黑,倒在了地上。当现实世界变得令人难以承受的时候,我就会昏倒。

而现在,我坐在斯诺先生豪华的办公室里,双手颤抖。我的神经很紧张。虽然该发生的都已经发生了,过去也不可能被改变,但我还是忍不住发抖。

我回想起外婆的秘诀。每当我们看电影害怕到不行的时候,她就会拿起遥控器,点击快进。"好了,"她说,"结局都已经写好了,咱们没必要为这种事情折磨自己。该发生的总会发生。"电影确实是这样,现实生活则不然。在现实生活中,你的行为会改变结果。最后是悲是喜,是失望还是满足,是对还是错,选择权都在你自己。

不过,外婆的秘诀还是有用的。我将脑海中的记忆快进,然后适时停下。很快就不再发抖。记忆中的我还在套房里,但已经离开了卧室,站在正门前。我冲回卧室,再次拿起电话打给前台,强硬地要求与斯诺先生通话。当我听到他的声音在电话那端响起的时候,清晰地将现状描述了出来。

"我是莫莉。布莱克先生死了。我在他的房间里。请立刻打电话给急救中心。"

大概十三分钟后,斯诺先生带着一小队医疗人员和警察进来了。他带我出去,像拉小孩一样拽着我的肘部。

现在,我坐在他办公室里一张吱呀作响的皮椅中。办公室就在大堂附近。斯诺先生大概一个小时前离开,让我在这里等他回来。我一只手捧着茶,另一只手拿着饼干。我不记得是谁拿给我的了。我将茶杯靠近嘴边,杯子温热,但是不烫,是适宜的温度。我的双手微微颤抖,这杯完美的茶是谁沏的呢?是斯诺先生?还是后厨的人?也许是胡安?也有可能是酒吧的罗德尼。如果真的是罗德尼帮我沏了这杯完美的茶,该有多好。

我看向茶杯:杯子是陶瓷的,粉色的玫瑰和绿色的藤蔓点缀其上。忽然间,我开始抑制不住对外婆的思念。

我咬了一口饼干,感受它在我的齿间碎开。饼干很脆,有淡淡的香味和黄油的味道,很好吃。而且很甜,非常甜。

2

我独自待在斯诺先生的办公室里。不得不说，我很担心：我的清扫工作进度落后，小费也没有领完。放在往常，这时我早就打扫完至少一整层的房间。我很担心其他女仆会怎么想，她们可能要帮我收拾残局。已经过去了这么久，斯诺先生还没回来找我，我努力抑制住内心涌起的恐慌。

然后我发现，回顾今天发生的事情可以平复心情。于是我开始回想自己是如何度过这一天，又是如何发现布莱克先生死在四〇一号房间里的。

总的来说，这是十分普通的一天。早上，我从旋转大门进入酒店。其实酒店规定员工应该从侧门进入，但很少有人这么做，我自己也乐于打破这项规定。

我喜欢大门前的黄铜扶手和红色阶梯，喜欢厚厚的地毯被踩在脚下的触感，还喜欢和门口的普莱斯顿先生打招呼。

普莱斯顿先生是丽晶大酒店的门卫，他穿着长风衣制服，头戴礼帽，制服上镶着金色的酒店标志。他已经在这里工作二十多年了。

"早上好，普莱斯顿先生。"

"莫莉，早上好。祝你周一愉快，孩子。"他抬起帽檐向我致敬。

"您最近去见女儿了吗?"

"当然了,我们周日一起吃了晚餐。她明天就要出庭辩论了!真是不可思议,我家小女孩竟然要站在法官面前据理力争。要是玛丽也能看到这一幕该有多好。"

"您肯定很自豪吧!"

"那是自然。"

十年前,普莱斯顿先生的妻子去世了,但他一直没有再婚。当人们问起原因时,他总会回答:"我的心属于玛丽。"

他是个值得尊敬的人,言出必行,从不耍小心思。我有说过自己很讨厌骗子吗?我觉得全世界的骗子都该被扔进流沙里淹死。但普莱斯顿先生绝不是那样的人。我想,他大概就是人们说的那种"理想的父亲"。不过我在这个话题上没有什么发言权,因为我没有爸爸。用外婆的话说,父母都在我"还是块小饼干"的时候就双双消失了。后来我才知道,那大概是在我六个月到一岁之间。也是在那时,外婆把我带回了家,我们变成了快乐的一家人。外婆和我,我和外婆,直到死亡将我们分开。

普莱斯顿先生让我想起外婆,他们也确实互相认识。虽然我不清楚两人是如何结识的,但可以确定的是,我的外婆和普莱斯顿先生,还有他的妻子玛丽(愿她安息)关系都很亲密。

我喜欢普莱斯顿先生,因为他会让你不禁想要好好表现。在一家高档酒店当门卫,往往能看到许多东西。比如,商人背着远在千里之外的妻子和年轻性感的情人寻欢作乐,烂醉如泥的摇滚明星将迎宾台当成了尿壶,或者年轻貌美的布莱克夫人(第二任)冲出酒店,睫毛膏被眼泪晕开,挂在脸上。

当然,如果你没有被体面的普莱斯顿先生感动,自觉规范自己的行为,他就会采取一些其他手段来达成目的。我听说曾经有个摇滚明星屡教不改，惹怒了普莱斯顿先生，他便把消息透露给狗仔队。记者们蜂拥而至，那个明星再也没有入住过丽晶大酒店。

"这是真的吗，普莱斯顿先生？"我问道，"真的是你把记者叫来的吗？"

"永远不要问一位绅士做过或是没做过什么。因为如果他是一名真正的绅士，那他一定有自己的理由，同样，一位真正的绅士也会三缄其口，绝不大肆张扬。"

普莱斯顿先生就是这样的人。

早上和普莱斯顿先生打过招呼后，我便快步穿过大堂，冲入迷宫一般的地下室。弯弯绕绕的走廊通往厨房、洗衣房，还有我最爱的客房服务总部。虽然这里与华丽二字相去甚远，没有黄铜扶手，也没有大理石或天鹅绒，但这是我的地盘。

和往常一样，我穿上干净的女仆制服，去查看推车是否已经准备妥当，却发现并没有。我毫不意外，因为昨晚当班的人是我的上司——切莉尔·格林。大家在背后都叫她"切尔诺贝利"。不过，她并非来自切尔诺贝利，她甚至都不是俄罗斯人。她和我一样，一辈子都生活在这座城市里。虽然我不喜欢切莉尔，但我也不会喊她（或者任何人）的外号。外婆曾说："己所不欲，勿施于人。"我也一直是这样做的。我长这么大，被取过很多个外号，所以我知道那句俗语应该反过来说才对。语言比棍棒更伤人。

切莉尔虽然是我的上司，但这并不意味着她比我优秀。毕竟，定义一个人的依据并非其职业和地位，而是其行为。切莉尔很邋遢，而且懒散，总想走捷径。她走路的时候总是拖拖拉拉。我甚至看到过她在清理客房的时候，用擦马桶的毛巾擦洗脸池。你敢相信吗？

"你在干什么?"我发现她这样做的时候问,"这样不卫生。"

她耸耸肩:"他们给的小费太少了,我要教训他们一下。"

这句话毫无逻辑可言。顾客怎么可能知道女仆长刚刚在他们的水池上散布了肉眼不可见的排泄物颗粒?如果他们不知道的话,又怎么可能学到教训,多给点小费呢?

当我把切莉尔做的事情告诉外婆时,她的评价是:"低级得就像松鼠屁股。"

今天早上我看到推车的时候,里面全是用过的湿抹布、脏兮兮的浴巾,还有前一天打开用过的香皂。告诉你:换作我的话,我肯定会好好享受整理推车的过程。

我花了一些时间重整装备,这时切莉尔才刚刚来上班。和往常一样,她又迟到了。她拖着沉重的脚步走过来,让我不禁怀疑她是不是又紧急跑去顶楼"优先清理"了一轮。她会抢先我一步去顶楼套房拿走最大额的小费,只给我留几个硬币。我知道她会这么做,却没办法证明。她是一个小偷,还不是罗宾汉那种类型。罗宾汉劫富济贫,她则不是。她偷东西只为一个理由:损人利己。所以她是一只寄生虫,而不是一个英雄。

我心不在焉地和切莉尔打了招呼,然后和桑莎恩、桑妮塔两人问好。她们今天和我一起当班。桑莎恩来自菲律宾。

"你为什么会叫桑莎恩[①]?"我第一次见到她的时候问。

"因为我笑起来很阳光。"她一只手插在腰间,另一只手挥舞了一下羽毛掸子说道。

确实,我能看出二者的相似之处——桑莎恩和阳光。桑莎恩给人一种明亮的感觉,很健谈,客人们都爱她。而来自斯里兰卡

[①]桑莎恩的英文是 Sunshine,意思是阳光。

的桑妮塔则完全相反,她几乎不说话。

有一次和桑妮塔一起当值的时候,我向她搭话:"早上好,你今天怎么样?"

她只是点了点头,发出了一两个肯定的音节,再无其他。不过我对此倒是适应良好。因为她干活手脚利索,从不懒散拖延,所以合作起来十分愉快。我对其他女仆的评判标准也是如此:只要她们工作干得好,其他的都不重要。说到这里我就不得不提——桑莎恩和桑妮塔都知道该怎样把房间打扫得一尘不染,对此,我只有无限敬意。

整理好推车之后,我穿过走廊到厨房去看胡安·曼努埃尔。他是我的同事。胡安总能让人心情愉快,而且保持着同事之间得体的距离。我把推车留在厨房门外,透过玻璃向内看去。他就站在巨大的洗碗机旁边,正在把盘子摆上支架。其他人也在忙自己的事情,端着银色的食物托盘、新鲜出炉的三层蛋糕,或者其他罪恶的美食四处奔走。胡安的上司不在,我趁机溜了进去,悄然穿过厨房来到他身边。

"你好!"我招呼道,也许音量超出了常规范围。但机器的噪声太大,我不希望被盖过去。

胡安吓了一跳,转身看向我:"老天,你吓到我了。"

"现在方便吗?"我问。

"嗯。"他把手在围裙上擦了擦,然后跑到水池旁拿了一只玻璃杯,倒了一杯冰水递给我。

"谢谢。"我接过水杯。如果说地下室只是"暖和"的话,厨房里简直就是火炉。我真的无法想象在这样的环境里工作,胡安到底是怎么做到的?在难以忍受的闷热中站上一整天,清理吃了一半的食物残渣。那么多垃圾,那么多细菌。我每天都来看他,每天都必须强迫自己无视这一点。

"你的房间钥匙我拿来了,三〇八号房。客人走得比较早。我现在去打扫,这样你需要的时候就能用了。可以吗?"自从听罗德尼说过胡安的惨状后,这一年来我每天都会带钥匙来偷偷塞给他。

"太感谢了。"胡安说。

"直到明早九点应该都没事。九点之后切莉尔就来了。虽然她不负责打扫那层房间,但你永远说不准她会去哪儿。"

大概就在这个时候,我发现了他手腕上的伤。

"这是怎么了?"我问,"是烧伤吗?"

"哦!是的,我不小心烫到了,在洗碗机那里,对。"

"听起来是个安全隐患。"我说,"斯诺先生对这类问题十分重视。你应该告诉他,请人来看看机器。"

"哦,不用,不用的。"胡安回道,"是我不小心,把手放到了不该放的地方。"

"好吧,"我说,"不过你要注意安全。"

"我会的。"他答道。

他这么说的时候避开了我的目光。胡安平时不会这样,所以我猜他是在为自己的失误感到尴尬,于是换了话题。

"你家人最近好吗?"我问。

"妈妈昨天发了这个给我。"他从围裙里掏出手机,翻出一张照片。他家人住在北墨西哥,父亲两年前去世,家里很缺钱,所以胡安总会寄钱回去补贴家用。他有四个妹妹,两个弟弟,六个姑妈,七个叔父,还有一个外甥。胡安是大哥,和我年龄差不多。照片里,那个大家族的成员围坐在一张塑料桌前,露出笑容看着镜头。胡安的妈妈坐在中间,骄傲地举起一大盘烤肉。

"这就是我来这里,来这间厨房、这个国家的原因——让家人能在周末吃上一顿肉。我妈妈肯定也会喜欢你的,莫莉。我和妈妈都很会看人,好人还是坏人,一看就知道。"他指着照片里的妈妈,"看!她总是这样笑着,总是——"

他眼中出现了泪光。我有些茫然无措。我不想看他的家族照片。每次他给我看,我都会觉得胃里有种奇怪的感觉。就像是不小心把客人的耳环弄掉了,掉进黑漆漆的下水道。

"我该走了。"我说,"今天要打扫二十一间房。"

"好的,好的。很高兴你能来看我,莫莉。待会儿见。"

我冲出厨房,回到安静、明亮的走廊,回到我整洁有序的推车旁,瞬间感觉好多了。

现在,该去苏谢尔酒吧了。这是酒店自己的简餐酒吧,罗德尼就在那里上班。罗德尼·斯泰尔斯是首席调酒师。他有一头浓密的卷发,白色的衬衫领口总是解开几颗扣子,露出完美的皮肤。好吧,是几乎完美——因为他的胸骨附近有一块伤疤。总之,最关键的是,他并不是一个体毛旺盛的人。我始终不太理解女士们对体毛的喜爱。我并不是对体毛有什么偏见,但如果我喜欢的男性浑身是毛,那我一定会先帮他剃得干干净净,收拾得整整齐齐。

不过我还没机会实践这一想法。我只谈过一个男朋友,他叫威尔伯。虽然他体毛并不旺盛,但是他伤透了我的心。他是一个骗子,还背叛了我。所以从这个层面上看,体毛并不是世界上最糟糕的东西。

我深吸了一口气,把威尔伯赶出脑海。幸运的是,我可以像清理房间一样清理脑内的想法。然后我又想起了布莱克先生,想起了他冰冷皮肤的触感。

我喝了一口茶,茶已经变冷了。我继续回想早上的事情,回想起所有的细节……我刚才说到哪里了?

哦,是的。胡安·曼努埃尔。离开厨房之后,我推车进入电梯,来到大堂。电梯门打开的时候,陈先生和陈太太就站在那里。和布莱克夫妇一样,他们也是常客。两人来自台湾。我听说陈先生是做纺织生意的,夫人总是和他一起出行。她此时穿一条酒红色长裙,点缀着精致的黑色蕾丝。这两位客人总是彬彬有礼,而礼仪正是我最欣赏的品德之一。

他们马上就认出了我,很少有客人能做到这一点。他们甚至在进电梯之前让开了一条路,方便我推着车通过。

"陈先生,陈太太,感谢二位一直以来的支持与光顾。"

斯诺先生说过,和客人打招呼时要以姓名相称,像对待家人一样对待他们。

"哪里,应该是我们谢谢你,总是帮忙把房间打扫得那么干净。"陈先生说,"我妻子也说,在这里休息得很好。"

"我都要被你惯坏了,你把什么都打理好了。"陈太太说。

我并不希望成为众人瞩目的焦点。面对夸赞,我往往回以沉默的点头。于是我冲他们点了点头,微微屈膝,说道:"希望二位住得开心。"

夫妇二人走进电梯,门合上了。

大堂并不算繁忙,但也有不少来往的顾客办理入住或退房手续。乍看之下,这里很干净,并不需要额外的清洁。不过偶尔会有客人匆忙之下将报纸留在桌旁,或者打翻咖啡杯,在大理石上留下一团棕黑的污渍。每当我发现类似的危机,都会迅速上前处理。严格来讲,打扫大堂并不在我的职责范围内,但就像斯诺先生说的那样:优秀的员工会打破框架思考。

我把车推到苏谢尔酒吧门口停好,罗德尼就在吧台后面,读一份摊开在台面上的报纸。

我步伐轻快地走进酒吧，想让自己看起来更自信一些。

"我来了。"我说。

他抬眼看了过来："哦，你好，莫莉。你来拿晨报吗？"

"你的猜测百分之百准确。"每天，我都会来拿一摞报纸，在清理客房的时候留一份给客人。

"你看到这个了吗？"他问，指着面前的报纸。罗德尼戴着一只闪亮的劳力士手表。虽然我不怎么执着于品牌，但也知道劳力士很昂贵。这说明斯诺先生一定十分认可罗德尼作为调酒师的能力，并给他发了比普通调酒师更高的工资。

我看了看罗德尼指向的标题：《家庭恩怨撼动布莱克帝国》。

"我可以看看吗？"

"当然。"他把文章转向我。报纸上刊登了几张照片，一张较大的照片上，布莱克先生穿着经典的双排扣西装，正在努力挡开无数凑上前的镜头。吉赛尔在他的臂弯处，打扮时尚优雅，戴着墨镜。看她的衣着，这张照片应该是最近拍的。也许是昨天？

"看起来布莱克家里出了麻烦。"罗德尼说，"女儿维多利亚拥有整个企业百分之四十九的股份，而他想把这些收回来。"

我快速浏览了一遍文章。布莱克家有三个孩子，都已经成年。其中一个儿子住在大西洋城，另一个则是满世界飞来飞去，一会儿在泰国，一会儿又去了维京群岛，总之哪里有派对，哪里就有他的身影。文章中前任布莱克夫人说，这两个儿子都太"轻浮"，而"布莱克家族企业唯一的希望，就是女儿维多利亚"。她说："维多利亚几乎已成为企业的实际运营者，我们必须让她拥有至少一半的股份。"报道继续描述了一些布莱克先生与前妻之间的法律纠纷，同时还举了一些其他大企业的例子，并在最后总结道：两年前布莱克先生的第二次婚姻，也就是与比他年轻许多的吉赛尔结婚这一举动，标志着布莱克帝国的衰落。

"可怜的吉赛尔。"我不由得叹息道。

"是吗？"罗德尼说，"我觉得她不需要别人的同情。"

我忽然想到一个问题："你和吉赛尔熟悉吗？"

罗德尼收起报纸，放回吧台后面，又拿出一沓新的报纸给我。"谁？"

"吉赛尔。布莱克夫人。"我说。

"布莱克先生不让她来酒吧这边，你和她的交流可能都比我多。"

确实如此。这些天来，我总觉得自己似乎与年轻漂亮的吉赛尔·布莱克建立了某种羁绊（也许可以称之为友谊？）。虽然说出来就像是天方夜谭——毕竟，她是臭名昭著的房地产大亨之妻，而我则是毫不起眼的酒店女仆莫莉。不过，我不会对别人提起这些。因为普莱斯顿先生的准则不光适用于绅士，也适用于淑女。我们低调行事，绝不声张。

我等着罗德尼再说两句。我相信自己完美地展现了一个对他有着些许好感，但又游刃有余的单身女性形象。罗德尼先生是一位富有魅力的男性，他身上的古龙水是淡淡的香柠檬味，整个人散发着一种异域的神秘感。

他并没有让我失望，或者说，并没有完全让我失望。

"这是你要的报纸，莫莉。"他倾身向前，两只手臂支在吧台上。考虑到这是吧台而不是餐桌，我对他把手肘放在桌面上的行为暂且不予追究。"对了，莫莉，谢谢你。谢谢你能对我的朋友胡安·曼努埃尔出手相助。你真是一个……非常特别的女孩。"

我脸颊一热，就像是刚被外婆掐过一样，说："你要是遇到麻烦我也会帮忙的，可能还会帮更多。我是说，朋友不是就应该互相帮助吗？"

他握住我的手腕，轻轻捏了一下。这种触感令人十分愉悦。直到此刻我才想起来自己究竟多久没有被人触碰过了。但是他很快就拿开了手，我稍微有些遗憾。我等着他再说点什么，也许可以再次邀请我去约会？我真的很想再和他约一次会。我们的上次约会发生在一年多以前，至今仍是我成人生活的高光时刻。

但是，他什么都没说，转身去做咖啡了。

"你最好也快点上楼，"他说，"不然切尔诺贝利就要开始对你进行轰炸了。"

我笑了一声——其实更像是咳嗽和憋笑的混合体。我是在和罗德尼一起笑，而不是在嘲笑切莉尔，所以应该没事的，对不对？

"和你聊天真的很愉快。"我说，"也许我们改日还能再聊一聊？"

"当然。"他说，"我一整周都在这儿，哈哈。"

"那不是应该的吗？"毕竟他在这里工作。

"开个玩笑。"他轻快地冲我眨了眨眼。

虽然我没听懂他的玩笑，但确实看懂了那个眨眼的含义。我离开酒吧，回到自己的推车前。我很兴奋，甚至能听到自己的心跳声。

我穿过大堂，对遇到的客人点头致意。"礼节需含蓄，尽量融入周围的环境，为顾客提供切实却隐形的服务。"斯诺先生是这么说的，我也正是这么做的。但不得不说，这对我来讲并不困难，因为外婆的教导也是如此。当然了，丽晶大酒店让我得以将这项技巧臻至化境。

乘电梯到四楼的时候，我的脑海中还回响着欢快的乐曲。我走向布莱克夫妇的房间：四〇一号套房。正当我想敲门的时候，门就打开了，布莱克先生冲了出来。他穿着标志性的双排扣西装，胸前的口袋里有一张纸，上面写着"契约"两字。他动作太猛烈，几乎把我撞倒了。

"滚开。"

他经常这样，冲我大喊，或者干脆当我不存在。"非常抱歉，布莱克先生。"我说，"祝您一天愉快。"

我用一只脚挡住了即将合上的门，但还是决定先敲一下门，然后喊道："客房服务！"

吉赛尔穿着浴袍，坐在客厅的卧榻上，头埋在手里。她是在哭吗？我不确定。她长长的深色头发有些凌乱，看到她这个样子让我觉得有点紧张。

"您好，现在方便打扫房间吗？"我问。

吉赛尔抬头看向我，她的面色潮红，眼睛肿起。她从玻璃桌面上抓起手机，站起来，冲进厕所，重重地摔上了门。她打开风扇，嗡嗡的噪音瞬间充斥了整个房间。我记下了这一点，决定待会儿让维修部门来检查一下。紧接着，淋浴声响了起来。

"好吧！"我大声向浴室门喊道，"如果您不介意的话，我就在您用浴室的时候先打扫一下外面！"

没有回复。

"我说，我先清理一下外面！既然您不回答……"

还是没有回音。这完全不像平常的她，以往我来打扫房间时，她总是讲个不停，试图和我聊天。而且很奇怪，和她相处的时候我会觉得很自在，就像和外婆坐在家里的沙发上一样舒适，这对我来说是很少见的。

我再次喊道："我外婆总说，要重振精神最好的办法就是整理房间！你要是难过，就拿起扫把，来吧！"

但是风扇声和水流声太响，她根本听不见我说话。

于是我开始专注打扫，首先是客厅。玻璃桌面上一片狼藉，到处都是污渍和手印。人们脏乱的程度总能让我震惊。我拿起装氨水的瓶子开始工作，努力让桌面再次容光焕发。

我环顾四周，发现窗帘是拉开的。幸好窗户上没有脏手印。门厅的台面上有几封拆开的信件，皱巴巴的信封躺在地板上。我捡起信封，扔进垃圾袋。信件旁是吉赛尔的黄色手包，上面挂着金色的链条。这个包看起来十分昂贵，但吉赛尔总是把它甩来甩去，完全不像是在对待一件珍贵物品。包的拉链打开了，两张机票露了出来。我并不喜欢窥探他人的隐私，但我还是看到了上面的信息：两张飞往开曼群岛的单程机票。这要是我的包，我肯定会拉好拉链，不让贵重物品掉出来。于是我把包整理好，平行放在同样整理好的一沓信件旁，链条也要摆放整齐。

我再次环顾房间——地毯皱成一团，好像有人（布莱克先生，或者吉赛尔，或者两个人一起）在上面来回踱步。我拿起吸尘器，插上插销。

"会有点吵！"我喊道。

我拿着吸尘器，在地毯上画起直线，直到它看起来就像刚刚画好的枯山水。其实我从未见过真正的枯山水，但假期的时候，我会和外婆一起坐在家里的沙发上进行电视旅游。

"我们今天晚上要去哪儿呢？"她会问，"和大卫·爱登堡[①]一起去亚马孙热带雨林，还是和《国家地理》一起去日本？"

[①]大卫·爱登堡（David Attenborough），被认为是有史以来旅行路程最长的人，多年来与BBC的制作团队一起，实地探索过地球上已知的所有生态环境，不仅是一位杰出的自然博物学家，还是勇敢无畏的探险家和旅行家，被世人誉为"世界自然纪录片之父"。

那天我选择了去日本，学到了很多和枯山水有关的知识。当然，这是在外婆生病之前的事了。如今我不再进行电视旅游，因为我负担不起有线电视，甚至奈飞①也买不起。就算我真的有那些钱，外婆不在了，这样做也没有意义。

此时此刻，我坐在斯诺先生的办公室里回想自己的一天。那种奇怪的感觉再次笼罩了我：早上吉赛尔为什么会在浴室里待那么久？仿佛在故意回避和我说话一样。若非如此，她就一定是患上了严重的肠胃疾病。

用吸尘器打扫完客厅后，我走向卧室。床铺十分凌乱，枕头上没有小费，令人大失所望。我必须承认，我来打扫布莱克夫妇的房间，主要是为了丰厚的小费。他们的小费帮我度过了前几个月的困难时期。毕竟家里的收入来源只有我，外婆也没有钱可以付房租。

我把用过的床单撤下，铺好新的。重新铺好的床四角服帖，枕头松软。酒店的标准是提供软硬两种枕头，每种两个，给丈夫和妻子使用。衣柜门微敞，我走过去关门，却发现关不上——因为里面的保险箱也敞开着。保险箱里有一本（而不是两本）护照，一些法律文件，还有几捆崭新的百元现金，至少有五摞。

虽然我不愿意承认，但现在我确实有经济上的困难。说来惭愧，我当时的确被那些现金撩拨了神经，所以我用最快的速度打扫完了房间。我把鞋子码整齐、叠好了椅子上的睡衣，只想快点做完工作，离开这是非之地。

回到客厅后，我给迷你吧和冰箱添置了新的饮品。五瓶迷你孟买蓝宝石金酒不见了（兴许是夫人喝掉了），还缺了三瓶迷你

---

① 奈飞（Netflix），美国会员制流媒体播放平台。

苏格兰威士忌（这是丈夫的品位）。做完这些之后，我清空了所有的垃圾桶。

恰在这时，淋浴的花洒关上了。同样消失的还有风扇的声音。然后，我听到了——吉赛尔的哭声。

她听起来很难过，所以我一边说着"客房已经打扫完毕！"，一边从推车里拿了盒新的纸巾，在浴室外等候。

终于，吉赛尔穿着松软的白色浴袍出来了。我一直很好奇，酒店的浴袍穿起来是什么感觉？一定就像是被包裹在云朵里吧。她的头上也包着浴巾，盘成完美的螺旋形，就像我最爱的那种冰激凌。

我把面巾盒递给她："需要纸巾帮你解决烦恼吗？"

她叹了口气。"你真好，"她说，"但是纸巾解决不了根本的问题。"

她绕过我，走进卧室。我听见了翻衣柜的声音。

"您还好吗？"我问，"需要帮忙？"

"今天不用了，莫莉。我很累，你可以离开了。"

她的声音听起来不太一样。如果瘪掉的轮胎会说话，可能就是这样的。当然了，瘪掉的轮胎并不会说话，除非是在动画片里。很明显，吉赛尔心情不佳。

"好的。"我尽可能欢快地说道，"请问我可以现在打扫浴室吗？"

"不，莫莉。现在不行，抱歉。"

我并不介意。"那我之后再回来打扫？"

"好主意。"她说。

面对夸奖，我屈膝以示感谢，然后就推着小车离开了房间。

我开始打扫这一层的其他房间，与此同时也变得越来越不安。吉赛尔到底怎么了?平时她都会和我说今天要做什么,要去哪里,问我应该穿哪套衣服。她总会说些让人脸红的话。"莫莉,你是独一无二的,你是最好的,永远不要忘记这一点。"听到这些,我的脸会烧得火热。我知道,伴随着每一个善意的字眼,这份热度会渐渐扩散至全身。

而且吉赛尔从来不会忘记给小费。

"偶尔的难过很正常。"我的脑海里响起了外婆的声音,"但如果每天都难过,没有快乐的日子,那就该反思一下自己的生活了。"

我接着去打扫不远处陈先生和陈太太的房间,发现切莉尔正要进去。

"我正想帮你把脏床单运到楼下去呢。"她说。

"不必麻烦,我自己也可以的。"我推着车经过她,"谢谢你的好心。"

我进入房间,任凭房门突兀地在她的怒视下关上。

卧室的枕头上是一张崭新的二十美元纸币。那是我的小费。是对我辛勤付出的感谢,代表他们认可了我的工作,认可了我这个人。

"这才叫好心,切莉尔。"我一边把钱放进口袋,一边大声说道。打扫房间的时候,我想象着自己要对她做的事情。我要把漂白剂洒到她脸上,用浴袍绳子勒死她,把她推下阳台——如果再让我发现她来偷我的小费的话。

3

我听到了脚步声。声音穿过走廊,来到斯诺先生的办公室。我安静地坐在深褐色的皮质沙发上等待。我在这里等了多久?似乎已经过去两个多小时了。虽然我努力用回忆来平复心情,却还是不可避免地紧张起来。终于,斯诺先生走了进来。"莫莉,让你久等了,谢谢你这么有耐心。"

这时我才发现,他身后跟着另一个人。那人穿着深蓝色的衣服——是一位女警官。她身材高大,肩膀宽阔。她的眼神让我很不舒服。人们总是对我视而不见,这个警官却不同。她用一种令人不安的目光直勾勾地盯着我,我手里的茶杯已经凉了,指尖也变得冰凉。

"莫莉,这是斯塔克警探。警探,她就是莫莉·格雷。她发现了布莱克先生。"

我不知该如何面对她。斯诺先生教过我该如何与商人、政客,甚至网红相处,却从来没教过我该如何接待一名警察。所以我只能临场发挥,可以用作参考的也只有《神探可伦坡》。

我站起来才发现自己还端着茶杯,于是走向斯诺先生的红木桌,想要把茶杯放下,却发现桌子上没有杯垫。杯垫在房间的另一侧,和一摞精美的皮质书籍放在一起。整理这些书会很费时间,但一定很愉快。我拿起杯垫,回到斯诺先生的书桌前,端端正正地摆在桌子的一角,然后将镶着玫瑰的茶杯放下,没有洒出一滴冷掉的茶水。

"好了。"我低声说,然后走向警探,迎上她锐利的目光。"您好,警探。"我学着电视上的样子和她打招呼,对她行了一个屈膝礼。

警探看了看斯诺先生,又看了看我。

"你今天真不走运。"她说。我仿佛从她的声音中听出了一丝关心。

"其实也没有那么糟糕。"我说,"我刚刚还在回想,今天其实过得很愉快——直到下午三点左右。"

警探又看了斯诺先生一眼。

"她被吓到了。"斯诺先生说,"还没缓过神来吧。"

也许斯诺先生是对的。因为我忽然很想问他这个问题:"斯诺先生,谢谢你给我的茶和饼干。这些是你准备的吗?还是其他人准备的?我真的很喜欢,可以请问饼干的牌子吗?"

斯诺先生清了清嗓子,说:"是酒店后厨做的,莫莉。如果你喜欢,我改天再给你拿一些。但是现在,我们有更要紧的事情要讨论。斯塔克警探有一些问题想要问你——考虑到你发现了布莱克先生的……呃……"

"死亡现场。"我帮他说完了后面的话。

斯诺先生低下头,仿佛在看自己锃亮的皮鞋。

警探双手环胸,意味深长地看了我一眼。当然,我并不知道她是什么意思。如果外婆在的话,我就可以问她,但她已经不在了。

"莫莉,"斯诺先生说,"你并没有惹上麻烦,但是警探想和你聊一聊——因为你是证人。也许你注意到了一些细节,可以帮助警方调查。"

"调查。"我沉吟道,"你们知道布莱克先生的死因了吗?"

斯塔克警探清了清嗓子:"目前阶段,我们不会随便做出推测。"

"非常明智。"我说,"所以,你们不认为布莱克先生是被谋杀的吗?"

斯塔克警探睁大了眼睛。"他也很有可能死于心脏病突发。"她说,"他的眼部周围有点状出血,符合心脏骤停的特征。"

"点状出血?"斯诺先生问。

"就是眼部周围深紫色的痕迹。心脏病突发的时候会出现……当然也有其他的可能性,现阶段我们还不能断言。当然,我们会进行全面的尸检,确定死因,排除谋杀的可能。"

不知道为什么,这让我想到了以前外婆讲过的一个笑话:让一群鸡来演《哈姆雷特》叫什么?杀鸡!

想到这里,我忍不住笑了出来。

"莫莉。"斯诺先生提醒道,"你意识到事态的严重性了吗?"他的眉毛紧紧拧起。看到他这样,我才意识到自己做错了什么——他们误解了我不合时宜的笑声。

"非常抱歉,斯诺先生。"我解释道,"我只是想起了一个笑话。"

警探不再双手环胸,而是撑着腰,再次用那种意味深长的目光看向我。"我想带你去一趟警察局,莫莉。"她说,"采集证词。"

"恐怕不行。"我说,"我还没有完成今日的工作,而斯诺先生要求我们做好分内的职责。"

"没事的,莫莉。"斯诺先生说,"这是突发情况。请你一定要配合斯塔克警探,酬劳也会按照全勤支付的,请不要担心。"

听到这句话,我长舒了一口气。毕竟,考虑到我拮据的现状,我实在承受不起薪水的减少。

"谢谢你,斯诺先生。"我说着,忽然想起了另一件事,"所以我没有惹上麻烦,是吗?"

"当然,"斯诺先生说,"是的吧,斯塔克警探?"

"当然。我们只是想知道你今天看到、注意到了什么,尤其是在现场。"

"你是说布莱克先生的房间吗?"

"是的。"

"我发现他死亡的时候。"

"呃,对。"

"好的,我明白了。斯诺先生,脏茶杯需要我带走吗?我可以还给后厨。'永远不要留下会被客人看到的污渍'。"

我引用了斯诺先生在上次员工培训时讲的话,不过,他似乎没有注意到这一点。

"不用担心杯子的事,我会处理的。"他说。

于是,警探带我离开了斯诺先生的办公室。我们穿过丽晶大酒店华丽的走廊,从员工出口离开了。

4

这里是警察局。我感觉很奇怪,因为这里既不是丽晶大酒店,也不是外婆的公寓。我不会把那间公寓称为"我的家",但理论上,那里已经算是我的公寓了——只要我还在继续支付房租。

我来到了一个从未涉足的地方,一个我从未想过自己会来的地方。这间小小的房间里只有两把椅子,一张桌子。左上角的监控摄像头眨着红色的眼睛看我。房间的水泥墙壁是白色的,灯光有些刺眼。虽然我很喜欢白色的装修和服饰,但警察局这种粗犷的风格实在令人不敢恭维。只有当你能够保持房间清洁的时候,才能选择白色的装修。而这间屋子一点都不干净。

也许是职业病作祟,我能轻易看到别人看不到的污渍。墙上黑色的痕迹很可能是被公文包蹭到了。我面前的白色桌子上有两个棕色的O形污渍,是咖啡杯留下的。门把手上满是灰色的手指印,地上还有湿乎乎的鞋印。

斯塔克警探刚刚离开不久。其实这一路上还算愉快,她让我坐在副驾驶,我很感激。毕竟我不是罪犯,她也没有为难我。来的路上她想闲聊两句,但我并不擅长闲聊。

"你在丽晶大酒店工作了多久?"她问。

"我在那里工作了四年又十三个星期零五天。我只请过一天假。如果手头有日历的话,我可以告诉你是哪一天。"

"不用了。"她轻轻摇了摇头。我开始反思,自己是否说了太多。斯诺先生教过我,说话要简明扼要。当然,他没有别的意思,只是我有时会回答得过于详细。而就我所知,人们会因此感到烦躁。

到警察局的时候,斯塔克警探和门卫打了声招呼。这很好,我认为当领导的都应该主动和自己的下属打招呼。外婆说过,无论高低贵贱,都要以礼相待。

进去之后,斯塔克警探就带我来到了这个位于警局深处的小房间。

"我们开始聊之前,你想喝点什么吗?咖啡?"

"有茶吗?"我问。

"我去看看。"

她拿着一次性杯子回来了。泡沫塑料的。"抱歉,我们这儿没有茶。我帮你倒了杯水。"

泡沫塑料杯子。我极其厌恶泡沫塑料。我讨厌它发出的嘎吱声,污渍也总会黏在上面难以清洁。你只要轻轻用指甲刮一下,就会在上面留下永久的伤痕。但是出于礼节,我没有抱怨。

"谢谢。"我说。

她清了清嗓子,在我对面的椅子上坐了下来。她拿着一本黄色的记事簿,还有一支圆珠笔。笔的末端被咬坏了。我努力不去想那支笔上到底有多少细菌。她把记事簿放在桌子上,笔在旁边,躺进椅背里,用那仿佛能穿透一切的目光看着我。

"你没有惹上麻烦,莫莉。"她说,"希望你能明白这一点。"

"我明白。"我说。

那本记事簿是歪的。准确地说,它与桌面的垂直线差了大约四十七度。在我反应过来的时候,就已经伸手去把它摆正,让本子和桌面平行。圆珠笔也是歪的。但我实在不想碰那支笔——被咬过的笔。

斯塔克警探看着我，头歪向一侧。这么说也许不太礼貌，但我觉得她就像是一只在森林里寻找动静的大型猎犬。终于，她开口道："我想，斯诺先生说得没错。你被吓坏了。人们受到惊吓后，会不知道该如何表达自己的情感，我以前也见过类似的情况。"

斯塔克警探完全不了解我。也许斯诺先生没和她说过我的事。她觉得我现在行为反常是因为我被布莱克先生的死吓到了。虽然我的确被吓到了，也的确有些反常，但比起几个小时前，我已经感觉好多了。甚至可以说，我觉得自己已经恢复正常了。

我现在最想做的事情就是回家，好好泡上一杯茶。也许我会发短信给罗德尼，告诉他今天发生的事情。也许他会以某种形式安慰我，或者再次邀请我去约会。若是不行，也没什么大不了。我可以泡个热水澡，读一本阿加莎·克里斯蒂的侦探小说。外婆家有许多本阿加莎的小说，每本我都读过不止一遍。

当然，我不会把这些告诉斯塔克警探。我在不说谎的前提下尽可能地附和她。"警探，"我说，"你说得对，我确实被吓到了。如果在你眼里我表现得有些奇怪，很抱歉。"

"没事的，我理解。"她说着，露出一个微笑。或者至少我觉得那是个微笑——是吗？我不太确定。

"我想问问你，今天下午进入布莱克的房间时都看到了什么？有什么反常之处吗？"

每次打扫房间的时候，我都会发现数不胜数的"反常之处"。不只是在布莱克的房间。今天，我在三楼看到窗帘绳被人拿走了。四楼，脏盘子明目张胆地放在洗面台上——热菜是不允许被带入客房的。六位笑嘻嘻的女士为了贪便宜，在双人房的床下藏了充气床垫。当然，我严肃地履行了自己的职责，将这些反常情况（甚至还有更多）逐一汇报给了斯诺先生。

"感谢你一直以来为维持酒店的高标准服务做出的努力。"斯诺先生说，但是他并没有笑，双唇抿成一条直线。

"谢谢。"我有些自豪地回道。

我思考了一下斯塔克警探想问的到底是什么，以及自己该如何回答。

"斯塔克警探，"我说，"今天下午进入布莱克先生的房间时，他们的客房和平时一样凌乱，没有太多反常的地方。除了床头柜上的药片。"

我是故意这样说的。因为即使是最迟钝的警察，也会留意到这一细节。我不想提其他的事情：落在地上的浴袍，打开的保险柜，消失的现金，机票，吉赛尔的手包也不见了。这些我都不愿提及，当然，还有我在布莱克先生卧室的镜子中看到的东西。

我看过足够多的侦探小说，知道这种情况下的首要嫌疑人会是谁——死者的妻子。而我最不希望看到的就是吉赛尔被怀疑。她是无辜的，她是我的朋友，我很担心她。

"我们会查看那些药片的。"警探说。

"那是吉赛尔的药。"我脱口而出，不敢相信自己竟然说出了这个名字。也许我真的吓坏了，因为我的嘴不听头脑指挥了。

"你怎么知道是吉赛尔的？"她边写边问，没有抬头，"那上面没有贴标签。"

"因为我会帮吉赛尔收拾化妆用品和护肤品。打扫浴室的时候我会把那些瓶瓶罐罐码放整齐，我喜欢把它们按大小排列，但有时顾客会希望以别的方式收纳整理。"

"别的方式?"

"是的,比如按类别。化妆品、药品、清洁用品……"

斯塔克警探微微张开了嘴。

"脱毛产品、保湿产品、头发护理产品,你明白吗?"

沉默。一段漫长的沉默。她用看傻子的目光看着我,但明显她才是那个没能跟上我简单易懂的逻辑的人。事实上,我知道那些药片是吉赛尔的,因为我见到她服用过。甚至有一次,我还问了她那是什么药。

"这些?"她说,"我崩溃的时候能让我冷静下来,你想要一片吗?"

我礼貌地谢绝了。我只在生病时服药,并且很清楚滥用药物的后果。

警探继续提问道:"你进入布莱克的房间时,是直接去的卧室吗?"

"不。"我说,"那是违反条例的。首先,我要通知客人我的到来——考虑到房间里也许会有人。事实上,房间里也确实有人。"

警探无言地看着我。

我等待着。"你没有写下来。"我说。

"写什么?"

"我刚才说的话。"

她再次给了我一个令人费解的眼神,然后拿起那支细菌的温床,写下我说的话,写完之后在记事簿上"咔嗒"一声按下笔头。"然后呢?"她问。

"屋内无人应答时,"我说,"我便开门进入客厅。客厅很乱,我就想着要打扫一下。但在那之前,我觉得应该也检查一下其他房间，于是走进了卧室，看到布莱克先生躺在床上，似乎在睡觉。"

她写下这些的时候，那支被咬过的笔头张牙舞爪地向我示威。"继续。"她说。

我解释了自己是如何走近布莱克先生，检查他的呼吸和脉搏，却发现他已经死了；解释了我是如何打电话给前台请求帮助。我将这些都一五一十地和盘托出。

她飞快地记下我说的内容，偶尔停下来看看我，把那可怕的细菌工厂放进嘴里——就像她经常会做的那样。

"你和布莱克先生熟悉吗？你有和他聊到过打扫房间以外的事情吗？"

"没有。"我回答道，"布莱克先生很冷淡。他经常喝酒，对我完全不在意，也不希望看到我，所以我会尽可能回避他。"

"吉赛尔·布莱克呢？"警探问。

我回想起吉赛尔，想起我们说过的话、一同度过的时间。友谊就是靠这样一点一滴的积累建立起来的。

我想起几个月前，第一次见到她的时候。当时我打扫过很多次布莱克夫妇的房间，却从未见过吉赛尔。那是一个早晨，大概九点半。我敲门之后，吉赛尔让我进去。她穿着粉色的丝质睡裙，深色的长发散落肩头，弯出优雅的弧度。她就像是我和外婆晚上看的黑白电影里会出现的女明星，但毫无疑问，她身上有着某种现代的气息。她就像是一座连接了古典与现代的桥梁。

她请我进门，我对她表达了感谢，拉着推车进屋。

"我是吉赛尔·布莱克。"她说着伸出了手。

我有些不知所措。大部分客人会避免碰到酒店女仆，尤其是女仆的手。人们看到女仆，就会联想到其他人留下的污渍——而不是他们自己的。吉赛尔却不是这样。她与众不同，而且向来如此。也许这就是我喜欢她的原因。

我连忙从推车上拿了一条干净毛巾擦手，然后握住了她伸出的手。"很高兴认识您。"我说。

"你叫什么呢？"她问。

我再次变得茫然无措。客人很少会问我的名字。"莫莉。"我小声嘟囔道，行了一个屈膝礼。

"女仆莫莉！"她笑道，"真有趣。"

"是的，夫人。"我回道，低头看着自己的鞋。

"真是的，我才不是什么'夫人'。"她说，"至少还没当多久。叫我吉赛尔吧！抱歉每天都让你打扫这么乱的房间，我和查尔斯总是生活在一片混乱中。但是你打扫完之后，我们每天回来打开门，发现一切都焕然一新，感觉就像重获新生一样。"

她注意到了我的工作，并且心怀感激。有那么一瞬间，我不再是一个隐形人了。

"很荣幸能为您服务……吉赛尔。"我说。

她微笑起来，嘴角高高地扬起，几乎触到那双猫一般的绿眼睛。

我的脸唰地红了起来。我不知道接下来该说什么、做什么。我可不是每天都有机会和如此尊贵的客人进行真正的交谈，也不是每天都有顾客能意识到我的存在。

我拿起羽毛掸，准备开始工作，吉赛尔却继续说了下去。

"告诉我，莫莉，"她说，"当一个酒店女仆是什么感觉？每天帮我这样的人打扫卫生。"

从没有客人问过我这个问题。斯诺先生的"全面职业发展培训课程"中并未包含这一项。

"有的时候很辛苦。"我说,"但是我喜欢打扫卫生,打扫干净之后再不知不觉地离开,不留一丝痕迹。"

吉赛尔在卧榻上坐下,一只手把玩着栗色的长发。"听起来真是不可思议。"她说,"能像那样不被人发现,消失得无影无踪,不留一丝痕迹。我就没有任何隐私可言,没有生活。无论我去哪里,都有摄像头对准我的脸。我的丈夫很专横。我以前总觉得,嫁给一个有钱人就能解决我所有的烦恼,但事实并非如此。根本不是这样。"

我愣在了原地。这种时候该如何回应?还未等我仔细思索,吉赛尔就继续说道:"其实我只是想说,我的生活糟透了。"

她起身,走向迷你吧,拿起一瓶孟买蓝宝石金酒,倒进玻璃杯里。做完这些,她又回到了卧榻上坐下。

"人都有自己的难处。"我说。

"真的吗?你有什么难处吗?"

又是一个我没有准备过的问题。但是我想起了外婆的建议:诚实永远是最佳策略。

"其实,"我开口道,"虽然我没有丈夫,但我确实有过一个男朋友。也是因为他,我现在遇到了一些经济上的困难。我的爱人……他其实是个……呃,他是个坏蛋。"

"爱人,坏蛋。你说话有点奇怪,你知道吗?"她喝了一大口酒,"像个老妇人,或者女王什么的。"

"是因为我外婆。"我说,"她把我养大的。她没有受过正规教育,没上过高中,一辈子都在帮别人打扫卫生——直到她患病。但她很聪明,自学了很多东西。她最欣赏三种品德:礼仪、口才和学识。她教了我很多。事实上,我知道的一切都是她教给我的。"

"嗯。"吉赛尔说。

"她认为我们都该以礼待人，尊重其他的人。一个人的地位并不重要，行为举止才是最重要的。"

"嗯，我懂你的意思。我应该会喜欢她的。是她教你这么说话的吗？就像《窈窕淑女》里的伊莉莎·杜利特尔？"

"是的，我想是的。"

她再次起身，站在我面前，扬起下巴，居高临下地看着我。

"你的皮肤真好，像陶瓷一样。我喜欢你，莫莉。你有点怪，但我喜欢。"然后她走去卧室，拿回来一个男士皮夹。她打开钱包，从里面拿出了一张崭新的一百美元，放在了我的手里。

"来，给你的。"她说。

"这怎么可以——"

"他根本不会发现的。而且就算发现了又能怎样？杀了我吗？"

我看向手里那张轻飘飘的纸币。"谢谢你。"我努力说道。我的声音有些沙哑。这是我收到过的最高额的小费。

"没什么大不了的，不客气。"她回道。

我和吉赛尔的友谊就是这样开始的。这一年来，随着她住在这里的时间越来越长，我们的关系也变得越来越亲密。有时她还会让我帮忙跑个腿，因为酒店门口总有狗仔队在伺机而动。

"莫莉，今天简直糟透了。查尔斯的女儿喊我拜金女，他的前妻说我看男人的眼光太差。你能出去帮我买包薯片和一瓶可乐吗？查尔斯不喜欢我吃垃圾食品，但他今天下午不在，来。"她递给我一张五十美元钞票。当我带着零食回来时，她总会说："你太好了，莫莉，找零就留给你啦。"

她仿佛知道我并不懂得该如何与人相处、如何说话。有一次我来提供客房服务的时候，布莱克先生就坐在门厅旁的书桌前，一边吸着雪茄，一边处理文件。

"先生，请问现在可以为您打扫房间吗？"我按照斯诺先生教导的方式询问道。

布莱克先生透过镜片看了我一眼。"你觉得呢？"他反问道，然后，像条龙一样，冲着我的脸吹了一口烟雾。

"好的，我这就帮您清理房间。"说着，我打开了吸尘器。

这时吉赛尔从卧室冲了出来，她拉住我的胳膊，示意我关掉吸尘器。

"莫莉，"她说，"他的意思是现在不方便打扫。他是在请你离开。"

我感觉糟透了，觉得自己就像个傻瓜。"非常抱歉。"我说。

吉赛尔抓着我。"没事的。"她小声说，这样布莱克先生就不会听到，"我知道你不是故意的。"她领着我走出房间，帮我扶住门，这样我就可以推着车出去。离开之前，我看到她对我比了一个口型：对不起。

所以，吉赛尔真的很好。她不会让我感觉自己很愚蠢，而是会真的帮我理解这些事。"莫莉，你站得离别人太近了。你知道吗？你得离得远一点，和人们说话的时候不用贴在他们脸旁。想象你和那个人之间有一个清洁推车，保持这个距离——就算推车并不在你身边。"

"就像这样吗？"我按照她说的那样退后了几步，保持着正确的距离。

"没错！就是这样。"她说着，抓住我的双手，用力捏了捏，"记得保持这个距离，除非在我——或者其他亲密的朋友面前。"

其他亲密的朋友。吉赛尔不知道，她是我唯一的朋友。

有时来这里打扫会给我一种奇怪的感觉,觉得吉赛尔即使有丈夫在身边还是经常感到孤独,需要陪伴。她需要我就像我需要她一样。

"莫莉!"有一天,她站在门口和我打招呼的时候喊道。当时已经快中午了,但她还穿着丝绸睡衣。"真高兴你来了。快进来,打扫完之后我们来玩化妆游戏。"她开心地拍起手来。

"什么?"我问。

"我要教你怎么化妆!你会变得超级漂亮。莫莉,你知道吗?你的皮肤堪称完美,但黑发让你的脸色看起来有些苍白。最关键的问题是,你几乎不怎么打扮!你必须好好利用自己的优势。"

我快速打扫了一遍房间,并没有偷懒——要在保持速度的同时保证质量十分困难,但是我做到了。到了午休时间,我想自己也许可以休息一下。吉赛尔让我坐在镜子前,拿出了她的化妆包。我很熟悉她的化妆包,因为每天都是我在整理。我会帮她把没有盖好的盖子盖上,把所有的东西放归原位。

她卷起睡衣袖子,温暖的双手搭在我的肩上,看着镜子里的我。她扶着我的肩膀,让我想起了外婆,感觉很温馨。

她拿起梳子,帮我梳头发。"你的头发真好,像绸缎一样。"她说,"你拉直过吗?"

"没有。"我说,"但是我会定期清洗,彻底清洗。所以我的头发很干净。"

她咯咯笑了起来:"哦,那当然。"

"你是在和我一起笑,还是在笑话我?"我问,"两者之间有很大的不同,你要知道。"

"我知道。"她说,"我可是大家嘲笑的对象。我是在和你一起笑,莫莉。"她说,"我绝不会笑话你。"

"谢谢你。"我说,"真的,我很感激。楼下的接待员今天就在笑话我。他们好像给我起了一个新的外号。说实话,我没太明白是什么意思。"

"他们喊你什么?"

"伦巴(rumba)。"我说,"我以前和外婆看过《与星共舞》,伦巴是一种很热情的双人舞蹈。"

吉赛尔呻吟了一声。"我觉得他们不是在说舞蹈,莫莉。他们说的可能是 Roomba,那个扫地机器人。①"

我终于知道这是什么意思了。我低头看向自己的腿,这样吉赛尔就不会发现我眼眶里打转的泪水,但是我失败了。

她停下了梳头的动作,把手放回到我的肩膀上。"莫莉,不要听他们的,他们都是混蛋。"

"谢谢。"我说。

我僵硬地坐在椅子里,看着镜中的自己和吉赛尔。她正在给我化妆,我担心会有人闯进来,发现眼前的这一幕。我不知道该怎样应对想要给自己化妆的顾客,斯诺先生的培训课程里自然没有教过类似的内容。

"闭上眼睛。"吉赛尔说,她擦了擦,然后用化妆棉把凉凉的粉底点在我的脸上。

"说起来,莫莉。"她说,"你是一个人住吗?只有你自己?"

"现在是的。"我说,"几个月前外婆去世了。在那之前是我们两个住在一起。"

她拿起一个装散粉的容器,正准备用刷子刷在我的脸上,但

---

① iRobot 出品的智能扫地机器人。

是我制止了她。"这个刷子干净吗?"

吉赛尔叹了一口气。"是的,莫莉,这是干净的刷子。你不是世界上唯一一个愿意保持清洁的人,莫莉。"

听到这句话,我很开心。因为这印证了我内心的一个猜想。我和吉赛尔有许多不同,但是与此同时,我们也有相似之处。

她开始用刷子刷在我的脸上,感觉就像是被羽毛扫过一样,像是一只小麻雀在我的脸上扫来扫去。

"一个人生活很困难吧?天哪,我肯定一天都坚持不下去。我根本不知道该怎么靠自己生活。"

确实很艰难。每天回家,我还是会不自觉地和外婆问好。虽然我知道她已经不在了。我脑海里能听到她的声音,听到她在公寓里走动的声音。大部分时候我都在想,这是正常的吗?还是我的精神出了什么问题?

"确实很难,但人总会适应的。"我说。

吉赛尔停了下来,看着镜子里的我。"我真羡慕你。"她说,"能这样向前看,能有独自生活的勇气,不在乎其他人的目光。甚至是——不需要别人的陪伴就能走在街上。"

她根本不明白我面临的困境。"也不全是好事。"我说。

"也许是吧,但至少你不用依靠其他人。我和查尔斯虽然表面看起来光鲜,但其实……很多时候并不像看起来那么好。他的孩子都讨厌我。他们和我年龄相近,确实挺尴尬的。他的前妻莫名其妙地对我很友善,叫人毛骨悚然。之前有天她来过,你知道她说了什么吗?那天查尔斯走了之后,她立刻对我说:'趁着还不晚,赶紧离开他。'最糟糕的是,我知道她说得没错。有时我会怀疑自己是否做了错误的选择,你知道吗?"

"嗯,我知道。"我也做过不少错误的选择,比如威尔伯,至今都让我悔恨不已。

她拿起眼影。"闭上眼睛。"我闭上了。吉赛尔一边画着眼影，一边说："几年前，我的目标很明确：我要和一个富有的男人结婚，让他照顾我。然后我遇到了一个女孩——她可以说是我的导师。她带我入门，带我买了几套合适的衣服，参加了几次那样的聚会。'相信自己。'她会说，'你就可以得到你想要的。'她结过三次婚，也离了三次婚，每次都能分到一半财产。是不是很不可思议？她非常富有，在圣特罗佩和威尼斯海滩各有一处房产。她独自生活，雇用了一名女仆、一位司机，还有厨师。没人能对她指手画脚，那就是我梦想中的生活。谁不想要这样的生活呢？"

"我可以睁眼了吗？"我问。

"现在还不行，快了。"她换了一把更细的眼影刷，刷子的触感柔软又冰冷。

"至少没有男人——或者伪君子来指挥你的一举一动。查尔斯一直有婚外情。"她说，"你知道吗？只要我多看一眼别的男人，他就暴跳如雷，但他在市外至少有两个情妇。这还只是我知道的部分。他在这里也有一个情妇，我发现的时候真想掐死他。他贿赂狗仔队，让他们不要走漏风声。但我无论做什么，只要走出房间，就必须向他汇报。"

我睁开眼，坐直身体。听到这些让我觉得很生气。"我讨厌这种人。"我说，"极其厌恶。他不该这样对待你，这是不对的，吉赛尔。"

她仍然离我很近，睡衣袖子卷到手肘处，隐约露出了几处瘀青。她俯下身来，我从垂下的领口看到她锁骨上也有一个青黄色的印记。

"这些是怎么回事？"我问。一定有什么合理的解释。

她耸了耸肩。"我说过了，我和查尔斯关系不太好。"

那种熟悉的感觉又出现了，苦涩和愤怒渐渐积聚，就像即将爆发的火山。但我不会让这座火山爆发，现在还不行。

"你值得更好的人，吉赛尔。"我说，"你是一个好人。"

"哈，"她说，"我也没那么好。我会努力，但有的时候……做一个好人是很难的。做正确的选择也很难。"她从化妆包里拿出一支鲜红的口红，开始帮我涂上。

"不过有一点你说得没错，我值得更好的。我的白马王子……总有一天这个梦想会实现，我还在往这个方向努力。坚持才会胜利，不是吗？"她放下口红，拿起一个沙漏。我看见过它很多次，我会用氨水擦拭它的玻璃表面，用金属清洁剂擦黄铜底座，让沙漏变得光彩夺目。这只沙漏很漂亮，造型优雅古典，拿在手里让人心情愉悦。

"你看这个沙漏。"她将沙漏举到我面前，"这是导师送我的礼物。一开始是空的，她让我找到一片心仪的沙滩，用那里的沙子把它装满。我对她说：'你疯了吧？我从来没见过大海，你怎么知道我何时才能见到沙滩呢？'

"结果，她说得没错。这两年我去过无数个沙滩，甚至在认识查尔斯之前就去过了——法属里维埃拉、波利尼西亚、马尔代夫、开曼群岛。开曼群岛是我的最爱，我甚至想要在那里定居。查尔斯在那儿有一处别墅，上次他带我去的时候，我把沙子装进了这个沙漏，然后翻来覆去地看着沙子从一端流到另一端。时机很重要，不是吗？想要做什么事，都得抓住时机，稍一犹豫就会错失……好了！"她说着往后退了一步，让我看镜子里的自己。

她站在我身后，手搭在我的肩膀上。

"看吧?"她说,"一点点妆容,你就变成大美女了。"

我摇了摇头。镜中的倒影就像一个陌生人。我知道,我看起来可能"更好看"了,或者至少是"更像其他人"了,但我并不喜欢这种转变。

"你喜欢吗?就像丑小鸭变成天鹅,或者舞会上的灰姑娘一样。"

万幸,我知道该如何应对这种场合。当有人夸奖你的时候,你应该感谢他们。如果有人出于好心为你做了一件事(即便你不希望他们这样做),你也应该表达感谢。

"谢谢你。"我说。

"不客气。"她回道,"哦对了,拿好这个。"她把沙漏递给了我,"这是送给你的,莫莉。"

那个闪闪发光的物件被放在了我的手心里。这是外婆死后我第一次收到礼物。我甚至想不起来外婆以外的人有没有送过礼物给我。"我很喜欢。"我由衷地说。这件礼物比"化妆游戏"更宝贵,我几乎不敢相信它已经变成了我的,日后也将由我来擦拭、照顾它。这里面盛着异国他乡的沙子,那是个遥远的地方,我这辈子都不可能踏足的地方。

这是朋友送给我的珍贵的礼物。

"我会把它保管在我的储物柜里,你想要的话随时可以拿走。"我说。虽然我很喜欢这个沙漏,但是我不能把它带回家。我希望家里只有外婆的东西。

"谢谢你,吉赛尔,我真的很喜欢这个沙漏,我每天都会好好欣赏一番的。"

"你说什么呢,你已经在每天欣赏它了。"

我笑了起来。"你说得对。"我说,"我可以提一个建议吗?"

她的手撑在胯上，站在那里等我收拾完化妆台。

"也许你可以考虑离开布莱克先生。他伤害了你，没有他你会过得更好。"

"要是有这么简单就好了。"她说，"不过，莫莉小姐，人们都说，时间是治愈伤痛的良药。"

确实如此。随着时间的流逝，伤痛会渐渐消退。等你回过神来就会倍感惊讶：自己竟然已经不再痛苦，甚至还有点怀念往昔。

这个念头在我脑海里一闪而过，但很快我就意识到已经耽搁了太久。我看了看手机上的时间——下午一点零三，午休已经结束好几分钟了！

"我必须走了，吉赛尔。我动作这么慢，切莉尔会很生气的。"

"哦，那个贱人。她昨天还鬼鬼祟祟地来这儿转了一圈。她进来问我们对清洁服务是否满意，我说：'我们的女仆是最棒的，为什么会不满意呢？'然后她就一脸傻样地站在那里，说：'我能比莫莉做得更好，我是她的上司。'然后我说：'还是不了。'我从钱包里拿了十块给她，说：'我们只要莫莉，谢谢。'之后她就离开了。她可真是一株奇葩，那张臭脸简直令人作呕。"

外婆教育我：说脏话是不好的。我也谨遵教诲。但不得不承认，刚刚吉赛尔的那番话让我忍不住笑了起来。

"莫莉？莫莉。"斯塔克警探喊道。

"很抱歉。"我说，"您刚才问了什么？"

"我问你是否认识吉赛尔·布莱克。你和她有过交流吗？她有没有对你说过什么关于布莱克先生的事情，让你觉得不太对劲？或者，她有没有提到过能帮助调查的线索？"

"调查？"

"是的，虽然布莱克先生很有可能是发病而死，但我必须先排除其他可能性，所以今天才会找你来谈话。"警探的手抚上额头，"所以，我再问你一次：你和吉赛尔·布莱克聊过天吗？"

"警探，"我说，"我只是一名酒店女仆，为什么会有人想要找我聊天？"

她沉默了片刻，然后点了点头。似乎接受了我的答案。

"谢谢你，莫莉。"她说，"我能看出来，你今天一定累坏了。我送你回家吧。"

于是她送我回到了家。

5

我转动钥匙,打开了公寓的门。进去之后,我把门在身后关好,插上门闩。

终于回家了。

门口有一张老式躺椅,椅子上放着一只枕头。这是外婆的椅子,枕头也是她绣的。枕头正面有一句话:愿上帝赐予我心胸,接受无法改变的事实;赐予我勇气,改变力所能及之事;赐予我智慧,让我得以区分二者。

我从裤子口袋里掏出手机,放在躺椅上,然后解开鞋带,用抹布擦拭鞋底,再将它们收进鞋柜。

"我回来了,外婆!"我喊道。她已经离开九个月了,但不出声打招呼还是让我感到不安,尤其在今天。

她不在,我每天的日程也变得不同了。外婆活着的时候,我们所有的业余时间都是一起度过的。晚上回家第一件事就是打扫卫生。我们会一起收拾屋子,然后一起做晚餐。周三是意大利面,周五吃鱼(如果超市有特价鱼肉的话)。然后,我们会坐在沙发上,边吃边看重播的《神探可伦坡》。

我和外婆都很喜欢《神探可伦坡》。外婆总说,彼得·福克需要一个她这样的人来给他好好打理一番。"看看那件外套,急需清洗和熨烫!"她摇摇头说,仿佛他就在她面前而不是在电视里,"真希望你别抽雪茄,亲爱的。这习惯不好。"

姑且不提神探可伦坡的坏习惯,我和外婆都很欣赏他那能看透阴谋诡计的头脑,他总能让坏蛋得到应有的惩罚。

如今,我已经不再看《神探可伦坡》。外婆死后,很多事情我都不再做了。但我尽可能保持着每天回家打扫卫生的习惯。

  星期一,地板和家务。
  星期二,大扫除。
  星期三,浴室和厨房。
  星期四,消灭灰尘。
  星期五,洗衣服。
  星期六,视情况而定。
  星期日,采购。

外婆总说,保持家里的整洁是十分重要的。

"干净的房间,干净的身体,干净的陪伴。你知道这有什么好处吗?"

当时我才五岁。我抬头看她,问:"有什么好处呢,外婆?"

"这能让你的思绪保持干净,能让你的生活变得更美好、更清爽。"

直到很多年后我才真正理解这句话的含义。现在想起来,更是觉得受益匪浅。

我从厨房的壁橱里拿出扫帚、簸箕、拖把和水桶,开始工作。从卧室的一角开始。大号的双人床占据了大部分空间,只留出一小部分地面,但灰尘总会藏在隐蔽的角落里。我掀起床单,将床底的脏东西一扫而空。卧室的墙上挂着外婆的英国乡村风景画。每次看到这些画，我都会想起她。

真是疯狂的一天。我宁可忘记今天发生的事情，但是不行。人们会把糟糕的记忆深藏心底，但它们并不会消失，而是越发如影随形。

接着，我开始打扫走廊，再从走廊到浴室。浴室铺着黑白相间的瓷砖，有不少砖块上都出现了裂痕，但抛光后依旧闪亮（我每周抛光两次浴室的瓷砖）。我扫走地上的落发，离开了浴室。

然后我来到了外婆的卧室前。门紧紧地关着。我停顿了片刻——我不会进去的。我已经好几个月没进去了，今天也不会。

我从客厅的一角开始清扫镶木地板，绕过外婆的古董柜，到沙发下，经过厨房，再回到前门。我身后有几堆碎渣，一堆在我的卧室外，一堆在浴室门口，一堆在前门，还有一堆在厨房。我将其扫起，倒进垃圾桶。这周似乎还算干净，扫出来的只有一些松饼渣、灰尘、衣物纤维和我的头发。没有外婆留下的东西，完全没有。

我在桶里装满温水，加了几滴"月光微风"香型的地板清洁剂（外婆的最爱），然后拿着水桶和拖把回到了自己的卧室，再次从角落开始打扫。我留意不要把水溅到床单上，当然，还有外婆给我缝的星星被子。虽然这床被子已经饱经风霜、开始褪色，但它依然是我的珍宝。

大功告成之时，我再次回到前门。那里有一块顽固的黑色污渍，可能是黑皮鞋蹭出来的。我用力搓动拖把，但于事无补。"快给我消失！"我大声道。终于，它从我的眼前消失了，露出了底下的木地板。

我总会在打扫卫生的时候想起往事。不知道是不是所有人都这样——所有打扫卫生的人。不过，虽然今天发生了这么多事，但我忆起的往事却与布莱克先生无关。我想起了很久以前，十一岁左右的时候，我像往常一样问起了妈妈的事情。妈妈是什么样的人？她去了哪儿？为什么离开？我知道她跟一个男人跑了，外婆说那男人是个"坏蛋"，说他是"晚上的苍蝇"①。

"那他白天是什么？"我问。

她笑了。

"你是在和我一起笑，还是在笑话我？"

"和你一起，亲爱的！当然是和你一起。"

她接着说，我妈妈和这样一个不靠谱的人私奔她并不意外，因为她年轻的时候也做过不少错误的决定。事实上，怀上我妈妈就是其中一个错误导致的。

当时我还不能理解，不知该作何评价。但我现在似乎明白了一些。随着年龄的增长，我学到的东西越来越多，与此同时，我内心的疑问也与日俱增，最终多到连外婆也不知该如何回答。

"妈妈还会回来找我们吗？"我当时问。

外婆长叹了一口气。"这很难。她必须想办法从他身边逃开，她必须先拥有逃离的意愿。"

但是她没有，妈妈没有回来找过我们。我接受了这一点。毕竟，没必要因为一个陌生人难过。哀悼身边的人就已经足够痛苦——你明知道再也见不到她了，却还是止不住思念。

外婆一边工作一边把我带大。她教会了我很多东西，把我照顾得无微不至。她会拥抱我、关心我。她让我的生活充满了意义。外婆也是一名女仆，不过是私人女仆。她为一户叫科德维尔的有钱人家工作，从我家走过去要半个小时左右。他们对她的工

---

① Fly-by-night，俗语，形容不可靠的、不被信任的人。

作高度赞赏，但也总有更多的工作安排给她。

"周六晚上你能来一趟吗？我们有个晚会，之后需要打扫。"

"你能把地毯上的这块污渍弄掉吗？"

"花园也可以拜托你吗？"

外婆是一个和善的人，所以她从不拒绝雇主的要求——即使这让她的身体不堪重负。但也正是因此，她才攒下了一小笔财富。她称之为她的"金库"。

"亲爱的，你能去一趟银行，把这些存在金库里吗？"

"当然了，外婆。"我应道，然后接过她的银行卡，走出门，到两个街区外的自动存取款机那里。

长大一些后，我便开始为外婆的身体担忧。她工作得太卖力了。但她总是对我的担忧不屑一顾。

"闲则生非。而且，万一我不在了，金库里的钱也能帮你渡过难关。"

我不想往那个方向思考。我很难想象没有外婆的生活会是什么样，尤其在学校生活也只是受折磨的情况下。无论是小学还是中学，我都是独自一人，同学们从不和我交谈，也不愿意了解我。其实现在也是这样。但是小的时候，这种孤独带给我的焦虑和不安要远甚于今日。

"没有人喜欢我。"有一次，在学校被人欺负之后我对外婆说。

"那是因为你很特殊。"外婆解释道。

"他们说我是怪胎。"

"你不是怪胎，只是你的灵魂来自更古老的时代，这是值得自豪的。"

临近中学毕业的时候，我和外婆聊了许多和未来职业有关的话题——聊我将来想做什么。而生活中只有一件事情是我想做的。"我想成为一名女仆。"我说。

"亲爱的，有了金库，你可以把目标定得再高一点。"

但我依然坚持。我知道，外婆心底比任何人都更明白这一点。她了解我的性格和长处，也熟知我的弱项和缺点。论及接人待物，她总说我在慢慢进步——"你活得越久，学到的就越多"。

"如果你打定主意要这么做，那就这样吧。"外婆说，"不过，在你进入社区大学之前，还需要积累一些工作经验。"

外婆四处打探了一圈，从一个在丽晶大酒店工作的门卫朋友那里得知，酒店正在招聘女仆。丽晶大酒店门外铺着红色的地毯，顶上是黑金相间的遮阳棚。去面试的时候，我站在那里，紧张得直冒汗。

"我不能进去，外婆，那里太高级了。"

"瞎说。你当然能进去，任何一个人都不会比你更有资格进去。去吧。"

她推了我一把，普莱斯顿先生——外婆的门卫朋友——向我问好。

"很高兴见到你。"他微鞠一躬，轻轻抬高了帽檐说道。他和外婆交换了一个我看不太懂的奇怪眼神。"好久不见，芙洛拉。"他说，"能再见到你真好。"

"我也是。"外婆回道。

"你该进去了，莫莉。"普莱斯顿先生说。

他领着我穿过了晶莹剔透的玻璃转门，走进了奢华的酒店大堂。我站在那里，感到了一阵眩晕。眼前的景象美得令人窒息——大理石铺就的地板和楼梯、光彩夺目的金色扶手、衣着整齐的工作人员。员工们穿着黑白相间的制服，就像一只只小企鹅，彬彬有礼地接待光鲜亮丽的顾客。

我精神恍惚地跟着普莱斯顿先生穿过了一层的走廊。两侧的墙上挂着壁画和扇贝形壁灯。厚厚的地毯吸收了所有的声音，只留一片寂静。

右转、左转，然后再右转，终于，我们来到了一间办公室门前。朴实无华的黑色门扉上有一个黄铜标牌，写着：斯诺先生，酒店经理，丽晶大酒店。普莱斯顿先生敲了两下门，然后推开。门内的景象同样令我哑然。房间的基调是暗色，点缀着各式皮质家具，高大的书柜竖在墙边，后面是姜黄色的锦缎壁纸。若不是我知道这只是一间办公室，一定会把这里认成歇洛克·福尔摩斯的家——贝克街221B号。

斯诺先生坐在一张气派的红木桌子后，见我们进来便起身问好。普莱斯顿先生悄然退下，房间里只剩下了我和斯诺先生两人。我能感觉到掌心的汗水和加速的心跳，但是我已经迷上了这座酒店，我一定要得到这个职位。

说实话，面试的过程我已经记不太清了，只记得斯诺先生是如何强调了酒店职员应遵循的规则、礼仪和着装。我还记得这些话语回荡在耳边，不仅仅是美妙的乐曲，更是神圣的颂歌。那之后，他领我穿过走廊——左转，右转，左转——回到大堂，走下一段阶梯，来到了地下。他说这里是客房服务中心、洗衣房和厨房的所在。地下室拥挤而闷热，空气中混杂着海藻、淀粉和麝香的味道。他将我介绍给了女仆长切莉尔·格林，她从头到脚审视了我一番，然后说："凑合吧。"

第二天我就开始了培训，很快就开始全职在这里工作。工作比上学快乐多了。工作的时候，就算有人招惹我，也不会太过于明目张胆。我只要专注手头的事情就能忘记其他的不愉快。第一次拿到工资的时候，我兴奋极了。

"外婆！"我把自己的那份钱存进"金库"里，迫不及待地冲回家。把存款凭证递给她的时候，我简直抑制不住嘴边的笑容。

"我还以为自己活不到这一天呢！你真是我的小天使，你知道吗？"

外婆把我拉入怀中，紧紧地拥抱起来。世界上没有任何其他东西比得上外婆的拥抱。我最怀念的就是外婆的拥抱，还有她的声音。

"外婆，你眼睛不舒服吗？"松开之后，我问她。

"不，不，我很好。"

我在丽晶大酒店工作的时间越长，存进"金库"里的钱就越多，于是外婆和我聊起了后续的教育计划。她建议我去大学上课，出乎意料的是，我竟然被录取了。我在临近的社区大学读了酒店管理和招待，课程内容很有意思。我不光学习了酒店的日常清理和维护，还学到了如何管理员工——就像斯诺先生那样。

入学之前新生要先去报道，我就是这时认识的威尔伯——威尔伯·布朗。当时他站在放课程说明和学校地图的桌子前，而我正想浏览那些手册。然而威尔伯不但没有让开，还抓起一把放在桌上免费取用的笔和便笺纸塞进书包里。

"你好，"我说，"能让我看一眼吗？"

他转向我。他身材壮实，戴着镜片厚厚的眼镜，顶着一头乱糟糟的黑发。

"抱歉，"他说，"我挡着你了吧？"他目不转睛地看着我，"我叫威尔伯，威尔伯·布朗，秋季开始读会计学。你也是读会计吗？"他伸出了一只手，我握了上去，但是后来又不得不把手挣脱出来以中止这过于漫长的礼节。

"我要去读酒店管理。"我说。

"我喜欢聪明的女孩。你呢？你喜欢什么样的男生？呃，比如数学好的人？"

我从来没思考过自己喜欢什么样的男生。我知道我喜欢酒吧的罗德尼，因为他身上有种特殊的气质，我知道电视上管那个叫"风流倜傥"，就像米克·贾格尔[①]一样。威尔伯并不风流倜傥，但他也有某种特性——他平易近人，直白，熟悉而亲切。他不会像大部分男性那样吓到我，虽然事实证明是我判断失误了。

于是，我和威尔伯开始约会，外婆很欣慰。

"真高兴你找到了喜欢的人，这是好事。"她说。

我回家之后会和外婆说起威尔伯的事情。说我们去超市用打折券购物，或者数了从喷泉走到雕像需要多少步（一千两百零三步）。外婆从不过问更多的细节，对此我很庆幸，因为我不知道该如何描述自己的感受，尤其在涉及肢体接触的时候。虽然这些新的肢体接触很陌生，但也确实让我感到愉快。

有一天外婆让我请威尔伯来家里做客，我就喊他来了。外婆表现得很热情，就算她觉得失望也丝毫没有表露出来。

"你的男朋友随时都可以来玩。"她说。

于是威尔伯开始时不时地来我家做客，和我们一起吃饭、一起看《神探可伦坡》。他看电视的时候总会发表一些评论，还会问问题，我和外婆都很不喜欢，但我们忍住了没有赶他走。

"这算什么侦探片啊，开头就告诉你凶手是谁了。"他会说，或者，"太明显了，肯定是屠夫干的啊！"他总是这样喋喋不休，毁掉一整集电视剧，每次都猜错凶手。不过我和外婆每集都看过很多遍了，所以这倒不是问题。

[①]米克·贾格尔（Mick Jagger），英国摇滚歌手，滚石乐队创始成员之一。

有一天，我和威尔伯去文具店——他想要一个新的计算器。他那天看起来很不对劲，但我没有追问。他一个劲儿地往前走，我努力跟上他的步伐，但他还是很烦躁地冲我说："快点！"我们走进文具店，他拿起几个计算器试用，向我解释每个按键的作用。选好之后，他直接把计算器塞进了自己的书包里。

"你在做什么？"我问。

"你能闭上你的臭嘴吗？"他说。

我不知道哪件事更让我震惊：他骂的脏话，还是他没有付款就直接走出了商店。他就这么偷走了一个计算器。

不止如此。还有一天，我领完工资回家，威尔伯来做客了。这时外婆的身体已经不太好了，她体重掉得很快，变得愈发沉默寡言。

"外婆，我去把钱存到金库里。"

"我和你一起去吧。"威尔伯说。

"莫莉，你的男朋友真绅士。"外婆说，"快去吧，你们两个。"

威尔伯在存取款机旁问了我很多和酒店有关的问题，还问我打扫房间是什么感觉。我当然很乐意告诉他这些，告诉他铺好的干净床单、擦亮的黄铜把手是如何在阳光的衬托下将房间变成一片金色。我讲得非常投入，甚至没发现他在盯着我输入存取款密码。

那天晚上他突然离开了，就在《神探可伦坡》开播之前。接下来的几天我给他发了无数条短信，他都没有回复。我打了很多次电话，都转入了语音留言。有趣的是，直到这时我才发现自己不知道他住在哪儿。我从未去过他家，甚至不知道他的地址。他总说我家是多么好，最好还是来我家，说想多陪陪外婆。

大概一个星期后，我去取钱付房租，发现银行卡不见了。我问外婆要了她的那张，来到取款机旁——这才发现我们的"金库"已经被洗劫一空。一分钱都不剩。这时我才惊觉威尔伯不光是个骗子，还是个小偷。他就是一个彻底的坏蛋，最糟糕的那种人。

我被甩了，还被一个骗子耍得团团转。我感到很羞愧，恨不得钻到地底下去。我考虑了一下是否要报警，让他们帮忙追回那笔钱，但这就意味着必须告诉外婆发生了什么——而我做不到。我不想看到她失望的表情，她已经遭受过太多的打击了。

"你的那个小男朋友去哪儿了？"几天没看到威尔伯，外婆问我。

"嗯，其实，"我说，"他决定离开了。"我不喜欢说谎，所以这不算是谎言，只是有所保留的真相。外婆也没再追问。

"真遗憾，"她说，"不过不用担心，亲爱的。大海里有很多条鱼。"

"这是最好的结果了。"我说。她看起来很意外，也许是因为我并没有表现得太难过。但我确实很难过，我气坏了，我只是在学着掩饰自己的情绪。我学会了如何把怒火藏在平静的表面下，这样外婆就不会发现。她的生活已经很艰难了，她需要保持精力恢复健康。

不过，我一直在心底默默幻想着如何追踪威尔伯。我想过无数次，自己会如何在学校遇到他，用他背包上的系带绞住他的脖子。我想象过往他的嘴里倒漂白水，逼他承认自己做的事，向我和外婆道歉。

威尔伯卷款逃逸的第二天，外婆要去医院看病。那周她去了好几趟，但每次回来结果都是一样的。

"怎么样，外婆？他们查出病因了吗？"

"还没有，也许只是我的感觉出了问题。"

听到这些我不由得放下心来，因为虚惊一场总比真正患病要好。但我还是害怕，外婆的皮肤变得像皱纹纸一样脆弱，而且胃口也越来越差。

"莫莉，我知道今天是周二，该做大扫除了，不过我们可以改天再做吗？"这是她第一次要求改变我们的惯例。

"当然了，外婆，你好好休息吧，我来打扫就行。"

"好孩子，没了你我可怎么办呀？"

我没有把那句话说出来，但其实我心里想的是：要是没有外婆，我又该怎么办？

几天后外婆又要去医院，回家的时候有些不太一样。我能看出来她十分憔悴。

"我好像确实得病了。"她说。

"什么病？"我问。

"胰腺出了问题。"她看着我的眼睛，轻声说道。

"他们开药了吗？"

"是的，"她说，"开了药。很不幸的是，这种病会导致疼痛，所以他们开了止痛药。"

她以前从没提起过疼痛，但我隐约察觉到了。我能从她走路的姿势、挣扎着在沙发上坐下或起身的样子中看出来。

"是什么病呢？"我又问。

她并没有回答我，而是说："我要躺一会儿，今天太累了。"

"我给你泡茶，外婆。"我说。

"太好了，谢谢你。"

几周过去了，外婆变得越来越沉默，做早餐的时候也不再哼歌了。她的体重掉得很快,每天吃的药也越来越多。

我不明白。如果她正在服药的话,为什么没有变好呢?

我决定一探究竟。"外婆,"我说,"你到底得了什么病?为什么不告诉我?"

当时我们刚吃完晚饭,正站在厨房里洗盘子。"亲爱的莫莉,"她说,"我们去坐下说。"我们在乡村风格的餐桌旁坐下——这是几年前从大楼外面的旧家具堆中捡回来的。

我等着她开口。

"我是希望你能有时间适应。适应现状。"最终她说道。

"什么现状?"

"亲爱的,我得了很严重的病。"

"是吗?"

"是胰腺癌。"

于是,拼图的最后一片拼上了,一切谜团都解开了。这就说明了外婆为什么会如此消瘦又无精打采。她状态很不好,她需要正规的治疗才能痊愈。

"那些药什么时候才能起作用呢?"我问,"也许你该换一个医生。"但是她含糊其词,再次将真相深藏心底。胰腺出了问题。这个描述轻飘飘的,太过于无害,也太令人费解了。

"不会的,外婆。"我坚持道,"你会恢复的,我们能挺过去的。"

"唉,莫莉,有些事情并不是下决心就能做到的。我这一生过得很愉快,真的。我没什么可抱怨的,除了不能多陪陪你。"

"不。"我说,"我不接受。"

她的表情是如此高深莫测。她牵起我的手。她的皮肤很柔软,轻薄如纸,却又十分温暖。直到最后都很温暖。

"我就直说了吧,"她终于说道,"我要死了。"

那一瞬间,我感觉房间越来越狭小,地板倾斜,我无法呼吸,丝毫动弹不得。我以为我会晕倒在餐桌旁。

"我和科德维尔家说了,不能再为他们工作了。但是你不用担心,我们还有'金库'。希望我不会死得太痛苦。但就算会疼,我也有医院开的止痛药,而且还有你……"

"外婆,"我说,"你——"

"你要答应我一件事。"她说,"我不住院。我不想躺在病房里,周围都是不认识的人。没有人能替代家人或者家的温馨。我只希望能和你一起度过最后的日子,你明白吗?"

我确实明白。我一直极力无视真相,但此时已避无可避。外婆需要我,我还能怎么样?

那天晚上,在《神探可伦坡》开播之前很久外婆就去休息了。我扶她上床,吻了吻她的脸颊,对她说了晚安。然后我把厨房洗好的餐具整理归位,重新排列了柜子里所有的物品。一件一件擦拭为数不多的银餐具时,我的眼泪啪嗒啪嗒掉个不停。收拾完之后,厨房里全是柠檬的清香,我却总觉得还有污垢藏在角落里,而我要是不把它们清理干净,腐败就会蔓延到我们的生活中来。

至于"金库"和威尔伯的事情,我还是没有对外婆提起。我没有告诉她我们已经破产了,我没钱继续负担学费,甚至快要付不起房租。相应地,我增加了在丽晶大酒店的排班,这样才能有足够的钱负担外婆的药物,还有我们两人的日常开销。我们已经很久没付房租了,当然这一点我也没有告诉外婆。每次在走廊遇到房东罗索先生,我都会恳请他再给我们一点时间。我解释道,外婆生病了,家里的收入来源只有我。

与此同时,外婆的病情也不断恶化。我会在她床边给她读大学的手册，聊我感兴趣的课程和项目——虽然我知道，我不可能去那里上课了。外婆闭上眼睛，但我知道她在听，因为她嘴角有一抹平静的笑意。

"我死后，你需要的时候就用'金库'里的钱。如果你半工半读，'金库'的钱至少还能支撑两年的房租……包括你的学费，这样你就能过得轻松一点。"

"好的，外婆，谢谢你。"

回过神来，我才发现自己站在公寓的正门前。我走神了，我完全没有意识到。拖把斜靠在墙边，而我正紧紧抱着外婆缝的枕头。我不记得自己是什么时候放下的拖把，又是什么时候拿起的枕头。镶木地板看起来很干净，却无法掩饰岁月的痕迹。顶灯不厌其烦地照在我的头上，太过于明亮、温暖，令人无所适从。

我独自一人。站在这里多久了？地板已经干了，我的手机响个不停。于是我从外婆的扶手椅上拿起了手机。

"喂，我是莫莉·格雷。"

对方停顿了一下，说："莫莉，是我，丽晶大酒店的亚历山大·斯诺。很高兴你回家了。"

"谢谢，是的，我已经回来一段时间了。警探问过问题后开车送我回来的，她真好。"

"当然。谢谢你愿意配合，你的证词肯定能帮到调查的。"

他再次停顿了片刻。我能听到电话那端浅浅的呼吸声，这不是我第一次在家里接到斯诺先生的电话，但是他本来就很少打电话。

"莫莉，"他再次开口道，"我知道今天对你来说一定很难熬，对我们也是，尤其是布莱克夫人。布莱克先生逝世的新闻已经在媒体上传开了，酒店的员工也都很难过。"

"嗯。"我说。

"我记得明天是你这几周以来唯一一次休假,你今天也确实经历了很多,但是布莱克先生的遭遇让切莉尔大受打击,她说她明天来不了了。"

"但是发现尸体的并不是她。"我说。

"也许大家面对压力的反应各不相同。"他说。

"嗯,当然。"

"莫莉,你觉得,你明天可以来顶替她的排班吗?我真的很抱歉——"

"当然。"我说,"多一天工作我也不会死。"

对面是一阵长长的沉默。

"还有别的事吗,斯诺先生?"

"不,没有别的事了。谢谢你。明天早上见。"

"明天见。"我说,"晚安,斯诺先生,祝你好梦。"

"晚安,莫莉。"

星期二 ———

6

不得不承认,我昨晚做了噩梦。我梦到面色灰白的布莱克先生走进我家前门,就像一个活死人。我坐在沙发上看《神探可伦坡》,转头对他说:"外婆死了之后,就没有其他人来过这儿了。"他开始大笑——笑话我。但是我死死地盯着他,他的肢体化成了灰烬,细腻的黑色粉尘落在我的地板上,被我吸进了肺里。我开始干呕、咳嗽。

"不!"我喊道,"不是我干的,不是我干的!快出去!"

但是太晚了,他的灰尘散落四处,我惊醒的时候大声喘着气。

现在是早上六点整。早睡早起精神好,但是我只有早起。

我起床,收拾床铺,小心地把被子上外婆缝的星星铺在正中央,中间的一角指向正北,然后走进厨房,系上外婆的佩斯利花纹围裙,准备一人份的茶和松饼。早晨实在是太安静了,切松饼的声音听起来都有些恼人。我快速吃完早饭,冲了澡出门上班。

锁门的时候我听到有人在背后清了清嗓子,是罗索先生。

我转身面对他:"早上好,罗索先生,您起得真早。"

我本以为他会遵循基本的礼仪跟我问一声好,但他只是说:"交房租的日期早就过了,你到底打算什么时候付钱?"

我把钥匙放到衣服口袋里。"几天之后我就会交付房租,届时一定会付清所有欠款。您了解外婆和我,我们是守法公民,绝不会欠款不还。我很快就会付钱的。"

"你可记住了。"他说，然后回到了自己的屋子里，关上了门。

真希望人们走路的时候都能好好把脚抬起来，拖着脚走路太邋遢了，给人印象很不好。

好了，好了，我们可不能随便评判别人。我听见外婆在脑海里说，优雅又从容。这是我的缺点，我总会忍不住去评价他人，或者希望世界能按我的想法运作。

做人要像竹子一样，柔软而有韧性，强风下会弯曲，却不会折断。

柔软，韧性，这些都不是我的强项。

我下楼，走上大街，决定今天步行去上班。天气好的话，走上二十分钟是很惬意的事情。但今天阴沉沉的，厚厚的云层预示着即将到来的暴雨。看到繁忙的酒店，我不由得长舒了一口气。我的职业精神总能让我早到半个小时。

我和前门的普莱斯顿先生打了招呼。

"天哪，莫莉，别告诉我你是来上班的。"

"是呀，切莉尔昨晚请了病假。"

他摇了摇头。"当然。莫莉，你还好吗？昨天发生了那么可怕的事情。让你看到了那样的东西，真是……"

有那么一个瞬间，我想起了昨晚的梦。梦中的布莱克先生和现实中的他重叠在一起，躺在床上，死了。"不要过意不去，普莱斯顿先生，这又不是你的错。不过这件事情确实……让我有点难受。我会努力保持冷静的。"然后我突然想到了一件事，"普莱斯顿先生，布莱克先生昨天有朋友……或者其他客人来访吗？"

普莱斯顿先生整理了一下帽子。"我没有注意到。"他说，"为什么这么问？"

"哦，就是问问。"我说，"警察会调查的。如果是谋杀的话。"

"谋杀？"普莱斯顿先生严肃地看着我，"莫莉，如果你感觉不舒服，或者需要帮助——就来找我，记住了吗？"

我不擅长解读他人的情绪，普莱斯顿先生当然知道这一点。但是现在他的表情很强硬，眉毛因担忧而皱起，就算是我也能明白他的意思。

"谢谢你，普莱斯顿先生。"我说，"你真好。不过，今天肯定还有很多工作等着我呢，考虑到昨天这里来了那么多警察和医护人员。恐怕他们的鞋子并不像你的那么干净。"

这时，普莱斯顿先生抬了抬帽檐，注意到一些客人打车遇到了困难。

"出租车！"他喊道，然后转身面向我，"请照顾好自己，莫莉。"

我点点头，走上红色的阶梯，穿过透亮的旋转门。无数的顾客进进出出，斯诺先生就站在大堂前台，眼镜斜歪在鼻梁上，一缕头发从用发胶固定好的发型中散落出来，前后摆动，就像一根摇来摇去的手指。

"莫莉，真高兴你来了，谢谢你。"他说。他手里拿着当天的报纸，头条新闻醒目得令人无法忽视：《富豪查尔斯·布莱克于丽晶大酒店内死亡》。

"你看过这个了吗？"他问。

他把报纸递给我，我匆匆浏览了一遍文章。大意是说一名酒店女仆发现布莱克先生死于自己房间的床上。万幸，报道中没有提到我的名字。接下来是一些对布莱克家族的介绍，包括他的孩子和前妻。

近年来，布莱克产业的正当性频繁遭受质疑，据称该企业涉嫌多项金融犯罪，包括贪污和诈骗，但谴责的声音都遭到了布莱克律师团的强力反击。

读到一半时，我注意到了吉赛尔的名字，看得更仔细了些。

吉赛尔·布莱克是布莱克先生的第二任妻子，比丈夫年轻三十五岁。她很有可能成为布莱克产业的继承人，针对该问题的争议已在家族内部发酵多年。布莱克先生被发现死亡后，曾有人目击吉赛尔·布莱克戴着墨镜，在陌生男子的陪伴下离开了酒店。经数名酒店工作人员证实，布莱克夫妇是丽晶大酒店的常客。当被问及布莱克先生是否会在酒店召开商务会议时，酒店经理斯诺先生表示"无可奉告"。负责本案的斯塔克警探称，尚未排除凶杀的可能性。

我读完了报道，将报纸还给斯诺先生。当我意识到最后那句话到底写了什么的时候，忽然觉得脚下有些不稳。

"你也看到了吧，莫莉？他们竟然暗示这里发生了……发生了……"

"谋杀。"我说，"犯罪。"

"没错，是的。"

斯诺先生试图扶正眼镜，却不怎么成功。"莫莉，我想问问你，有没有在酒店里发现过任何……不正当行为？无论是布莱克夫妇还是别的客人。"

"不正当？"

"比如犯罪。"

"没有！"我回答道，"绝对没有。如果我发现了，肯定会第一个通知您。"

斯诺先生左顾右盼，走出前台，穿着黑白色制服的员工接替了他的位置。很多员工手里都拿着报纸，我猜布莱克先生会是今天的话题中心。

斯诺先生指了指阶梯旁边隐藏在阴影中的祖母绿沙发，我们走了过去。这是我第一次坐在酒店大堂的沙发上。我的身体陷进柔软的天鹅绒，没有不小心坐到弹簧上的危险（就像我家里的沙发）。斯诺先生坐在我旁边，低语道："吉赛尔现在还住在酒店里，但你不要告诉别人。她没有其他去处了，你明白吗？她现在的状况很糟糕，我把她安排在二楼的客房里了，桑妮塔会负责打扫她的房间。"

我感到胃里一阵颤动。"好的。"我说，"我该去工作了，酒店可不会自己变干净。"

"还有一件事，莫莉，"斯诺先生说，"布莱克夫妇的房间被封锁了——出于某些显而易见的原因。警方还在那里进行调查，已经贴上了防护胶带，门外也有人看守。"

"那我该什么时候前去打扫呢？"

斯诺先生盯着我看了很久。"你不能去打扫那间房，莫莉。我想说的就是这个。"

"好的，我明白了，我不会去的。再见。"

说完这句话我就站起身，走下大理石台阶，来到了地下的客房服务中心。

崭新的制服已经在衣柜外等待我的到来，包裹在塑料薄膜里，仿佛昨天的惨剧从未发生，仿佛过去并不存在。每天都是崭新的一天。我迅速换好制服，将自己的衣服挂进衣柜，然后找到我的推车。令人惊喜的是，推车已经准备万全（这一定是多亏了桑妮塔或者桑莎恩，绝对不可能是切莉尔）。

门外灯光亮得刺眼，我在名为走廊的迷宫里兜兜转转，来到了厨房。胡安·曼努埃尔正在将剩余的早餐倒进巨大的垃圾桶里，然后把餐具放进洗碗机。我从来没去过真正的桑拿房，但我猜和这里是差不多的——只是没有厨余垃圾那种刺鼻的味道。

胡安看到我后放下了手中的喷头，一脸担忧地看过来。

"愿主保佑你[①]，"他说着在胸前画了一个十字，"你好，莫莉小姐。你现在怎么样？我一直很担心你。"

今天所有人见到我都一副大惊小怪的模样，让我有些烦躁。死的又不是我。

"我很好，谢谢你，胡安。"我说。

"但是你发现了他。"他睁大了眼睛，低声说，"他死了。"

"是的。"

"我简直不敢相信，这意味着什么呢？"他喃喃道。

"意味着他死了。"

"我是说，对酒店来讲意味着什么呢？"他向我走近了几步，我们之间的距离只剩下半个推车了。

"莫莉，"他小声说，"那个布莱克先生，他很有影响力，太有影响力了。现在又该由谁来主持局面？"

"斯诺先生。"我说。

他用奇怪的表情看着我："是吗？他？"

"是的。"我断言道，"斯诺先生掌管这家酒店。现在我们可以不谈这些了吗？我该去工作了。今晚的房间必须另作安排，据

[①] 西班牙语。

说四楼被警察监控了,所以你今天就住在二〇二号,可以吗?去二楼,不能去四楼,要避开警察。"

"好,别担心,我不会被抓住的。"

"还有,虽然我不应该告诉你这件事,但是吉赛尔·布莱克也住在那层,所以你要小心,可能会有人去调查。在调查结束之前你要保持低调,明白了吗?"

我递给他二〇二号房的门卡。"好的,莫莉,我明白了。你也要保持低调,好吗?我很担心你。"

"没什么好担心的。"我说,"我该走了。"于是我离开了厨房,推着车走进了电梯,电梯里的空气比厨房凉爽清新得多。我坐电梯到大堂,去苏谢尔酒吧取当日的报纸。

我远远地看见罗德尼站在吧台后,他发现我之后就跑来迎接。

"莫莉!你来了。"他把手放在我的肩膀上,我感到一阵温暖的战栗,"你还好吗?"

"所有人都在问我这个问题。我很好。"我说,"不过,如果你能抱一抱我就更好了。"

"好呀!"他说,"其实我今天一直很想见你。"他把我拉入怀中,我把头靠在他的肩膀上,被他的气息环绕。

我已经很久没有被人拥抱过了,所以不知道该把手放在哪里。我尝试着用手圈住罗德尼,放在他的后背。他的后背比我想象得还要强壮。

但是他很快就放开了我。这时我才注意到他的右眼,已经肿起来了,眼周有一圈深紫色的印记,就像是被打了一拳。"你怎么了?"我问。

"哦,没什么,我就是在胡安的房间帮他整理东西,然后……撞上了门,你问他就知道了。"

"你应该冰敷，看起来很疼。"

"不聊我的事了，我想知道你怎么样了。"说着，他开始环顾四周。酒吧里有几个中年女性正在一起吃早餐，汤匙撞在陶瓷杯上叮当作响，伴着断断续续的欢声笑语。她们坐在一起打发漫长的上午，然后就会去剧院看戏。几家人吃着厚厚的松饼，为一天参观博物馆和观光的行程做足准备。一两个孤独的商务人士心不在焉地吃着欧式早餐，眼睛紧紧盯着屏幕或报纸。罗德尼在找人吗？肯定不是这些客人，但如果不是的话，到底是谁？

"听着，"罗德尼小声说，"我听说你昨天发现了布莱克先生，他们带你去了警察局问话。现在不方便说这些，你下班之后能来一下吗？我们可以找个安静的卡座，然后你可以把整件事告诉我，事无巨细，好吗？"他拉住我的手，用力捏了捏，深蓝色的眼中充满忧虑——他是在担心我。一瞬间，我还以为他要吻我，但很快我就意识到这有多蠢。这可是在大白天，谁会在酒店的餐吧吻自己的同事呢？他当然不可能这么做。但无论如何，还是很遗憾。

"当然了，我很乐意。"我说，努力摆出欲擒故纵的态度，"那就下午五点整？这算是约会吗？"

"呃，嗯，行吧。"

"那就到时候见。"我说完后转身离开。

"别忘记拿报纸。"他说，然后拿起了一沓报纸放在吧台上。

"哦，谢谢。"报纸太多，我运到推车上的时候有点费力。罗德尼站在吧台后，正在给一位顾客倒咖啡。我等了等，希望能再和他对上一次眼神，却没有等到。

没事的，今晚还有很多机会。

7

人生真是奇妙。令人惊讶的事件竟会接连发生，其本质却截然不同。差别大得就像白天与黑夜、正义与邪恶，如此泾渭分明。昨天，我发现布莱克先生死了；今天，罗德尼邀请我去约会。理论上，我们不算是出去约会，因为是在酒店里。但这并不重要，重要的是约会本身。

距离罗德尼上次邀请我去约会已经过去一年多了。幸运会造访懂得等待的人。是的，外婆说得没错。正当我以为罗德尼对我并不感兴趣的时候，事实就证明并非如此，而且时机恰到好处。昨天我的精神饱受摧残，今天的惊喜却令人欢呼雀跃，正所谓世事无常。

我推着车穿过走廊，来到电梯门前。几位女士急忙挤了进去，她们也许是来"姐妹聚会"的。她们进去后，当着我的面关上了电梯门，对此我早就习以为常。酒店女仆可以等待，酒店女仆要最后一个上电梯。终于，我等到了一班空电梯，推着车进去按了四楼，点亮的楼层数字发出红色的微光。鉴于昨天发现布莱克先生死于客房，再次回到这里让我不由得紧张起来。快振作一点，我告诉自己，你今天不用进那间屋子了。

随着"叮"的一声响，电梯门打开了。我的车一推出来就撞到了什么东西。一抬头我才发现，自己撞到了一位警官。他聚精会神地盯着手机屏幕，对自己挡在电梯门口的事实浑然不觉。且不论过错在谁，我很清楚这种情况下该如何表现。斯诺先生在培训中提到过：顾客永远是对的，无论他们是否给你造成了不便。

"非常抱歉，先生，您还好吗？"我问。

"嗯，我没事。你看着点路。"

"好的，我会注意的。谢谢您，警官。"我一边推着车绕过他一边说道。他挡在那里一动不动，让我真的很想直接把车从他的鞋子上推过去，但这未免有些不合适。绕过他之后我停顿了一下。"请问您有什么需要的吗？热毛巾，或者洗发水？"

"不用。"他说，"借过。"

他推开我，走向布莱克夫妇的房间。门口被明黄色的封条拦住了，他贴着墙，一只脚先跨了过去，接着是另一只脚。可想而知，如果他整天都这样蹭着墙走来走去，肯定会留下不少顽固污渍。我很想用扫把将他从墙边赶走，但我不能这样做。

我来到走廊的一端，从四〇七号房间开始打扫。好在客人已经退房了，屋里没有其他人。枕头下有五美元小费。我拿起那张纸币，默默道谢，然后收进了口袋。"不要小看零钱。"外婆是这样说的。我拆下旧床单，铺上新的。不得不承认，今天我的手有些打战。布莱克先生蜡黄而冰冷的面庞总会时不时闯入我的脑海，紧接着我就会像被电流击中了一般，想起昨天的一切。但我大可不必这么慌张，今天与昨天不同，是崭新的一天。为了缓解焦虑，我努力让自己想一些开心的事。而如今没有什么事能比罗德尼更让我开心了。

我一边打扫房间，一边回想自己与罗德尼逐渐升温的关系。我还记得刚入职的时候和他并不熟悉，但是每天去取报纸的时候我都会尽可能多停留一会儿。随着时间的推移，我们之间的关系也越发友善——或者该说是"情投意合"？但真正让我们变得更加亲密的事件，则发生在一年半以前的某天。

当时我正在三楼打扫卫生。桑莎恩负责一半，我负责另一半。三〇五号房的客人刚退了房，前台打电话来说需要清理。虽然这间房并不在我的职责范围内，但我还是进去了。我一推车进门，就看到屋里站着两名高大的男性。

外婆教过我不要以貌取人，所以当我看到这两个剃着板寸、脸上还有奇怪文身的壮汉时并没有想太多。也许他们是一个我没听说过的著名摇滚组合？或者是文身师？还是世界知名的摔跤手？考虑到我很少接触流行文化，对此一无所知也很正常。

"非常抱歉，先生们。"我说，"前台通知我说这间房已经空出来了，很抱歉打扰到您了。"

我露出了标准的礼节性微笑，等待着对方的回答。但是没有人说话。床上有一个海军蓝的旅行包，我进来的时候其中一人正在往包里放什么东西。像是某种机器或者工具。而现在他则是拿着那奇怪的东西愣在了原地。

漫长的沉默开始令人感到不适，就在这个时候，又有两个人从他们身后的浴室中走了出来。其中一人是罗德尼，穿着雪白的衬衫，袖子卷起，露出形状优美的前臂。另一人是胡安·曼努埃尔，手里正拿着一个棕色纸袋，大概装着他的午餐或者晚餐吧？罗德尼双手握拳，他和胡安见到我明显都很惊讶。说实话，我见到他们也一样惊讶。

"不是吧，莫莉，你怎么在这儿？"胡安说道，"你得快点离开。"

罗德尼转向胡安："怎么你突然就变成老大了？这里你说了算吗？"

胡安倒退了两步，忽然对自己的脚很感兴趣，盯着它们看得很入神。

我决定此时应该站出来缓和一下两人的关系。"理论上，"我说，"罗德尼是酒吧经理，所以职位级别上比我们高。但我们每个人都是重要且独特的个体，这一点不容忽视。"

两名壮汉的目光在罗德尼、胡安和我之间来回梭巡。

"莫莉，"罗德尼说，"你来干什么？"

"不是很明显吗？"我回道，"我来打扫卫生。"

"我知道，但是这间房应该不是你负责的啊。我和楼下的人说过……"

"和谁说？"我问。

"好吧，这个不重要。"

胡安突然冲过来抓住我的胳膊。"莫莉，不用担心我，你就下楼告诉——"

"好了。"罗德尼说，"快放开她。"这是命令的语气。

"哦，没事的。"我说，"胡安和我很熟悉，而且我也没有感到不快。"这时我才突然明白眼前发生了什么：罗德尼嫉妒胡安和我的关系。这是男人之间的竞争意识。这是好事，我想，因为这揭示了罗德尼对我的真心。

罗德尼不悦地看着胡安，然后说出了一句令人出乎意料的话。"你妈妈怎么样了，胡安？"他问，"你家人都在马萨特兰，对不对？我在墨西哥有些朋友，很好的朋友。他们肯定很乐意帮忙去照看你的家人。"

胡安松开了我的手臂。"不用，"他说，"我家人过得很好。"

"好，那就要保持下去。"罗德尼答道。

罗德尼在关心胡安的家人，真是个好人。我越是了解他，就越能看出他原本的样子。

两位陌生的壮汉开口说话了。也许我们能正式认识一下彼此,这样我就可以记下他们的名字,日后也许还可以在清理完房间后为他们留下几块巧克力。

"这他妈的是怎么回事?"其中一人问罗德尼。

"这他妈的是谁?"另一个人问。

罗德尼向前一步:"没事的,别担心,我来处理。"

"你最好给老子快点,别耍花样。"

不得不说,这持续不断的脏话让我大受挫败,但我是经过训练的专业服务人员,懂得如何应对各式各样的客人——无论对方是否有教养,用词高雅还是粗鄙不堪。

罗德尼挡在我前面,低声说:"你不应该看到这些的。"

"看到什么?"我问,"看到你们把这房间弄得多乱吗?"

其中一名壮汉开口道:"姑娘,我们可是清理得干干净净。"

"不过,"我说,"你们的工作成果远未达标。请看,地毯需要吸尘,上面到处都是你们的鞋印。前门堆积的物品也需要归类整理。还有厕所,简直像被象群踩踏过一样。更不用提这张茶几了。有谁没拿托盘吃了一个甜甜圈吗?还有这些油腻的手印,弄得玻璃上到处都是。我无意冒犯,但是你们怎么可能没注意到这些呢?除此之外,我还必须清洁每扇门的把手。"

我拿起一瓶清洁剂和一条毛巾,开始擦拭桌面,几乎一瞬间就把桌面擦得干干净净。"看,这样是不是好多了?"

两个壮汉面面相觑,嘴巴大张。显然,他们为我高超的清洁技巧所折服。胡安却显得有些尴尬,还在盯着自己的鞋面看个不停。

接下来是一段长长的沉默。好像有哪里不对劲,但我又说不上来。罗德尼背对着我转向他的朋友们说:"莫莉……是一个很特别的女孩。你们能看出来,对吧?她非常……与众不同。"

罗德尼这样夸我,让我觉得很不好意思。于是我努力看向别处,尽量不要让人发现我脸红了。"我很愿意为你的朋友们打扫卫生,"我说,"这是我的荣幸。只要告诉我他们入住的房间,我就可以把它加入待清洁名单中。"

罗德尼再次对那两人说:"你们看,她能帮上很大的忙,不是吗?而且她很低调,对不对,莫莉?"

"低调是我的座右铭,我的目标是为顾客提供切实却隐形的服务。"

那两人推开了罗德尼和胡安,走向我。

"所以,你不会多嘴,对吗?不会乱说?"

"我是一名酒店女仆,不是讲闲话的人。我的工作就是安静地打扫房间。完成工作后悄然离开,这就是我的职业精神。"

两人对视了一眼,然后耸了耸肩。

"可以吗?"罗德尼问。他们点点头,转身去取床上的旅行包。"你呢?"罗德尼转向胡安,"你也没问题了吧?"

胡安点点头,但是他的嘴仍然紧紧地抿成一条线。

"好了,莫莉。"罗德尼那双锐利的蓝眼睛看向我,说,"没事的。你就照常工作,可以吗?你把这里打扫干净,没人会知道胡安和他的朋友们来过,而且不要多嘴。"

"当然。如果你不介意的话,我要开始工作了。"

罗德尼靠了过来。"谢谢。"他低声道,"我们之后再好好聊一聊这件事。晚上能见一面吗?我会解释清楚的。"

这是罗德尼第一次向我提出私人邀请,我几乎不敢相信。"当然!"我说,"这是约会吗?"

"呃，当然。晚上六点我在大堂等你，然后我们找个安静的地方聊聊。"

那两名壮汉拿起旅行包，推开我，出门前在走廊里左顾右盼了一番，然后示意罗德尼和胡安跟上。他们四人离开了房间。

上午很快就过去了。我沉浸在工作中，甚至记不清自己都做了什么。我的心早已飞向晚上六点的约会，却忽然想起我是穿着旧长裤和外婆的高领上衣来上班的。这样可不行，这可是我和罗德尼的初次约会。

我打扫完手头的房间，推车进入走廊，寻找在三层另一侧的桑妮塔。

虽然她正在打扫的房间门是敞开的，但我还是敲了敲门。她停下手头的工作看向我。"我有点事要办，如果切莉尔上来，你能告诉她……我会马上回来吗？"

"当然了，莫莉。现在早就过了午休时间，你都不停下来休息！你要知道，你也是可以午休的。"说完她便继续开始工作，嘴边哼着歌。

"谢谢。"我说，然后冲出房间到电梯旁，下楼从旋转大门离开了酒店。

"莫莉，你还好吗？"我路过普莱斯顿先生的时候他问道。

"好极了！"我喊道，然后小跑着向转角的一家时装店冲去。每天上班我都会经过那里。店面柠檬黄色的标牌很可爱，橱窗里的模特每天都会换上时髦的新衣服，我一直很憧憬。平时我不会去那里买衣服，那是给酒店顾客（而不是他们的女仆）准备的消费场所。

我推门走进商店，店员迎上前来。

"您需要帮助吗？"她问。

"是的。"我上气不接下气地说,"我急需一套衣服赶赴今晚与潜在浪漫对象的约会。"

"哎呀。"她说,"那你运气不错,浪漫正是我的专长。"

大约二十二分钟后,我拎着一个大大的黄色纸袋离开了时装店。袋子里装着一件波点上衣,一条紧身牛仔裤,还有一双"猫跟鞋"——据我观察,鞋子上并没有猫的图案。虽然店员说出的金额让我几近昏厥,但她都已经打包好了,这时退却似乎有些不合适。我用借记卡付了款,然后冲回酒店,努力不去想自己刚刚花掉了未来房租这一事实。

十二点四十五分,我准时回到了酒店。普莱斯顿先生注意到了我的购物袋,但并没有就此发表意见。我冲下楼梯到客房服务总部,把新买的衣服锁进柜子里,然后回去工作。整个过程中都没有遇到切莉尔。

那天下午六点整,我穿着新衣服出现在了酒店大堂。我甚至用在"失物招领处"找到的卷发棒烫了烫头发,让发丝变得更加顺滑——就像吉赛尔那样。我看到罗德尼来到大堂,正在四处寻找我的身影,他的目光扫过我,然后又看了过来。他没能认出我。

他走上前来。"莫莉?"他说,"你看起来……不太一样。"

"好看还是不好看?"我问,"我完全将选择权交给了一家本地商店的店员,希望她没有做得太离谱,时尚并不是我的长项。"

"呃,你看起来……很不错。"他错开了眼神,"我们走吧?我们可以去街那头的橄榄花园餐厅。"

真是不可置信!这就是命运吧。这一定是某种征兆。橄榄花园是我和外婆最喜欢的餐厅。每年我们过生日的时候都会去那里,享受无限量供应的蒜蓉面包和沙拉。上次去的时候是外婆的七十五岁生日,我们点了两杯霞多丽葡萄酒作为庆祝。

"祝贺您,外婆!您已成功跨越四分之三个世纪,至少还能再活二十五年!"

"外孙女说得对!"外婆说。

罗德尼居然会选择我最喜欢的餐厅,我们真是命中注定的一对儿。

离开酒店的时候普莱斯顿先生看着我:"莫莉,你还好吗?"他伸出一只手,扶住了即将摔倒的我。我穿着这双新买的猫科动物鞋,走路摇摇晃晃的,罗德尼在我之前冲下了楼梯,正站在路边等我,查看着手机上的信息。

"没事的,普莱斯顿先生。"我说,"我很好。"

走下楼梯之后,普莱斯顿先生压低了声音问:"你不是要和他出去约会吧?"

"其实,"我也小声回道,"正是如此!那我就先……"我抓住他的手臂捏了捏,跟跟跄跄地赶到了罗德尼身旁。

"我准备好了,走吧。"我说。罗德尼手机上的信息似乎很重要,他往前走的时候眼神并没有离开屏幕。远离酒店之后,他才收起手机、放慢脚步。

"抱歉,"他说,"酒吧经理的工作永无止境。"

"没事的,"我回道,"你的工作很重要,你是一只忙碌的蜜蜂。"

我引用了斯诺先生在员工培训中的比喻,但他似乎并没有发现这一点。

在去餐厅的路上,我有一搭没一搭地聊着所有能想到的话题——比如真正的羽毛做出来的掸子比人工羽毛的好用,还有那个和罗德尼一起工作的女服务员(她总是记不住我的名字),当然，还有我最钟爱的橄榄花园餐厅。

在漫长的十六分钟又三十秒之后，我们到达了餐厅正门。"女士优先。"罗德尼绅士地为我打开了门。

一位年轻的女侍者领着我们走到位于餐厅角落里的卡座前。看起来很浪漫。

"想喝点什么？"罗德尼问。

"好呀，我想来一杯霞多丽，你要一起吗？"

"我一般喝啤酒。"

服务生过来的时候我们点了饮料。"现在可以点餐了吗？"罗德尼看了看我，问，"你想好要点什么了吗？"

当然，我早就想好了。我每次来都会点它。"请给我来一份'意大利之旅'，"我说，"千层面、通心粉、帕尔玛干酪和鸡肉的组合永远不会出错。"我用尽可能挑逗的眼神看向罗德尼。

他看着菜单："我要意大利肉酱面。"

"好的，先生。您需要免费的沙拉和蒜蓉面包吗？"

"不，不用了。"罗德尼回道。不得不说，这让我有点失望。

服务生离开了，留下我们坐在吊灯暧昧不明的橙黄色光晕中。这么近距离看到罗德尼的脸，让我瞬间忘记了蒜蓉面包和沙拉。

他胳膊撑在桌面上。我暂且忽略了这一有失礼节的动作，仅此一次，因为那完美的小臂线条。

"莫莉，你可能在想今天到底是怎么回事，那些人为什么会在房间里。我不希望你留下什么不好的印象，出去和别人乱说——我想和你当面解释清楚。"

服务员端来了我们的饮料。

"为我们干杯。"我像外婆教的那样，用两只手指轻轻捏住杯脚（淑女永远不会用手去碰杯壁，那样会留下脏兮兮的手印），举杯说道。罗德尼也拿起他的啤酒，和我碰了一下杯。他很渴的样子，一口气就喝光了大半杯啤酒，然后"哐当"一声把酒杯放回桌面。

"所以，就像我刚才说的那样。"他说，"我想和你解释一下今天发生的事。"

他停下，看向我。

"你的眼睛真蓝，真好看。"我说，"希望你不会觉得冒犯。"

"有趣，最近还有另一个人也这么跟我说过。不过，言归正传。那两个在酒店房间里的人是胡安的朋友，不是我的朋友，你明白了吗？"

"这很好呀。"我说，"很高兴他能在这边交上朋友。你知道，他家人都在墨西哥，他自己一个人可能会觉得孤单。我能理解，因为我偶尔也会这样。当然不是现在，现在我并不感到孤单。"

我喝了一大口葡萄酒，非常美味。

"有些事情你可能不知道，关于胡安·曼努埃尔。"罗德尼说，"他目前还不是注册移民，他的工作签证不久前过期了。但是因为他在后厨工作，所以斯诺先生暂时还不知道这件事。如果胡安被抓住了，他就会被驱逐出境，也没法再给家里寄钱了。你知道他的家人对他很重要，对吗？"

"我知道。"我说，"家人都是很重要的，你不这么认为吗？"

"我不觉得。"他说，"我家人很久前就和我断绝关系了。"他又拿起啤酒喝了一口，然后用手背擦了擦嘴。

"太糟糕了。"我说，我简直无法想象会有人不愿意和罗德尼做家人。

"嗯，"他说，"所以你在房间里看到的那两个人，他们不是有个旅行包吗？那其实是胡安的包。不是他们的，也不是我的，是胡安的，明白了吗？"

"是的，我明白了。我们都有自己的包袱。"我停顿了一下，希望罗德尼能听出我机智的应答。"这是个玩笑。"我解释道，"虽然他们真的有一个包，但包袱也可以指代人们精神上的重负，不是吗？"

"呃，好吧。总之，胡安的房东发现他的签证过期了，就把他赶出来了。现在他没地方住，我就在帮他处理这些问题，你懂的，就是法律文件什么的，因为我认识些人。我尽我所能帮他，但这些都是保密的。莫莉，你擅长保密吗？"

他紧盯着我，能和他共有这样一个秘密让我感到很荣幸。

"当然了。"我说，"尤其是为你。我的心口有一把锁，专门保管这些秘密。"我在胸前比画了一下。

"好。"罗德尼说，"所以这样的事情还会有更多，每天晚上都有。我会安排胡安睡在不同的房间里，这样他就不用睡大街了。但是不能告诉任何人，你知道吗？如果有人发现我在做的事情……"

"你就会惹上大麻烦，胡安也会无家可归。"我说。

"对，没错。"他回道。

罗德尼再次证明了自己是一个多么好心肠的人。他出于无私的善意帮助朋友，我感动得无以复加。

就在这时，服务员回来了，用我的"意大利之旅"和罗德尼的肉酱面填满了空气中的沉默。

"祝我们用餐愉快。"我说。

我吃了几口异常美味的意面，然后放下叉子。"罗德尼，我真的很佩服你，你真是一个好人。"

罗德尼的嘴里塞满了肉丸。"我尽力,"他说着,嚼了嚼然后咽下去,"但你要是能帮把手就更好了,莫莉。"

"怎么帮?"我问。

"要找到酒店里的空房间变得越来越难了。以前还有人能给我捎个信,但现在他们也不跟我合作了。而你……你不会被怀疑,你知道每晚哪间房是空闲的。你还很擅长打扫!就像你今天说的那样。如果你能告诉我哪个房间是空房,并且还能在别人发现之前把房间打扫干净的话,胡安和他的朋友就不会露宿街头。只要事后打扫干净,就不会有人发现这件事。"

我小心地将餐具放下,摆在盘子两侧,然后再次喝了一小口酒。我能感受到酒精作用于我的大脑,让我感到松弛而自由,让我的双颊变得滚烫。我已经很久没有过这种感觉了。几乎从未有过。

"我很高兴能帮到你。"我说。

他叮当一声放下叉子,抓住了我的手,仿佛一阵电流闪过。"你最可靠了,莫莉。"他说。

罗德尼的夸赞让我不知该如何回应,我早已沉溺在那深蓝色的湖水中。

"还有一件事,你得记住不要和任何人提起这件事,好吗?尤其是你今天看到的。一个字都不要提,尤其是对斯诺,还有普莱斯顿,甚至是切莉尔。"

"这是自然的,罗德尼。你是出于正义感而行善,让糟糕的世界变得更加美好。我理解的。就像罗宾汉劫富济贫。"

"没错,我就是罗宾汉。"他拿起叉子,又往嘴里送了一颗肉丸,"我真想亲你一口,莫莉,真的!"

"好呀,但是我们可以等你把食物咽下去再说吗?"

他笑了笑，快速吃完了盘子里的意面。我甚至不用问就知道，他不是在笑话我，而是在和我一起笑。

我还期待着也许可以在这里多坐一会儿，吃个甜点再走。但是他吃完盘子里的意面后，就招呼服务员来结账了。

离开餐厅的时候，他帮我扶着门，就像一位完美的绅士。走出餐厅后，他问我："所以我们说好了？作为朋友，互相帮助？"

"当然。我会在早上告诉胡安他能用哪间房，给他一个房门钥匙。然后第二天早上提前去打扫他和朋友住过的房间。切莉尔出了名的懒散，她肯定不会注意到的。"

"简直完美，莫莉。你真是个特别的女孩。"

我看过《卡萨布兰卡》和《乱世佳人》，所以知道现在就是关键的时刻。他会在这时倾身向前吻上我。他似乎是要吻我的脸颊，于是我动了动，暗示他我并不介意吻在唇上。遗憾的是，我们还是有点错位，但我并不讨厌最后那个落在鼻尖的吻。

在那个瞬间，罗德尼吻了我。他吻了哪里并不重要。事实上，除此之外的一切都不重要了——无论是他衣领上的红色肉酱，还是他之后立刻掏出手机的模样，甚至是卡在他牙缝里的罗勒叶。

8

一天的工作即将结束。回忆那天的约会让时间过得很快，同时也让我更加期待今晚的约会。当然，这也帮我避免了回想昨天发生的事情。大部分时候我都能控制住自己不去想那些画面，但布莱克先生躺在床上死去的景象还是在某个时刻钻进了我的脑海。突然之间，他的脸变成了罗德尼的脸，两人的样子逐渐变得模糊不清，纠缠在了一起。

这怎么可能！我为什么会做出这样的联想？罗德尼和布莱克先生完全不同。罗德尼年轻，布莱克年迈。罗德尼善良，布莱克邪恶。我摇摇头，将这幅可恶的画面赶出脑海。就像擦画板一样把思绪擦干净。

除此之外，我还想到了吉赛尔。我知道她住在酒店里，却不知道具体在哪儿。应该是在二楼的某个房间。布莱克先生去世，不知道她现在怎么样了？她会开心吗？还是难过？她是感到松了一口气，还是在为自己的未来忧虑？她会继承遗产吗？会的话，又能得到多少？如果新闻里说得没错，她就是布莱克家族的遗产继承人，但布莱克先生的妻儿肯定不会同意。而我知道，金钱总是眷顾那些生来富有的人，抛弃那些更需要它的人。

我很担心吉赛尔，不知她会面临怎样的未来。

友情就是这样。你会得知一些本不该知道的事情，抱有其他人的秘密，而有些时候，这些重负会压得你喘不过气。

现在是下午四点半，距离和罗德尼约见的时间只剩下半个小时了。我们的第二次约会。总算有点进展了！

我推车穿过走廊，告诉桑莎恩我已经打扫完了所有负责的房间，包括昨天胡安住的那间房。

"你可真快！莫莉小姐。"桑莎恩说，"我还剩下好多呢。"

于是我和桑莎恩告别，在去往电梯的路上再次偶遇了来调查的警官，但是他几乎没有注意到我。我乘电梯到地下室，脱下女仆制服，换上自己的衣服——牛仔裤和一件印花衬衫。这并不是约会的理想装扮，但我已经没有多余的钱花在猫跟鞋和波点上了。再说了，罗德尼是个真正的好人，不会以貌取人。

五点过五分的时候，我准时出现在了苏谢尔酒吧门口，在"请入座"的标识牌前等候。罗德尼看到了我，从吧台后面出来走到了我身旁。

"时间刚好。"他说。

"准时是我的一大优点。"我回道。

"我们去后面找个地方吧。"

"找个私密的地方，是的，听起来不错。"

我们穿过餐吧，找到了后面角落里一个隐蔽而浪漫的卡座。

"这里真安静。"我说着在空椅子上坐下。服务台前的两名女服务员正在小声聊天，因为现在几乎没有客人。

"是啊，刚才可不是这样。来了好多警察，还有记者。"他朝四周看了看，然后目光转向了我。他眼周的瘀青看起来比早上好了些，但还是有点肿。

"昨天发生的事情真的太糟糕了，莫莉。你发现了布莱克先生的尸体，还被带到警察局，一定很难受吧？"

"昨天确实是混乱的一天。但是今天好多了，尤其是现在。"我补充道。

"所以，你昨天在警察局的时候，没有提到胡安的事情吧？"

这个问题真奇怪。"没有，"我说，"胡安和布莱克先生没有关系呀。"

"嗯，对。当然了。但是你知道，警察有时很多事，我只是想确保胡安不会受到牵连。"他一只手插进浓密的卷发里，"你能告诉我昨天发生了什么吗？你在那间房里都看到了什么？"他问，"我是说，你肯定很害怕，但是如果能……呃，和朋友说说，可能会让你好受点。"

他握住了我的手，温暖得不可思议。我很想念肢体接触，尤其是在外婆去世之后。她以前也会这样做：握住我的手，让我和她聊聊天，告诉我没事的，让我感到无比安心。

"谢谢你。"我对罗德尼说。毫无由来地，我竟然有些想哭。我努力抑制住这种冲动，对他说了昨天发生的事。"昨天一切都很正常，直到我打扫完布莱克夫妇的房间。我去清理浴室，进门后却发现客厅十分凌乱。于是我去卧室检查，发现那里也乱成了一团。而他就躺在床上，我以为他在睡觉……但其实他已经死了，死透了。"

这时罗德尼的另一只手也握了上来，捧住我的手。"天哪，莫莉。"他说，"这简直太可怕了……你在房间里还看见了什么吗？有没有奇怪的地方？"

我和他说了保险柜的事情，说里面的钱不见了。还有那天早些时候在布莱克先生的口袋里看到的那张写着"契约"的纸。

"只有这些吗？没有其他不寻常的事情？"

"其实还真的有。"我说，然后告诉他吉赛尔的药落在了地板上。

"什么药？"他问。

"吉赛尔有个小药瓶，那个瓶子里的药就落在布莱克先生床边的地板上。"

"见鬼，不会吧。"

"是真的。"

"吉赛尔当时在哪儿呢？"

"我不知道。她不在房间里。她早上似乎很伤心，我知道她计划出行，因为她的钱包里有机票。"我换了换坐姿，像老电影里的女明星那样用手撑住脸颊。

"你和警察说了吗？药和机票的事情？"

面对罗德尼步步紧逼的追问，我开始有点不耐烦了。但耐心是一项美德，我希望在罗德尼眼里我是一个有耐心的人。

"我说了药的事情。"我说，"但其他的没有说。希望你能保守这个秘密……其实吉赛尔对我而言早已不只是一名客人，她……嗯，她已经是我的朋友了。我很担心她，而警察的询问让我觉得……"

"什么？觉得什么？"

"觉得他们可能在怀疑她。"

"但是布莱克不是自然死亡的吗？"

"虽然警察确实是这么想的，但也不能完全排除其他的可能性。"

"他们还问了什么吗？关于吉赛尔，或者我？"

我忽然觉得有点不对劲，就像肚子里沉眠的巨龙被惊醒了一般。"罗德尼，"我的声音中有着难以隐藏的质问，"他们为什么会问起你？"

"哦，我犯傻了。"他说，"没什么，我也不知道自己怎么会说出那样的话。"

他将手移开了。我真希望他不要把手拿开。

"我只是有点担心吉赛尔，还有酒店。这件事让我很担心，就是这样。"

我发觉自己似乎漏掉了什么。每年圣诞节的时候，我和外婆都会在客厅一边听节日颂歌一边拼拼图。拼图的难度越高，我们拼得就越起劲。我现在就有这样一种感觉，仿佛面前摆了一幅高难度的拼图，而且哪里拼错位了。

然后我想到了。"你说过你和吉赛尔不熟，是吗？"

他叹了一口气。我知道我的问题惹恼了他，虽然我并无此意。

"我就不能单纯地关心她一下吗？"他反问道。他语气生硬，就像每次切莉尔打算干坏事的时候一样。

我当然不能让罗德尼讨厌我。"对不起，"我身体前倾，笑着说道，"你当然可以为她担心。你就是这样的人呀，你会关心身边的人。"

"没错。"他从口袋里拿出手机，"莫莉，你记一下我的号码。"

我感到一阵兴奋，先前的疑虑瞬间一扫而空。"你要我记下你的手机号？"我做到了，我弥补了我们之间的裂痕，约会回到了正轨。

"如果发生了什么事——如果警察再来烦你，或者问东问西，你就告诉我。我会帮你的。"

我拿出手机，和他交换了号码，然后把自己的名字输入他的通讯录中。我觉得有必要给自己加一个备注，于是写上"莫莉，酒店女仆／朋友"。我甚至在最后加了一个桃心表情，象征我们两人的浪漫关系。

将手机还给他的时候，我的手微微打战。希望他能看到我加的桃心。但是他没有看。

然后斯诺先生来了。他走到吧台前，拿了一些文件离开。罗德尼缩在我对面的椅子上。其实他完全没必要这么害羞。斯诺先生说过，下班时间还愿意留在岗位上的都是 A++ 级别的优秀员工。

"听着，我得走了。"罗德尼说，"如果发生了什么事，你会打给我的吧？"

"当然。"我说，"我一定会电话联系的。"

他站起身来，我跟着他走出大堂和酒店大门。普莱斯顿先生就站在门口。

我向普莱斯顿先生招手，他抬了抬帽檐。

"这附近有出租车吗？"罗德尼问。

"当然。"普莱斯顿先生说。他走到街上，吹响口哨，拦下了一辆出租车。当车停下来时，普莱斯顿打开了后座的门。"请进吧，莫莉。"他说。

"不，不对。"罗德尼说，"这辆车是我要叫的，莫莉要去别的地方……对吧？"

"我去东边。"我说。

"对，而我要往西走。祝你们晚上愉快！"

罗德尼坐进车里，普莱斯顿先生关上车门。出租车开走了。罗德尼从车窗里朝我招手。

"我会给你打电话的！"我喊道。

普莱斯顿先生站在我身旁。"莫莉，"他说，"你要小心那个人。"

"罗德尼吗?为什么?"我问。

"因为他是一只青蛙,亲爱的。不是所有的青蛙都能变成王子。"

9

我满心欢喜、步伐轻快地走回家。刚才和罗德尼的约会让我倍感振奋。然后我又想到了刚才普莱斯顿先生对罗德尼的评价——青蛙和王子什么的，顿时无限感慨。人是多么容易误解另一个人啊！即便是普莱斯顿先生这样出色的人偶尔也会看走眼。除了光滑的胸膛之外，我看不出罗德尼和两栖动物之间有什么相似之处。当然，虽然他不是青蛙，但我还是希望罗德尼能成为我故事中的王子。

我琢磨着应该何时打电话给罗德尼。我应该立刻打给他，感谢他邀请我约会吗？还是应该等到明天？也许我应该给他发短信？对于这种事情，我唯一的经验来自威尔伯，而他讨厌打电话，短信也只用于实际事务而非日常交流。比如"预计七点零三分到达""香蕉打折五美分一斤，量少速购"。如果外婆还在的话，我还能询问她的建议，但如今这个选项也不复存在了。

回到公寓楼前，我发现了一个熟悉的身影。有一瞬间我以为自己出现了幻觉，走近之后才发现真的是她。她戴着巨大的太阳镜，拿着漂亮的黄色手包。

"吉赛尔？"我问道。

"谢天谢地，莫莉，见到你真好。"在我能答话之前，她就紧紧抱住了我。我哑口无言，主要是因为喘不过气。她松手后，稍稍扬起墨镜，我看到了镜片后哭红的双眼。"我能进去吗？"她问。

"当然了。"我说，"真不敢相信你居然来了。我……见到你很开心。"

"肯定不如我见到你开心。"她说。

我从口袋里掏出钥匙，打开门请她进楼的时候手还有些颤抖。

她小心翼翼地踏入楼内，环顾四周。公寓大厅地面上落有传单、烟头，还有泥脚印。非常脏乱。看到这些，她忍不住露出了嫌恶的表情，我能看得出来。

"糟透了，不是吗？真希望房东们都能保持大楼整洁。不过外婆的……我的公寓会干净很多。"我说。

我领她走向楼梯间。

她抬头向上看去："你住在几楼？"

"五楼。"我说。

"有电梯吗？"

"抱歉，这里没有电梯。"

"哎呀。"她叹道，但还是穿着细高跟和我一起向上攀登。我们来到五层，我赶忙帮她推开老旧的防火门，门打开的时候发出了刺耳的嘎吱声。她穿过门，来到走廊。霎时间，这里昏暗的灯光、烧坏的灯泡、斑驳的墙纸都仿佛变得更加破败不堪。房东罗索先生听到了动静，打开了门。

"莫莉，"他说，"看在你外婆的分上，你什么时候能给我交清欠下的房租？"

我的脸上一热。"请放心，这周一定可以。你会拿到房租的。"我脑海里浮现出一个装满肥皂水的红色大桶，将房东又圆又胖的脑袋按进去。

我和吉赛尔走过房东的公寓，她立刻翻了一个大大的白眼。我不由得松了口气，因为我本以为欠下房租这件事会让她对我印象不佳。显然，她并不是这么想的。

我拿出钥匙，打开门的时候手有些控制不住地颤抖："请进。"

吉赛尔进门，四处看了看。我跟在她身后，有些无所适从。我关上门，把生锈的门闩插好。她站在门口，看着外婆的一幅画。画里有几位女性，悠闲地卧在河边，正围在一个竹篮旁野餐。她又看到了那把老木椅，还有椅子上外婆绣的枕头。她拿起枕头，默读着上面的字。

"嗯，"她说，"有意思。"忽然间，吉赛尔的表情痛苦地扭曲起来，眼中溢满泪水。她抱住枕头，默默地哭了。

我大吃一惊，完全不知所措。吉赛尔为什么会在我家？为什么在哭？我该怎么做才好？

我把钥匙放在椅子上。

无论何时都要努力做到最好。我想起外婆这样对我说。

"吉赛尔，你为什么这么难过？是因为布莱克先生死了吗？"我问道，然后想起来人们一般不喜欢这么直白的表述。"抱歉，"我纠正道，"我是说，我很遗憾发生了这样的事情。"

"遗憾？为什么？"她抽泣着问道，"我不遗憾，一点都不遗憾。"她把枕头放回原位，轻轻拍了一下，然后深吸了一口气。

我换下鞋子，用鞋柜上的布擦干净鞋底，然后收起来。

她看着我。"哦，"她说，"我也应该把鞋子脱掉吧。"然后将那双黑亮的高跟鞋脱下，鞋底是鲜红色的。那双鞋的鞋跟高到我都不敢相信她真的穿着它爬了五层楼。

她伸手向我要擦鞋的布。

"哦，不用。"我说，"你是客人。"我接过她造型精致的鞋子，放进鞋柜。她环顾着我的房间，看向墙皮脱落的天花板。那上面有从楼上渗下来的圆形印记。

"请不要太在意那些，"我说，"毕竟我也管不了楼上的人。"

她点点头，擦干了眼泪。

我冲到厨房，拿了一张餐巾纸给她。"需要纸巾帮你解决烦恼吗？"

"天哪，莫莉。"她回道，"你不能总是这样说话，尤其是在人们难过的时候，他们会误解的。"

"我只是——"

"我知道你没有恶意，但其他人不会这么想。"

我沉默了片刻，仔细回想着她刚才说的话，把这堂课存入脑海。

我们还站在门口。我僵在原地，不知道接下来该做什么，不知道该说什么。如果外婆在的话……

"你应该请我进客厅了。"吉赛尔说，"让我随便找地方坐下之类的。"

我肚子里又出现了那种奇怪的感觉。"对不起，"我说，"我们……我很少有客人来。不，是几乎没有过。外婆偶尔会请人来做客，但她去世之后就没人再来过了。"我没有告诉她，她是九个月以来的第一个客人，但这千真万确。她还是第一个"我的"客人。然后我忽然想到了一件事。

"外婆总说'一杯热茶总能解决问题，如果不行的话就再喝一杯。'你想喝茶吗？"

"好啊。"她说，"都想不起来我上次喝茶是什么时候了。"

我连忙走向厨房开始烧水，吉赛尔在客厅里四处闲逛。好在今天是星期二，我昨天刚刚擦过地板。至少我知道地板是干净的。吉赛尔走向客厅另一端的窗户，轻轻抚摸着外婆的绣花窗帘。窗帘上的花是许多年前外婆亲手缝上去的。

我拿出茶壶，吉赛尔正蹲在一边研究外婆的收藏品。她看了看施华洛世奇的水晶动物，又拿起了一个相框。看到她在家里让我有些忐忑不安。虽然我知道公寓很干净，但这实在不是她这种身份的人会喜欢的地方。我不知道她在想什么，也许她正惊诧于我的生活环境。这里和华丽的酒店完全不同，虽然我自己适应良好，但也许她并不这么想，这让我感到很焦虑。

我从厨房里探头出来："请放心，这间公寓的卫生指标一向维持在最高水准。不幸的是，酒店女仆的工资无法支撑我购置奢侈的家具保证装潢品位。在你看来这间屋子一定很老气，甚至有点……破旧？"

"莫莉，你真的完全不了解我在想什么。你并不清楚我的过去，我也不是一直都过着那么奢华的生活。你知道我来自哪儿吗？"

"玛莎葡萄园。"我说。

"不，只是查尔斯会这么告诉别人。我来自底特律，而且不是治安最好的那片区域。这间屋子让我想起自己的家，很久以前的家——那时我还不是孤身一人，也还没有逃离一切。"

我在厨房门口看着她仔细端详一张我和外婆十五年前拍的合影。我当时十岁，和外婆一起报了烹饪课。照片里我们戴着大大的厨师帽，外婆开心地笑着，我则一脸严肃。我还记得当时面粉弄得桌子上到处都是，让我很不愉快。我的手上和围裙上也全是面粉。吉赛尔拿起了旁边的一张照片。

"哇,"她说,"这是你的姐姐吗?"

"不,"我说,"是我妈妈,很久以前的照片。"

"你们长得真像。"

我知道自己和妈妈长得很像,尤其是在这张照片里。照片里的女性一头黑发长及肩膀,勾勒出一张圆月般的脸庞。外婆很喜欢这张照片,她说这是她的"二合一宝藏",因为它能让她想起逝去的女儿,也能让她想起身边的外孙女。

"你妈妈现在住在哪里?"

"她已经去世了,和我外婆一样。"

水烧开了,我连忙将热水倒进茶壶。

"我的亲人也是。"她说,"所以我才离开了底特律。"

我把茶壶放在家里最好的也是唯一的银托盘上,放上两个陶瓷茶杯和汤匙一起端了过来。托盘上还有一只水晶糖碗,一小壶牛奶。这些都是充满回忆的物品,是我和外婆从二手市场或者科德维尔家丢弃的物品中收集的。富人会丢掉很多还可以使用的东西。

"对不起,我不该问起你妈妈的事情。"吉赛尔说,"还有你外婆。"

"不用觉得抱歉,这和你又没有关系。"

"我知道,但人们都会这么说的,就像你在门口对我说很遗憾查尔斯死了一样。"

"但是布莱克先生昨天才死,我妈妈很多年前就死了。"

"这不重要,"吉赛尔说,"大家还是会这么说。"

"谢谢你解释给我听。"

"当然,不客气。"

我确实很感激她的耐心说明。外婆死后,我总觉得自己像一个站在地雷区的盲人,一不小心就会踩到社交雷点。但是吉赛尔在我身边的时候,我感觉就像穿上了一副铠甲,或者被人护卫着前进。我喜爱丽晶大酒店的其中一个原因就是它的员工手册,我可以依据斯诺先生的教导来行动,知道何时该说什么话。有这样明确的行为指南会让我感到安心。

我把茶端到客厅,放下时发出了叮当声。吉赛尔坐在沙发上,旁边还有一根戳破坐垫的弹簧——虽然被外婆用编织毯盖住了。我在她身旁坐下。

我倒了两杯茶,拿起那只镶着金边、印着雏菊花纹的杯子,这才意识到了自己的失礼。"抱歉,你想要哪个杯子?我一般都用这个,外婆喜欢那个英国乡村图案的,我都习惯了。"

"看出来了。"吉赛尔说着拿起了外婆的茶杯。她往杯子里加了两勺糖和一点牛奶,然后搅拌起来。她一定没怎么做过家务,那双手光滑无瑕,长长的指甲涂成了红色。

吉赛尔喝了一口茶。"我知道你在想我为什么会来这儿。"

"我很担心你,很高兴能见到你。"我说。

"昨天是我人生中最糟糕的一天,莫莉。警察不停地盘问我,把我带到警察局,好像我是一个嫌疑犯。"

"我也在担心这样的事情,他们不该这么对你。"

"我知道。但他们还是这么做了。他们问我是不是迫不及待想要继承查尔斯的遗产。我让他们去找我的律师聊,但我根本没有律师。这些事情都是查尔斯在处理。天哪,被这样指控真让人受不了。我一回到酒店,查尔斯的女儿维多利亚就给我打了电话。"

我拿起茶杯的时候手又抖了一下。"哦,对。那个拥有百分四十九股份的人。"

"那是之前了。现在她拥有一半——全部资产的一半,这也是她妈妈一直想要的。'女人不能经商。'查尔斯曾经这么说过。他觉得女人做不来那些事。"

"这太荒谬了。"我脱口而出,然后马上纠正了自己,"抱歉,这样谈论一个去世的人很不礼貌。"

"没事,他活该。他女儿在电话里对我说了更过分的话。你知道她是怎么说的吗?她说我是她爸爸的寄生虫,是他人生中的错误,还说我是杀人凶手!她气坏了,然后她妈妈把电话从她手里接过,平静得可怕。布莱克夫人——第一任布莱克夫人对我说:'很抱歉我的女儿这么激动,每个人表达悲伤的方式都不同。'你敢相信吗?她女儿当时还在后面喊,说让我注意着点。"

"你不用担心维多利亚的事情。"我说。

"莫莉,你真的太容易相信别人了,对世间险恶毫无察觉。所有人都盼着我完蛋,无论我是否无辜!他们恨我。为什么?警察甚至暗示我对查尔斯有暴力倾向,简直不可理喻!"

我小心地观察着吉赛尔,想起那天她说起布莱克先生的情妇时的场景。她当时那么生气,仿佛真的想要杀掉他。但想法和行动是不同的。完全不同。我比谁都更清楚这一点。

"警察认为我杀了自己的丈夫。"她说。

"至少我知道你没有。"

"谢谢你,莫莉。"她说。

她将茶杯放在桌子上,手同样在颤抖。"我真的不明白,查尔斯的前妻那么体面的人为什么会养出那样一个女儿。"

"也许维多利亚更像爸爸。"我说着想起了吉赛尔身上的那些瘀青,手不自觉地握紧了脆弱的茶杯柄。如果我再用力一点,茶杯柄就会碎成一截一截的。深呼吸,莫莉,深呼吸。

"布莱克先生待你很不好。"我说,"在我看来,他就是一个不折不扣的坏蛋。"

吉赛尔抬头看向我。她伸手抚平缎面裙子上的褶皱,看起来就像是一幅画,仿佛电影明星从外婆的电视里走了出来,坐在了我旁边的沙发上。这一幕看起来恍如梦境:一个社会名媛和一个酒店女仆竟然成了朋友。

"查尔斯虽然暴力,却是真的爱我——以他自己的方式。我也以自己的方式爱着他。"那双翠绿的眼睛盛满了泪水。

我想到了威尔伯,想到他是如何偷走了我和外婆的"金库"。我对他残存的最后一丝情感都变成了苦涩和恨意。若非法律禁止,我一定会毫不犹豫地把他扔进碱液槽里煮沸。吉赛尔完全有理由痛恨查尔斯,却还是保留了对他的爱意。人们对相似的境遇反应竟会如此不同。

我喝了一口茶:"你丈夫出轨,还打你。"

"你真的不考虑用更客观的方式描述这件事吗?"

"我已经客观地描述了。"我说。

她点点头,说:"刚遇到查尔斯的时候,我以为自己实现了毕生的梦想,以为终于有人愿意照顾我了。查尔斯很富有,而且爱我,他让我感到自己是特殊的,仿佛我是世界上唯一的女人。最初一切都相安无事,后来就渐渐变样了。昨天你来之前我们刚刚大吵了一架。我对他说,我已经受不了这种生活了,奔波在不同的城市,不同的酒店,只为了他的'生意'。我说:'我们为什么不能安顿下来呢?搬进开曼群岛的别墅,像普通人一样享受生活?'

"人们都不知道这件事。但在我们结婚之前,他让我签了一份协议。他的任何财产都不会归属于我。他不信任我,这让我很痛心，但我还是像个傻瓜一样签了协议。然后，一切都变了。我们一结婚，我对他而言就不再特殊了。他随时可以给我一件东西，然后再夺走。这两年的婚姻里他一直如此。如果我讨他欢心，他就会送我各种礼物——钻石、设计款鞋子、异国旅行——但是他妒忌心太强了。只要我在宴会上对其他人笑了一下，就会被惩罚。而且不仅仅是经济上的惩罚。"她的手抚上自己的锁骨，"我早该知道的，早就有过这种迹象了。"

吉赛尔停顿片刻，起身去拿她放在门口的手包，从里面摸索出两粒药，接着又把包放回门口的椅子上，回到沙发，借着茶水吞下药片。

"昨天我问查尔斯能不能取消那份协议，或者至少把开曼群岛的别墅过户到我名下。我们已经结婚两年了，他应该已经相信我了，对吧？我只是想要一个逃避压力的地方。我告诉他：'你可以继续你的生意，你的布莱克帝国。但至少给我那栋别墅吧，一个属于我自己的地方，一个家。'"

我想起了在她包里看到的机票。如果那是给她和布莱克先生定的票，为什么会是单程的呢？

"当我说出'家'这个字的时候，他整个人都发狂了。他说所有人都对他撒谎，想要偷走他的钱，占他的便宜。他喝醉了，在房间里踱来踱去，说我和他前妻一模一样。他对我说了很多，说我是拜金女，只想着钱……是一个为了金钱出卖自己的贱货。他气得发疯，把婚戒摘下来丢到了房间另一端。'随你的便！'他说，然后打开了保险柜，从里面拿出几张纸塞进自己的口袋，推开我冲出了房间。"

我知道那是什么。我在他的口袋里看到过，那是开曼群岛别墅的房契。

"你就是那时进来的。你还记得吗，莫莉？"

我记得。我记得布莱克先生推开我的模样。我只是他生命中又一个碍事的人。

"抱歉，我当时状态不好，不过现在你知道原因了。"

"没事的，"我说，"布莱克先生比你无礼得多。而且说实话，我认为你当时很伤心，而不是生气。"

她笑了起来："莫莉，你知道的比人们以为得更多。"

"是的。"我说。

"我不在乎其他人的看法，你就是最棒的。"

我的脸因为这句夸奖红了起来。在我有机会问她其他人对我的看法之前，吉赛尔的表情发生了变化。无论她刚才吃的是什么药，见效似乎很快。她就像是在我眼前融化了一样。她的肩膀放松，表情也变得柔和起来。我记得外婆生病的时候也会吃药缓解疼痛，就像现在的吉赛尔一样。她脸上的表情会瞬间从痛苦变成平静，就算是我也能简单地分辨出来。那些药帮了外婆很大的忙，直到它们不再管用。直到任何东西都不再管用。

吉赛尔双腿交叉坐在沙发上，裹着外婆的毯子，转向我。"是你找到他的，对吗？你是第一个发现查尔斯的人？"

"是我。"

"我听说他们带你去警察局了？"

"是的。"

"你是怎么和他们说的？"她忍不住开始啃咬大拇指的指甲。我想告诉她咬指甲是个坏习惯，还会破坏她的美甲，但是我忍住了。

"我和警探说了看到的东西。我进入房间打扫，感觉屋里似乎有人，于是走进卧室，发现布莱克先生躺在床上。等我进一步观察之后才发现,他已经死了。"

"当时屋里有哪儿看起来比较奇怪吗?"

"他喝了酒。"我说,"不得不说,我觉得这对布莱克先生来说不算罕见。"

"没错。"她说。

"但是……你的药片。你的药一般都在浴室里,当时却打开在床头柜上,有一些掉在了地板上。"

她整个人都变得僵硬了起来:"什么?"

"还有一些药被踩进了地毯里,给后续的清扫工作造成了一定困难。"我希望她不要再那样咬指甲了。

"还有别的吗?"吉赛尔问。

"保险柜是打开的。"

她点点头:"当然了。一般他都会锁起来的,从不告诉我密码。但是那天他从里面拿了想要的东西之后就直接冲出了房间。"

她拿起茶杯,轻轻地啜饮一口。"莫莉,你有和警察说我和查尔斯的事情吗?比如……我们的关系?"

"没有。"我说。

"那么你……有和他们说我的事情吗?"

"我只是实话实说。"我说,"但并没有主动给出更多信息。"

吉赛尔盯着我看了几秒,然后倾身向前抱住了我,把我吓了一跳。我闻到了昂贵的香水味,不禁深思:昂贵的东西和恐惧或死亡一样,有着独一无二的气味。

"莫莉,你真是个独特的人,你知道吗?"

"我知道。"我说,"有人曾这样对我说过。"

"你是一个善良的人,一个好朋友。我觉得我永远没法变得像你这么好。但我希望你能知道,无论发生什么事,都不要觉得我不爱你。"

她拉开距离，站起身来。几分钟之前，她像柳条一样柔和放松，现在她又变得异常精力充沛。

"现在布莱克先生死了，你打算怎么办？"

"我也没什么可做的。"她说，"尸检结果出来之前，警察是不会放我走的。因为一般如果有富翁死了，妻子就是第一嫌疑人，不是吗？他不可能是自然死亡，不可能是压力过大致死。因为他有一个叫妻子的出气筒。"

"你觉得他是那样死掉的吗？就那样突然死掉了？"

她叹了一口气，眼泪再次涌了上来。"让心脏停止跳动的原因太多了。"

我的喉咙哽住了。我想起了外婆，想起了她的心脏是如何停止了跳动。

"你会继续住在酒店等待验尸报告吗？"我问。

"我也没有什么选择，毕竟我无处可去了。即便是走出酒店都有可能被记者围追堵截。我名下没有财产，没有属于自己的东西。莫莉，我甚至没有一间像你这样的公寓。"说完这句话，她忽然面露尴尬，"抱歉。但是你看，你不是唯一一个会踩到社交雷区的人。"

"没事的，我没觉得被冒犯。"

她伸出手，放在我的膝盖上。"莫莉。"她说，"我不知道查尔斯遗嘱的内容，所以我对自己的未来也一无所知。我会继续住在酒店里。至少费用是已经付清的。"

她顿了顿，看向我。"你会来照顾我吗？我是说，在酒店里。你可以来做我的女仆吗？虽然桑妮塔也很好，但是她和你不一样。你就像是我的妹妹，虽然偶尔会说出不着调的话，还有点洁癖，但你就像我的亲人一样。"

我很开心吉赛尔能这样看待我，不像其他的人。她把我看作……家人。

"我很乐意。"我说，"如果斯诺先生没问题的话。"

"太好了，那我回去的时候和他说。"她站起来，走向门口，拿起她的黄色手包，然后又走回来，拿出一沓钞票——看起来十分眼熟。她从中抽出两张百元纸币，放在了外婆的银托盘上。

"这是给你的，"她说，"你赚到的。"

"什么？这是很大一笔钱，吉赛尔。"

"我昨天没能给你小费，这就是你的小费。"

"但我昨天甚至没能打扫完房间。"

"那不是你的错。你就收下吧，然后装作这次对话没有发生过。"

我永远也不会忘记这次对话，但我没有说出来。

她转身走向门口，然后停下，面向我。"还有一件事，莫莉。我想请你帮个忙。"

她是需要我帮忙熨烫或者洗涤衣物吗？但是接下来她说的话让我大吃一惊。

"你有办法回到我们那间房吗？虽然现在被封锁了，但我落了东西在里面。我真的很需要那样东西，它藏在浴室的风扇后。"

原来如此。昨天她洗澡的时候我听到的风扇声就是来自那个东西。

"那是什么？"

"我的枪。"她的声音平静而自然，"我现在处境很危险。布莱克先生死后，所有人的目光都转向了我，我必须保护自己。"

"这样啊。"我嘟囔道。但这个请求让我十分焦虑。我能感觉到喉咙发紧，整个空间都变得逼仄起来。我想到了斯诺先生的教导："客人的要求要尽量满足，不要视而不见，要迎难而上！"

"我会尽力的。"我有些磕绊地说道，"取回你的……物品。"

我们相对而视。

"太感谢你了，莫莉。"她再次给了我一个拥抱，"不要相信其他人说的话。你不是怪胎，也不是机器人。我永远不会忘记你的恩情的，永远。"

她冲向门口，从鞋柜里取出精致的高跟鞋穿上。她直接把茶杯留在了桌子上，而不是像外婆那样拿回厨房。但她没有忘记她的黄色手包——挂在肩膀上。她打开门，给了我一个飞吻，然后挥手道别。

我想起了一件事。

"等等，"她出门走到楼梯间时我追了上去，"吉赛尔，你怎么知道我住在这里的？"

她转过身来。"哦，"她说，"我问了酒店里的人。"

"是谁？"

她沉吟片刻："嗯……我记不清了。不过你别担心，我不会经常来烦你的。谢谢你的茶，谢谢你和我聊天。总之，谢谢你。"

她重新戴好墨镜，拉开破旧的防火门，走了出去。

星期三

10

第二天早上我的闹钟按时响起,是公鸡打鸣的声音。好几个月过去了,我仿佛还是能听到外婆穿过走廊,握上我房间的门把手。

"该起床啦!亲爱的,新的一天开始了!"然后厨房就会传来叮当的响声,那是外婆在准备英式早餐茶和松饼配橘子酱。

但这些都是假的,只是一段回忆。我按下闹钟,铃声止住了,然后立刻拿起手机,看晚上罗德尼有没有给我发消息:没有。

我光脚踩在木地板上。没事,反正我今天也会去上班,在酒店就能见到罗德尼了,我会努力增进我们的关系。我还要帮助吉赛尔,因为她需要我。我知道自己该做什么。

我伸了个懒腰,站起身来。在开始一天的生活之前,我要先把床铺好。

做一件事就要做好。

外婆说得很对。我从床单开始,抖干净后铺在床上,掖好边角。接下来我轻轻抚平外婆做的被子,像往常一样让星星指向正北。我拍松枕头,以四十五度角摆放在床头,就像两个带钩针流苏的小山丘。

外婆很喜欢早晨的时光。她会哼着歌在厨房里忙碌,然后我们坐在餐桌旁,她就像阳光下的麻雀一样雀跃地吃着早餐。

今天我要整理科德维尔家的图书馆,莫莉。天哪,真希望你也能看看。总有一天我会问问科德维尔先生,看能不能带你去参观。那里装修得非常气派,到处都是皮质家具和胡桃木家具。还有许多的书,多到你都不敢相信。但是他们很少进去。我像疼爱自己的东西一样疼爱那些书。今天主要是除尘,这可不好办。你不能像有些女仆那样,只是拿起书把灰尘吹掉。那样可不叫打扫,那只是让灰尘换了一个地方……

她会不停地说着这些,直到我们开始新的一天工作。

我听到了自己喝茶的声音,忽然有些反胃。我又拿起了一块松饼,但是已经没了胃口。虽然很浪费,但我还是把剩下的都丢进了垃圾桶。我洗干净盘子,去浴室冲澡。外婆死后,我早上做什么都变得很快,因为我想赶紧离开这间公寓。没有她的早晨太难熬了。

准备妥当之后,我走出了房门,穿过走廊来到了罗索先生的门前。我敲了敲门,对面响起了声音,门打开了。

他双手环胸站在我面前。"莫莉。"他说,"现在是早上七点半,你最好有重要的事情要说。"

我手里拿着钱。"罗索先生,这是两百美元房租。"

他叹了口气,摇了摇头。"房租是一千八百美元,你知道的。"

"是的,确实如此。我知道自己欠了多少钱,我会努力在今天之内交足剩余的房租,我向您保证。"

他再次摇头。"莫莉,要不是我真的很尊敬你外婆……"

"今天之内,肯定会交的。"我说。

"那就说好了,不然我就只能采取强硬措施,把你赶出去了。"

"这完全没有必要。请问我可以开一张你接收了两百美元付款的票据吗?"

"现在?你怎么敢现在就要?等你都付清之后,我明天再开给你。"

"听起来很合理。谢谢你,祝你一天愉快,罗索先生。"

然后我便转身离开了。

我在九点之前到达丽晶大酒店。和往常一样,为了省下路费,我是走着去的。普莱斯顿先生站在门口,正在讲电话。他看到我的时候放下了座机的话筒。

今天早上酒店比以往还要繁忙。旋转门外有几只行李箱,正等着被行李员搬进去。客人来去匆匆,很多人都拿出手机在拍照,聊着布莱克先生的事情。我听到"谋杀"这个词出现了不止一次,人们的语气就像在谈论某种庆典,或者新口味的冰激凌一样兴奋。

"早上好,莫莉。"普莱斯顿先生说,"你还好吗?"

"我很好。"我说。

"昨晚安全到家了吗?"

"当然了,谢谢关心。"

普莱斯顿先生清了清嗓子。"莫莉,如果你遇到了什么问题,任何问题,都可以来找我帮忙。"他的眉头皱了起来。

"普莱斯顿先生,你是在担心我吗?"

"倒不是在担心,我只是希望你能……结交更好的人。希望你能知道我随时可以伸出援手,你只要给我一个眼神我就会来。你外婆是个很出色的人,我和玛丽都很喜爱她。她过世了你一定很难受吧。"

他有些局促地左右摇摆，忽然间，他看起来一点儿也不像高大的门卫普莱斯顿先生，而是像一个过度生长的小孩。

"谢谢你，普莱斯顿先生。但我没事的。"

"好吧。"他压了压帽檐说道。就在这时他注意到了一家带着三个小孩的顾客，他们还拖着六只大大的行李箱。他立刻上前帮忙，我们连好好道别的时间都没有。

我穿过众多顾客走进大堂，直奔楼下的客房服务中心。我输入密码，打开自己的柜子。裹着塑料薄膜的干净制服挂在门外，柜子最上层放着吉赛尔的沙漏，那里装着来自远方异域沙滩上的沙子，金色边框在黑暗中闪着光，就像微小的希望。我忽然感到身边有人，回头看到切莉尔正在往这边看，面色一如既往地严肃阴沉。

我试着高兴地和她打了个招呼："早上好，希望你经过一天的休息之后感觉好一些了。"

她叹了一口气："你不会懂的，莫莉。我的肠胃不好，压力只会让情况恶化。在工作场所发现了死人，压力太大了，这会让我肠胃失调。"

"很抱歉你这么难受。"我说。

我希望她能离开，但是她站在那里不动，挡在我面前。她擦过裹着我制服的塑料薄膜时发出了哗哗的响声。

"布莱克家发生的事真是太不幸了。"她说。

"你是说布莱克先生吧。"我说，"是的，简直太可怕了。"

"不，我是说你再也没法拿到他们的小费了。"她的脸就像是一颗鸡蛋，上面全是空白。

"其实，"我说，"布莱克夫人应该还住在酒店里。"

她哼了一声。"现在桑妮塔在负责吉赛尔和她的新房间。当然,我会监督她的工作。"

"当然。"她又想去偷小费了,但这不会长久的。吉赛尔会去和斯诺先生谈话,让我负责她的房间。所以我选择暂时闭口不言。

"警察已经检查过之前布莱克夫妇的房间了。"切莉尔说,"把那里翻了个底朝天,乱死了。你今天的工作量可大了。而且警察还不给小费。陈先生和陈太太的房间从今天开始由我负责,不能太累着你。"

"你想得真周到。"我说,"谢谢你,切莉尔。"

她又站在那里看了片刻,我看到她在盯着吉赛尔的沙漏。她用那双眼睛玷污了我的沙漏,我简直想把她的眼睛挖出来。那是我的礼物!我的朋友!我的。

"借过。"我说着猛地关上了柜门。

切莉尔吓了一跳。

"我该去工作了。"

她小声嘟囔了什么我听不清的话。我拿起制服去更衣室换好,然后整理推车,来到大堂。我在接待处找到了斯诺先生,他看起来就像是结了一层霜,像裹了糖霜的甜甜圈因为天气太热而濒临融化。他招呼我过去。

我小心地推着车穿过攒动的人群,和每一位路过的客人点头问好。"您先走,先生／女士。"我花了很长时间才走过从电梯到接待处的短短几步路。

"抱歉,斯诺先生,今天人真是太多了。"我说。

"见到你真好,莫莉。再次感谢你昨天能来工作——还有今天。很多员工借着最近发生的事情请了病假,回避自己的职责。"

"我不会这样做的,斯诺先生。'蜂巢里的每一只蜜蜂都有自己的位置。'这是您告诉我的。"

"是吗?"

"是的,这是您在去年的员工培训演讲时提到的。酒店就像一个蜂巢,每个员工都是一只工蜂。没有我们大家的努力,就不会有香甜的蜂蜜。"

斯诺先生的目光越过我,看向繁忙的大堂。大堂里似乎有很多人需要帮助。有小孩把毛衣落在了高背椅上。一个被随意丢弃的塑料袋卡在了行李推车的轮子上,向前推的时候塑料袋摩擦大理石地板发出刺啦刺啦的声音。

"这世道真怪,莫莉。昨天我还担心,因为发生了那种事情,也许会影响到酒店的生意。结果今天却完全相反!来预定的客人反而更多了。女士们全都跑来喝下午茶,只为了打探情况。我们的房间都订满到下个月了。好像一下子大家都成了业余侦探,都相信只要能进来瞧一瞧,就能解开布莱克死亡之谜。看看前台,他们都要忙不过来了。"

确实。前台穿着企鹅一样制服的员工都在屏幕前疯狂地忙碌着,喊服务员、行李员或门卫来帮忙。

"突然之间,丽晶大酒店就成了热门地点。"斯诺先生说,"都是因为布莱克先生。"

"真有趣,"我说,"我之前还在想,为什么前一天会那么可怕,接下来的一天又很幸福?人生真是无法预测,无论是找到尸体,还是第二次约会。"

斯诺先生用手挡住嘴咳嗽了一声,希望他没有感冒。他走近之后说:"听着,莫莉。警察现在已经结束了对布莱克套房的调查,希望他们没有找到什么违规的东西。"

"就算找到了，我也可以打扫干净。切莉尔说我可以从那间屋子开始打扫，我马上就会开始工作的。"

"什么？我明明告诉她让她亲自处理。那间房不急着打扫干净，我们需要低调一点。再说了，我也不想给你造成更多负担。"

"没事的，斯诺先生。"我说，"让那间房维持混乱的状态只会让我心情沉重。如果能把它收拾整齐，清理一新，仿佛没有人死在床上，才能真正让我安心。"

"嘘。"斯诺先生说，"咱们别吓到客人。"这时我才发现自己在不知不觉中提高了音量。

"非常抱歉，斯诺先生。"我低语道。然后又大声说给可能听到了谈话的人听："我现在要开始打扫卫生了，打扫一间列在清单上的普通房间。"

"好的，好的。"斯诺先生说，"你快去吧，莫莉。"

于是我离开了，再次穿过人群，前去苏谢尔酒吧拿我的报纸，当然，最好还能见到罗德尼。

我到的时候他正站在吧台后面擦拭黄铜制的啤酒龙头。我一看到他就感觉心里暖烘烘的。

他转过身来。"哦，嗨。"他说着笑了起来。这是给我的微笑。他的手上拿着一条纯白的毛巾，没有一丝污垢。

"我没有给你打电话，"我说，"也没有发短信。因为我们可以像现在这样面对面谈话。但是我想让你知道，如果我的做法不符合你的预期，我很乐意调整策略，在任何时候，白天或晚上，我都可以给你打电话或者发短信。只要告诉我你的想法，我就会做出相应的调整，完全不成问题。"

"慢着点，"他说，"行吧。"他把那条毛巾搭在肩膀上，"所以，你昨晚遇到什么有趣的事了吗？"

我靠近吧台,这一次确保自己的音量不会被别人听到:"你绝对不会相信的。"

"说来试试。"

"吉赛尔来看我了!她来我家了!我回家的时候她就等在门口,你敢相信吗?"

"呃,真是出乎意料。"他说。但是他的语气很轻,好像一点也不惊讶。他拿起一只玻璃杯,开始擦拭。虽然所有的餐具都在楼下的厨房经过了杀菌消毒,但他仍在确保不留一丝污迹,这种完美主义的敬业精神令我无比敬佩,他真是个了不起的人。

"吉赛尔想要什么?"他问。

"这个,"我说,"就是朋友之间的秘密了。"我环顾了一下四周,确保没有人在偷听。事实上根本没人看过来。

"真枪实弹,嗯?"他说着,嘴角挂着一丝玩味的笑容。他似乎是在和我调情,这立刻让我的心跳快了一倍。

"你这么说真奇怪。"我回道。就在我想到其他话题之前,罗德尼说:"我们得聊聊胡安的事情。"

我忽然有些愧疚。"哦,当然了。"我太兴奋了,一直想着罗德尼,还有我们俩的关系,完全忘记了胡安·曼努埃尔。很明显,罗德尼是一个比我更好的人,总是为他人着想。他教会了我很多,我还可以从他身上学到更多。

"需要我帮什么忙吗?"我问。

"我听说警察已经离开了,布莱克的套房空出来了,是吗?"

"是的。"我说,"事实上,那间房一段时间内都不会租出去。我今天第一件事就要去那里打扫卫生。"

"太好了。"罗德尼说。他放下一只玻璃杯,拿起了另一只。"现在对胡安来说,最安全的地方就是布莱克套房。"他说,"警察已经走了,房间也不会有新的客人住进去。虽然他们肯定会四处打探。你看到今天早上的模样了吗?城里所有爱看犯罪推理小说的中年妇女都凑过来了!只为了看一眼吉赛尔,真够可悲的。"

"我向你保证:不会有好奇的顾客进入那间房。我会做好自己的工作,打扫结束后会通知你和胡安的。"

"棒极了。"罗德尼说,"对了,还能拜托你一件事吗?胡安把他的行李寄存在我这里了。你能帮我放进套房吗?塞进床底下之类的就行,我会告诉他行李已经放过去了。"

"当然,"我说,"乐意效劳。"

罗德尼从吧台后面一个啤酒桶旁拿出那个熟悉的海军蓝旅行包,递给我。

"多谢了,莫莉。"他说,"天哪,真希望所有女人都像你这么好。大多数其他人都太复杂了。"

我的心跳再次加速,轻盈得仿佛可以飞到半空中。"罗德尼,"我问,"我在想,也许我们哪天可以一起去吃冰激凌?或者你喜欢拼图吗?我们可以一起拼拼图。"

"拼图?"

"是的。"

"呃……非要选的话,我还是选冰激凌吧。我最近有些忙,但是,行啊,有空可以去,当然。"

我拿过胡安的包,背在肩上,然后转身离开。

"莫莉,"我听到呼声后回头,"你忘了报纸。"

他把一沓报纸放在了吧台上,我接过报纸夹在腋下。

"谢谢你,罗德尼。你真好。"

"哦,我知道。"他朝我眨了眨眼睛,然后回去帮一名女服务生点单。

结束了和罗德尼愉快的对话后,我就上到了四楼,整个人都有些飘飘然。但是走到布莱克夫妇的房间门口时,回忆的引力就将我拉回了地面。我上次进去已经是两天前了,房间门看起来比以往更加高大骇人。我深吸了一口气,然后呼出来,让自己鼓起勇气。

　　我打开门,拉着推车进入,门"咔啦"一声关上了。

　　我首先注意到的是房间里的气味——或者该说是没有气味。这间屋子原本充斥着吉赛尔的香水味,还有布莱克先生须后水的味道。面前的抽屉和家具都被翻得乱七八糟,沙发垫落在了地上,拉链打开。客厅的桌子上铺了粉末,似乎是为了收集指纹,留下了明显的印记。就像是在幼儿园时用手指画的那种画(虽然我非常讨厌让手沾上颜料)。一卷黄色的封条落在卧室门外。

　　我再次深吸了一口气,往房间深处走去,停在了卧室门口。床上用品都被带走了。没有床单、被子、毯子,只剩下光秃秃的床垫。这意味着我收集的脏床单数量会对不上,而事后还要和切莉尔解释。枕头掉在地上,枕套已经不见了,上面的污渍像是形状诡异的靶心,刺眼地回望着我。剩下的枕头只有三个,而不是四个。

　　忽然间我感到有些头晕,不得不扶住门框。保险柜是打开的,里面空空如也。吉赛尔和布莱克先生的衣服不见了,同样消失的还有布莱克先生的鞋,床头柜也被铺了粉末,浮现出指纹,其中也许还有我的。

　　药片也不见了,那些碾碎在地毯里的粉末消失无踪。事实上,地毯和地板看起来是这间屋子里唯一有被好好清理过的地方。也许警察用吸尘器打扫过,收集微型物证,将布莱克夫妇的私生活收进一个小小的过滤器里。

我打了一个寒战，仿佛被布莱克先生的幽灵推了一下。滚开。我想起了吉赛尔手臂上的瘀青。这没什么，我是爱他的，你知道。我每次在走廊或者房间遇到那个可怕的男人时，他看我的眼神都像在看一只活该被碾死的虫子。在我的脑海中，他就是一个邪恶的怪物，目露凶光，浑身散发着恶臭。

我忽然感到一阵愤怒。如今吉赛尔该去哪儿？她该怎么办？我想着她的事情，又想到了我自己。罗索先生今天早晨又威胁了我。付房租，不然就滚出去。这是我的家，是我的工作。我只剩下这些了。不知不觉间，眼泪不争气地涌了上来。

命运会眷顾努力的人。问心无愧才能让生活纤尘不染。

外婆总能在这种时刻帮到我。

我听从外婆的建议，回到推车旁戴好手套，先是给所有的玻璃台面、窗户和家具都喷上消毒剂，然后仔细擦干净留下的印记，洗去闯入者的痕迹。接下来是墙面，那些粗心的警察在上面留下了好多污迹。我给床垫套上洁白的床单，铺好，再放上崭新的枕头。我擦净门把手、补充茶水咖啡，摆好干净的玻璃杯，在上面放上防尘纸垫。我的身体仿佛拥有自己的意志一般按照工作流程动了起来。我每天都会在无数个房间重复同样的动作，房间、房客早已分不清楚。在擦拭梳妆台的镜面时，我的手却不由得颤抖起来。我告诉自己，必须着眼当下，不要回想过去的事情。我努力擦着，直到镜面完美地反射出我的倒影。

现在只剩下最后一个地点没有打扫干净了：吉赛尔梳妆台旁边的角落。我拿起吸尘器走到地毯旁，又仔细检查了墙壁，接着用消毒剂从上到下来了一个大扫除。完美。

我检查着自己的工作成果，房间恢复了整洁，空气中弥漫着淡淡的柠檬清香。

是时候了。

我一直在避免进入浴室,但此时已经避无可避。浴室同样被翻得一团糟,毛巾、纸巾,甚至厕纸都不见了。镜子和水池都铺了粉末。我拿起清洁剂,把一切擦干净,然后补充盥洗用品。因为这里是浴室,所以消毒工作必须做得更加一丝不苟,漂白水的味道让我的鼻腔感到有些刺痛。我打开风扇之后听到了熟悉的哐当声,于是立刻关上了。

是时候了。

我摘下橡胶手套,扔进垃圾袋,抓起推车上的小梯子放在风扇下面,爬了上去。风扇的盖子很轻易就能打开。我推开两边的旋钮,揭下盖子,小心地把它放在水池上,爬回梯子,伸出一只手去摸漆黑的通道深处,直到指尖碰到了冰冷的金属。我抓住那个东西往回拉,然后用双手捧住。它比我想象中还要小。枪身是光滑的黑色金属,却出乎意料的沉。枪柄是磨砂触感的,像砂纸或者猫的舌头。枪管十分光滑,反射出低调的光芒,干净而崭新。

这是吉赛尔的枪。

我从未碰过这样的东西。它仿佛拥有自己的生命——虽然我知道这是不可能的。

就算吉赛尔拥有这样一件东西,你又怎么能去责怪她呢?如果我是她,被布莱克先生和身边的人那样对待,肯定也会想要保护自己的吧。拿着它让我觉得自己充满力量,好像变得更安全、更加无所不能了。但是她并没有使用这件武器,没有用在她丈夫身上。

现在她又该去哪儿呢?又能做什么呢?我又会怎么想?房间里的引力瞬间发生了变化,所有的重担都压在了我的肩头。我把枪放在水池上,将风扇盖子盖了回去,又把枪拿到了客厅。这把枪拿在手里很合适，但我该怎么做？我该怎么把它带给吉赛尔？

然后我想到了。

虽然人们总说不要妄想从电视剧里学到什么，但我认为我还是从《神探可伦坡》里学到了不少东西的。

最危险的地方就是最安全的地方。

我小心地把枪放在玻璃桌面上，回到推车旁拿起胡安的行李，把旅行包放在了卧室的床底下，然后又回到客厅。

我转头，看到了自己的吸尘器，正靠在一旁。我拉开吸尘袋，取出变脏的滤芯，从推车里拿出一个新的，把枪放了进去，再把这个新的滤芯放进吸尘器。眼不见，心不烦。我推了推吸尘器，并没有发出奇怪的动静。它是我忠诚而沉默的朋友。

我拿起脏滤芯，正准备把它丢进垃圾袋，却不料里面的东西全撒了出来，落在了地毯上。我看向脚面，那里被无数的灰尘污垢覆盖，其中有什么东西发出了闪闪亮光。我蹲下，拿起那个发光的物体，擦去灰尘——那是一枚戒指。金色的指环，镶着钻石和各种其他珠宝。是一只男士指环，布莱克先生的结婚戒指。如今就躺在我的手心里。

上帝为你关上一道门，就会打开一扇窗。

我握紧拳头，仿佛内心的祈祷终于得到了回报。

"谢谢你，外婆。"我默念。

因为此时我知道该做什么了。

11

手枪就躺在我的吸尘器里。戒指则用纸巾包好放在我左边胸前的口袋里,贴近心脏的位置。

我用最快的速度打扫了尽可能多的房间,没有用吸尘器,而是用手一点点擦干净。中途我在走廊里遇到了桑妮塔,她看到我时意外地吓了一跳。"哎呀,抱歉。"她说。

"怎么了吗,桑妮塔?"我问,"你缺什么东西吗?"

她抓住了我的手臂。"莫莉,你发现他死了。你是个好姑娘,要小心!有的时候表面上看起来干干净净,实际上却完全相反!你知道吗?"

我想到了切莉尔用马桶布擦洗脸池的事情。

"我当然明白,桑妮塔。我们要时刻保持清洁。"

"不对。"她叹息道,"你必须更小心一些。虽然草地是绿色的,但里面藏着毒蛇。"

说完后,她把一条白毛巾抛向空中,落进了她收集脏衣物的袋子里。她用一种令人费解的神色看着我。到底发生了什么?在我能问出口之前,她就推着车进入了下一个房间。

我努力不去想这一诡异的插曲,集中精力继续完成工作,这样就能早几分钟开始午休,我必须争分夺秒。

是时候了。

我推着车等待电梯到来。电梯来了三次,里面还有不少空位,但三次电梯里的客人都只是看着我,丝毫没有让出位置的意思。女仆当然要排在最后。

终于,来了一趟空电梯。我独自下到地下室,快速推着车回到客房服务中心,在衣柜转角差点撞到了切莉尔。

"你怎么这么急急忙忙的?这么快就打扫完那么多房间了吗?"她问。

"我效率很高。"我回道,"抱歉,我没有时间闲聊。午休时我有点事。"

"有点事?但你一般午休的时候也在工作。"切莉尔说,"如果你中午到处乱跑,该怎么保持 A+ 的员工分数呢?"

我为自己的评分感到自豪。每年斯诺先生都会亲自给我颁发奖励。切莉尔永远无法完成她每天分内的工作,我的高效能弥补这一欠缺。

当我看向切莉尔的时候,她仍然是那副表情,但今天我突然能读出其中的情绪了。她弯曲的上唇、眼中的厌恶……还有别的什么。我想起了以前遭遇校园霸凌的时候外婆说过的话。

不要被他们激怒,不要让他们按下你的按钮。

我当时并不明白"按钮"只是一个比喻。但是现在我懂了。拼图渐渐在我的脑海里成形。

"切莉尔。"我说,"法律规定我拥有午休的权利,所以我今天要午休。我可以在任意工作日进行午休。你觉得这可以接受吗?还是我必须向斯诺先生报告?"

"不,当然不用。"她说,"你可以午休,我不是想让你违法什么的……记得下午一点前回来就好。"

"我会的。"我说。

然后我就离开了。我和切莉尔擦身而过,将推车停在了自己的柜子旁,抓起钱包,乘电梯来到了繁忙的酒店大门。

"莫莉?"普莱斯顿先生喊道,"你要去哪儿?"

"我一个小时内回来!"

我穿过马路,走过酒店正前方的咖啡厅,然后拐进一条小道。路上没有几辆车,行人也很少。目的地距离我有大约十七分钟的路程。我能感觉到心脏在胸腔里怦怦直跳,双腿在我奋不顾身的奔走下像烧起来了一样。但是,外婆说过,只要意志足够坚定,总能找到出路的。

我路过了一间位于一层的办公室,员工们正坐在一个讲台下面接受培训。演讲的人情绪激动,身后展示着各式图表。看到这一景象,我不由得暗自微笑。我非常清楚能够接受专业培训是多么幸运的事情,尤其是对一个自豪的员工而言。我很期待斯诺先生下个月的员工培训。

我始终不明白,为什么会有人抱怨这类活动,好像有谁在逼迫他们参加一样。提供自我提升的机会、免费的酒店管理和保洁课程明明是丽晶大酒店的魅力之一。我很珍视这样的机会,毕竟我已经无法再去学校读酒店管理了。

这个想法很糟糕,我很不喜欢。威尔伯的脸在我脑海中一闪而过,我只想狠狠地揍他一拳。但你不能揍一个想法,即使可以,也无法改变现实。

我的肚子叫了起来。我没吃午饭,也没带吃的,因为家里只有早餐。我本来想在酒店客房里找一些饼干,或者一罐没打开的果酱,甚至是一些水果。但最终什么也没有找到。今天上午我拿到了二十美元四十五美分的小费。虽然数额还算可以,但肯定不足以平息一个房东的怒火,也无法让冰箱塞满丰富的食物。无所谓了。

蜂蜜来自蜂巢。蜜蜂负责采蜜。

这次我想起了斯诺先生说过的话。那是职业培训的最后一天，他讲了一个至关重要的课题：蜂巢思维如何提高生产力。我用一本崭新的笔记本开始记录，并对授课内容进行了反复的温习。在那一个小时的讲座中，斯诺先生用一个非常生动的比喻讲了团队合作。

"请将酒店想象成一个蜂巢。"他戴着那副猫头鹰一样的眼镜看向底下的员工，我认真地听着他讲话，"将你们自己想象成蜜蜂。"

我在笔记本中写下：将自己想象成蜜蜂。

斯诺先生继续道："我们是一个团队、一个组织、一个家庭，也是一个社群。蜂巢思维意味着我们要作为一个整体，为酒店的利益而努力。正如蜜蜂能够认识到蜂巢的重要性一样，我们也要意识到酒店的重要性。我们要细心养护它、照顾它，因为我们知道：没有蜂巢，就没有蜂蜜。"

我在笔记本上写下：酒店＝蜂巢；蜂巢＝蜂蜜。

斯诺先生突然话锋一转。"现在，"他双手交叉，放在讲台上，"让我们来反思一下不同地位的蜜蜂，还有蜂巢中每一只蜜蜂的重要性。无关级别、地位，每一只蜜蜂都要做到最好。蜂巢里面有负责监督的蜜蜂（此时他整理了一下领带），也有普通工蜂。既有直接服务于顾客的蜜蜂，也有间接服务于顾客的蜜蜂。但是没有一只蜜蜂比另一只更重要，你们明白吗？"

为了强调最后这一点，斯诺先生的双手握成了拳。我正在飞速书写，努力记下听到的每一个字。这时斯诺先生突然指向了我。

"比如说一个酒店女仆。她可以是任何地方的女仆,而在我们的酒店里,她就是一只完美的工蜂。她每天忙碌地在花丛中采蜜,这是一份强度很大的工作,非常消耗精力,重复性极强,但她仍然引以为豪,每天都认真仔细地完成。她的工作在很大程度上是隐而不现的,这会让她变得比雄蜂或蜂后更加微不足道吗?不会!事实就是,没有工蜂,就没有蜂巢。我们的工作不能没有她!"

斯诺先生敲了敲讲台以示强调。我环顾四周,大家都看了过来。桑莎恩和桑妮塔在我的前排,正回过头来笑着向我招手。切莉尔在我后面几排,靠坐在椅子里,双眼眯起,双手抱胸。罗德尼和其他几名苏谢尔的女服务员在我背后,我回头去看的时候他们正在窃窃私语,因为某个被我错过的笑话乐成一团。

一时间,所有员工都在看我。虽然我认得他们的脸,但是好多人我连一句话都没有讲过。

斯诺先生继续道:"这个组织还有很多可以改进的地方。我最近发现,我们的蜂巢并不如想象中那么齐心协力。我们制造蜂蜜给顾客享用,但有些时候,甜蜜的果实被摘取了,或者并没有平等地分给所有人。蜂巢的一些部分被挪作他用,为了私人而非集体的利益,做一些邪恶的勾当……"

我停止了笔记,因为切莉尔忽然干咳了几声,非常令人分心。我再次转过身去,发现罗德尼缩在椅子里。

斯诺先生说:"我希望提醒在座的诸位,你们应该也可以做到更好,我们要为了共同的目标而奋斗。这样我们的蜂巢才会成为最强健、最整洁、最舒适、最出类拔萃的蜂巢。但为了达成这一目标,需要所有人共同努力,需要大家牢记蜂巢思维。希望你们能够为这个社群贡献自己的一份力量,希望你们能牢记职业精神、时刻保持优雅的姿态。希望你们能把这里'打扫干净'！"

听到这句话，我情不自禁地站了起来。我本以为大家在听到这句掷地有声的结语后，会瞬间爆发出热烈的掌声。但事实上只有我站了起来，独自一人站在寂静的房间里，仿佛一根针掉在地上都能被人听到。我僵住了。我知道我应该坐下，但是我动不了。我愣在了原地。

就这样过了许久，斯诺先生又在讲台上停留了一两分钟，然后他扶了扶眼镜，抓起讲稿，回到了办公室。他一离开，底下就响起了窃窃私语的声音。我能听到身边的人在小声说话，他们真的以为我听不到吗？

怪胎莫莉。

机器人莫莉。

一板一眼的神经病。

终于，穿着企鹅制服的接待员、行李员，餐吧的女服务员和侍应都站起身来，三三两两地离开了。我留在了房间里，我是最后一只离开的蜜蜂。

"莫莉？"身后传来了一个声音，一只熟悉的手握住了我的胳膊，"莫莉，你还好吗？"

我转过身，看到了普莱斯顿先生。我看着他的脸寻找线索：他是善意的还是恶意的？有时就是这样。当我突然怔住之后，会忘记所有曾经学到的东西。

"他不是在说你。"他说。

"什么？"我问。

"斯诺先生是说，酒店里有人在背着他干坏事，或者抢走别人的甜头。但他说的不是你，莫莉。这座酒店里发生了一些事，甚至我都不清楚全貌。但你不必担心，大家都知道你每天有多努力。"

"但是他们不尊重我,我觉得他们一点都不喜欢我。"

他手里拿着帽子,叹了口气,低下头去。"我尊重你,而且很喜欢你。"

他看向我,眼中的暖意传到了我的身上。这份温暖解放了我冻僵的双腿,也让我恢复了正常。

"谢谢你,普莱斯顿先生。"我说,"我也该回去工作了,毕竟'蜂巢永不停歇'。"

我离开普莱斯顿先生,投入到工作之中。

那已经是很久以前的事情了,此时我正站在距离酒店几个街区远的店门口,双腿再次像那天一样僵在了原地。

我已经进去过又出来了。我给柜台后的男人看了货物,他说了一个价格,我接受了。此时我胸前的口袋里放着的不再是戒指,而是一大沓用纸包起来的钞票。

我看了一眼手机上显示的时间。整个交易,包括来到这里花费的时间是二十五分钟,比我预计得还要短五分钟,所以我会在十二点五十五分回到酒店,准时开始下午的工作。就像切莉尔提醒的那样。

我的胃纠结起来,像是里面的巨龙拍了一下尾巴,把酸水溅得到处都是。也许我不该这么做,也许这是错误的决定。

我看着玻璃上映出的自己,想起了布莱克先生那张了无生气的、蜡黄的脸,想起了他造成的那些瘀青和伤害。

腹中的巨兽再次缩成一团,躺下了。

木已成舟。

我稍稍放松了些,吸进了一口气,看着自己的倒影:一个酒店女仆,穿着崭新的女仆制服裙,衣领洁白无瑕。我调整站姿,用一种会让外婆自豪的姿势笔直地站在窗前。

展示窗后摆放着店内出售的商品。躺在红丝绒盒子中闪闪发亮的萨克斯管；几件电器，长长的电线盘成"八"字形用橡皮圈套住；几台老旧的古董电话；还有放在展示盒里的珠宝。中间的盒子里则是最新商品：一枚戒指。一枚男式婚戒，镶嵌着钻石和各种珠宝，璀璨夺目，显然是一件值得珍藏的稀世珍宝。

我能看得出，店主把钱交给我的时候在替我难过。他紧紧抿着嘴，笑得十分勉强。我开始能分辨出不同种类的微笑以及它们背后的含义了。我一直在坚持不懈地收集每一种微笑，按照字母顺序编成一本字典，摆在我脑海里的书架上。

"真遗憾，你和对象进展得不顺利吗？"店主说。

"我的对象？"我回道，"恰恰相反！这么长时间以来，我第一次觉得我们进展得十分顺利，非常顺利。"

12

我步伐轻快地回到酒店,途中看了很多次时间。一切顺利,现在是差五分钟一点,而我已经快到了,我对时间的预估几乎是完全正确的。我的脸因为赶路而微微泛红,胸口的钞票也有些潮湿,但这都没什么大不了的。

聚集在酒店的人变少了。普莱斯顿先生独自站在迎宾台后,看见我回来,他走了出来,手臂有些奇怪地僵在身体两侧。我朝他招了招手,冲上台阶,但他在我过去之前就喊出了声。

"莫莉,"他紧张地小声说,"快回家。"

我刚踩在第三级台阶上。他的表情很奇怪,就像一个急着要去厕所的人。

"普莱斯顿先生,我现在不能回家,工作才做到一半。"

"莫莉,"他再次喊道,"从后门离开,拜托了。"

"您还好吗,普莱斯顿先生?需要我帮忙吗?"

这时我才发现不对劲的地方——大门口没有客人、普莱斯顿先生的站姿过于正式,还有他那奇怪的请求。玻璃旋转门后是斯诺先生,他旁边站着一个高大的身影。是斯塔克警探。

"亲爱的。"普莱斯顿先生说,"不要进去。"

"没事的。"我说着爬上了剩余的台阶,"只是多回答几个问题而已。"

我穿过旋转门，在踏进大堂之前，斯诺先生和斯塔克警探拦下了我。斯塔克警探的姿态让我有些不舒服。她双臂弯曲，双手张开，好像我是一个坏人，而她要在我逃跑之前抓住我。我眼角的余光瞥到了切莉尔，她站在几辆推车开外的地方。她也有哪里不对劲，这是我第一次在她脸上看见真心的笑容，混合了期待与兴奋。

"很抱歉，"我对斯诺先生和斯塔克警探说，"我不能拖延太久，下午的工作还有三分钟就要开始了。"

"恐怕不会开始了。"斯塔克警探说。

我看向斯诺先生，他回避了我的目光。他的眼镜歪向一侧，太阳穴渗出了几滴汗水。"莫莉，警探要带你回警局进一步询问。"

"我不能在这里回答问题，然后直接开始工作吗？我今天的工作量很大。"

"这不太可能。"斯塔克警探说，"凡事都有简单和困难的解决方法，简单的总是最好的。"

这是一句很有趣的陈述，可惜是错的。在我的工作中，简单的解决办法就是偷懒，而偷懒绝非最佳方案。但鉴于此时我们身处酒店内部，理论上警探算是客人，所以我会礼貌地闭上嘴。

我再次环顾大堂，发现更多人聚集了起来。他们并没有像往常那样来去匆匆，而是三三两两地聚在一起——在接待台前、躺椅处，还有阶梯上方的大理石露台上。他们诡异地安静，站在原地，全都看向一个地方，冷漠的眼神落在我身上。

"好吧，斯塔克警探。"我说，"我接受简单的解决办法。"我看向斯诺先生："但是仅此一次。"

斯塔克警探示意让我先走，于是我转身迈步，她跟在我身后，寸步不离。走之前,我再次回首看了一眼那些目视我离去的人。

普莱斯顿先生站在门外。"来,"他说着扶起我的胳膊,"我帮你,莫莉。"

我正想告诉他我没事,但我一低头,红色的地毯就融化成了一摊令人目眩的波浪。我紧紧抓住了普莱斯顿先生的胳膊,很温暖,很令人安心。

我们走下了楼梯。

斯塔克警探说:"时间到了,我们走。"

"莫莉,要照顾好自己。"普莱斯顿先生说。

"那当然,我一直是这么做的。"我回答道,但是连我自己都不太相信这句话。

13

这次去警局的车上寂静无声。我坐在警车的后座,而不是副驾驶。我不喜欢后座。每次我稍微动一下,座椅就会发出刺耳的声音。一张防弹玻璃横亘在我和斯塔克警探中间,上面沾满了脏手印和深棕色的污渍。

想象你坐在豪华轿车的后座上,正要前去观看一场歌剧。

外婆说过,逼仄感只是心理作用,总有办法从中解脱。我把双手放在膝头,深呼吸了几次。是的,我要观赏窗外的风景,我会专注于此。

眨眼间我们就到了警察局。进去后,斯塔克警探领我走到上次的白色房间。一路上似乎有更多双眼睛看了过来——穿着制服的警官惊讶地看着我走过去,有些人点头致意,当然不是对我,而是对斯塔克警探。我昂起头来。

"坐吧。"警探说。我坐在了之前的位置上。她关上门,这次没有问我需不需要茶或者咖啡。真遗憾,我现在挺渴的。虽然我知道就算有水也是装在可怕的泡沫塑料杯子里。

挺胸,抬头,深呼吸。

斯塔克警探沉默不语。她坐在我对面,看着我。角落里的摄像头对我眨着红色的眼睛。

我首先打破了沉默:"请问我能为您做些什么,斯塔克警探？"

"你能为我做些什么？呵，好吧，女仆莫莉。你可以从讲实话开始。"

"我外婆曾说，真相是主观的。我却不这么认为，我认为真相是客观存在的。"

"至少我们在这一点上达成了一致。"斯塔克警探应道。她倾身向前，胳膊撑在我们中间的白色桌面上。真希望她不要这样做，我不喜欢有人把胳膊放在桌面上，但我保持了沉默。

她的脸离我很近，近到我都能看清她蓝色眼睛中若隐若现的金色。"既然我们谈论的是真相，"她说，"我想和你分享一下布莱克先生的毒理学报告。现在完整的验尸报告还没出来，但也快了。布莱克先生体内有药物，与在他床边和地上散落的药物一致。"

"吉赛尔的药。"我说。

"药？那是苯二氮卓类镇静剂，掺杂了些街头毒品。"

我花了一段时间才把脑海里的画面从"吉赛尔在药店柜台"替换成"吉赛尔在阴暗的街头小巷"。有哪里不对劲，这说不通。

"总之，"斯塔克警探说，"死因不是药物。虽然他服用了很多，但用量不足以致死。"

"那你觉得他是怎么死的？"我问。

"我们暂时还不知道。但我可以向你保证，这个案子我一定会查个水落石出。"她说，"等拿到完整的验尸报告，我就能知道点状出血的原因到底是心脏骤停还是为人所害。"

我又想起了那天的记忆。房屋开始旋转，我看见布莱克先生躺在床上，脸色灰白、皮肤干瘪，眼周有着零星的瘀青，身体僵硬、死气沉沉。打完电话给前台之后，我抬起头来，看到了镜中自己跪在床前的倒影。

忽然之间我觉得浑身冷汗、手脚冰凉，像要晕倒了一样。

斯塔克警探抿紧嘴唇，沉默不语。终于，她说："如果你知道什么情况，最好现在就说出来。你知道布莱克先生是一位重要人士吧？"

"不。"我说。

"什么？"斯塔克警探问。

"我不认为会有人比其他人更重要。我们在某种层面上都是重要的人，警探。比如我，一个可有可无的酒店女仆，正坐在你的对面——显然我身上有某种很重要的东西。不然，你今天就不会带我过来。"

斯塔克警探认真地听着我说的每一个字。

"我想问你一个问题。"她说，"你会感到愤怒吗？我是说，作为一个女仆？每天帮有钱人清理垃圾、收拾烂摊子？"

这个问题让我印象深刻，因为我完全没想到她会这么问。

"是的。"我诚恳地答道，"我有时会感到愤怒。尤其当顾客不注意自身言行的时候，当他们忘记自己的所作所为会对他人产生影响的时候，当他们贬低我的时候。"

斯塔克警探什么也没说，她的胳膊依然撑在桌面上。这一举动正在持续性地撩拨我的神经，虽然我知道"不要把胳膊撑在桌面上"只是餐桌礼仪，而这里并不是餐桌。

"我也想问你一个问题。"我说，"这会让你感到困扰吗？"

"什么会让我感到困扰？"

"帮有钱人清理垃圾，收拾烂摊子。"我说。

她靠坐回椅子里，仿佛我刚刚说出的话是九头蛇的脑袋，一百条毒蛇正在冲她吐出信子。令人欣慰的是，她的胳膊终于不在桌面上了。

"你是这么想的？我作为警探的工作就是帮死掉的有钱人收拾烂摊子？"

"我只是想说，归根结底，我们并没有什么不同。"

"是吗？"

"你想要把麻烦收拾干净，我也想。对于这起不幸的事件，我们的追求是一致的：一个干净的结局，让一切回归常态。"

"我追求的是真相，莫莉。布莱克先生死亡的真相。而现在，我想知道关于你的真相。过去四十八小时内我们搜集到了一些很有趣的信息。上次聊天的时候，你说你和吉赛尔·布莱克并不熟悉，但这不是真的。"

我不会像她期待的那样惊慌失措。吉赛尔是我的朋友，我从来没有过她这样的朋友，而且知道自己多么轻易就会失去她。我思考着该如何在保护吉赛尔的同时道出真相。

"吉赛尔和我说过话，但这并不意味着我与她的关系像我期望中那么亲密。布莱克先生脾气暴躁，你很难不注意到吉赛尔身上的瘀伤。她曾坦言，那些伤都是他造成的。"

"你知道我们和其他酒店员工谈过话了，对吧？"

"我猜到了，是的。我相信你会发现这能对调查起到很大的帮助。"

"他们确实说了很多。不光是关于吉赛尔和布莱克先生，还有你。"

我感到一阵反胃。当然，就算有人讨厌我，也不会在警察面前做出不公正评价的，对吗？如果警探问了斯诺先生、普莱斯顿先生，或者罗德尼，就会发现我是一个优秀的员工，一个可靠的人。

但是我又想到了一个人。切莉尔。她昨天"病"了，只是没有病到不能来做笔录的程度。

警探仿佛读出了我的想法一样，说："莫莉，我们和你的上司切莉尔聊过了。"

"希望她帮到了你们。"我说，虽然我对此表示怀疑。

"我们问她有没有在布莱克夫妇入住期间打扫过他们的房间，她说最初是和你一起打扫的，说这是她保证手下的女仆不偷懒、确保工作质量的方法。"

我胃里一阵反酸。"她是在窃取员工辛苦赚得的小费。她只会站在房间里看着，什么都不做。"

警探完全无视了我说的话。"切莉尔说，她发现你和吉赛尔关系很好，比普通的酒店女仆和住客关系更加亲密。这很不寻常，尤其是对你而言，因为据她所说，你没什么朋友。"

我知道切莉尔在监视我，只是不知到了什么程度。我在回答之前思考了片刻。"吉赛尔很欣赏我的工作，也很感激。"我说，"我们之间的关系建立在这个基础上。"

"告诉我，你收到过她给你的小费吗？或者大额款项？"她问。

"她和布莱克先生给的小费都很多。"我答道。我不会说吉赛尔无数次从钱包里拿出崭新的一百美元钞票，只为了感谢我帮她打扫卫生。也不会说她昨晚来我家提供的慷慨资助。这是我的私事。

"吉赛尔给过你金钱之外的东西吗？"

善意。友情。帮助。信任。"没有什么不寻常的东西。"我说。

"完全没有吗？"

斯塔克警探从口袋里掏出一把小小的钥匙，打开了桌子底下的一个抽屉，取出了那只沙漏，吉赛尔的沙漏，她送给我的珍贵礼物。警探把它放在桌子上。

我感觉头脑一热。"切莉尔让你搜了我的柜子。那是我的柜子，我的个人空间。侵犯他人隐私、不经允许就肆意妄动他人财产是错误的。"

"那些柜子是酒店财产，莫莉。请记住你只是酒店的雇员，而不是老板。现在，告诉我：你准备好坦白你和吉赛尔的关系了吗？"

我和吉赛尔的关系连我自己都弄不明白，怪异得就像一只海龟收养了一头小犀牛。我该怎么解释？

"我不知道该告诉你什么。"我说。

"那就让我来告诉你一件事。"斯塔克警探的手臂再次放回了桌面，"你在我们这里变得越来越重要了，你明白这是什么意思吗？"

我感受到了一丝傲慢与不屑。我遇到过类似的情况。只因为我无法很好地理解对他们而言十分简单的事情，他们就觉得我是一个彻底的傻子。

"你成了重要人物，莫莉。"斯塔克警探说，"还不是好的那种。我们知道了你是一个会故意遗漏重要信息、为自身利益而扭曲事实的人。我再问你最后一遍：你有和吉赛尔·布莱克保持联系吗？"

我再次停顿了一下，发现自己可以百分之百诚实地回答这个问题："我现阶段并没有与吉赛尔保持联系。但是就我所知，她还住在酒店里。"

"希望你说的是实话，这是为了你好。"她说，"希望验尸报告表明布莱克是自然死亡。但是在那之前，你不能出国，也不能以任何方式藏起来。你只是没有被逮捕。"

"那是当然,我什么都没做错!"

"你有可以用的护照吗?"

"没有。"

她歪了歪头:"如果你在撒谎,我会知道的。我会彻查你的身份。"

"你查的时候,"我说,"就会发现我之所以没有护照是因为我从来没出过国。你还会发现我是一名模范市民,清清白白。"

"哪儿都别去,明白了吗?"

这种句子总会令我感到困惑。"请问我可以回家吗?可以去商店吗?可以去厕所吗?工作呢?"

她叹了口气:"是的。你当然可以去那些你平常会去的地方。是的,你可以去工作。我只是说,我会盯着你的。"

又来了。"在我做什么的时候盯着我?"我问。

她的目光直直地看过来:"无论你在隐藏什么,无论你在保护谁,我们都会找出来。我当警察这么多年学到了一件事:藏污纳垢只是暂时的,总有一天,脏东西会自己浮出水面,你懂吗?"

"你是在问我懂不懂污垢吗?"

门柄上的污渍。地板上的鞋印。桌面上的灰尘。死在床上的布莱克先生。

"是的,警探。对于污垢,我比大部分人都更了解。"

14

斯塔克警探放我从白色房间里出来的时候已经三点半了。这次我自己走出警察局大门,也没人开车带我回家。我从早上开始就没吃饭,到现在连一杯茶都没有喝过。

我的胃翻腾起来,巨龙再次苏醒。我必须在自己的公寓楼前停下休息片刻才不至于晕倒。

我之所以这么难受并不是因为饥饿,而是因为谎言。我并没有将自己和吉赛尔的事情和盘托出,也没有提到藏在口袋里的钱,所以才会感到这么恶心。

做人要诚实。

我能看到外婆露出失望的表情。就像十二岁那年,我从学校回来,外婆问我一天过得怎么样,我告诉她是很平常的一天,没什么值得一提的。这是一句谎言。真相是,我午休的时候逃学了。这对我来说绝非寻常。学校给外婆打了电话,我只能坦承自己逃学的原因。那天我的同学在操场上围住我,逼我在泥地里打滚,还逼我吃泥巴。当我听从他们指挥的时候,他们还对我拳脚相向。他们总是花样百出地折磨我,这次也不例外。

那之后我去了社区图书馆,在卫生间待了好几个小时,想要把脸上、嘴里,还有指甲里的泥土洗净。我欣慰地看着那些耻辱的证据被水流冲走,本以为自己肯定不会被发现,但外婆还是发现了。

当她得知这一切的时候——得知我遭到了同学的霸凌后,她只有一个问题:"亲爱的,你为什么不直接告诉我或者你的老师呢?为什么不去和别人说呢?"然后她哭着紧紧抱住了我,紧到我无法回答她的问题。但我知道答案,是的。我没有说实话是因为真相太过伤人。发生在学校的事情已经很糟了,如果外婆知道了,她也会为此而痛苦。

痛苦是会传染的,就像疾病一样。它会以最初的受害者为媒介,传染给身边亲爱的人。真相不一定是最好的。有的时候,为了断绝痛苦的传播,你必须牺牲真相。就连孩子都能本能地明白这个道理。

我的胃平静了下来,精神不再紧张。我穿过马路,走进公寓大楼,爬上五层,直奔罗索先生的房门。我将放在心口的钞票拿了出来。在警局的时候我也一直能感受到它的存在,但它并没有让我感到心虚,而是像盾牌一样保护着我。

我使劲敲了敲门。罗索先生的脚步声响起,然后是打开门锁的声音。我的房东出现了,圆圆的脸透出红润的光泽。我拿出了那些钱。

"这是本月剩余的房租。"我说,"您看,我是一个遵守诺言的人。"

他拿过钱,数了起来。

"数额是对的,不过我很欣赏你的谨慎。"我说。

数完钱后,他缓慢地点点头。"莫莉,咱们别每个月都这样,行吗?我知道你外婆去世了,但你也得按时付房租,让生活步入正轨。"

"我当然知道。"我说,"我最大的愿望就是能活得更有秩序,但世界上到处都是不可预测的混乱，总在妨碍我想要把一切安排妥当的努力。请问，我可以开一张全额付清的票据吗？"

他烦躁地叹了口气。我知道这是什么意思。他气坏了——这似乎不太公平。如果有人给我送来了一大笔钱，我绝对不会这样叹气。我肯定会无比感激。

"我今晚弄一个。"他说，"明天给你。"

虽然我很希望能立刻拿到，但我还是说："好的，谢谢。祝你晚上愉快。"

他甚至连一句"你也是"都没说就关上了门。

我回到自己家，进门后把门锁好。这是我们的家。我的家。和我早上离开的时候一模一样：干净、整齐。就算我能在脑海中听到外婆的声音，屋里还是安静得有些过分。

很多事情即使你不想做也不得不做，人生就是这样。

一般情况下，我只要回到家、关上门，就会放松下来。在这里我是安全的，不必解读表情、破译对话，没有来自他人的要求和命令。

我脱下鞋，擦干净，整齐地收进柜子里。我拍了拍门口外婆的枕头，坐在客厅的沙发上陷入了沉思。即便在这里，在安全的家中，我也是一团混乱。我知道我必须思考接下来的对策。我该给吉赛尔打电话吗？或者罗德尼，问问他的意见？也许我该打电话给斯诺先生，为今天下午的缺勤，还有没能完成房间的打扫道歉。但我发现自己只要想到这些就头晕目眩。

我很难受。我很久没有过这种感觉了，上次还是威尔伯偷走"金库"，还有外婆去世的时候。

今天在那个煞白的房间里，斯塔克警探怀疑我，还像对待犯人一样对我。我真希望一扭头就能发现外婆坐在我旁边的沙发上,说:"亲爱的,别把自己吓坏了。事情总会有转机的。"

我走进厨房开始烧水,手还在颤抖。我打开冰箱,发现里面几乎是空的,只剩下几块松饼,应该留下来当明天的早餐。我在橱柜里找到了一些饼干,把它们拿出来在盘子上摆好。水烧开后我泡了茶,因为没有牛奶,所以加了两勺糖。我本想好好品尝每一口饼干,却直接站在厨房狼吞虎咽地把它们吃完了,然后灌了几大口茶下去,回过神来的时候杯子就已经空了。很快茶水起了作用,我感到体内有了温暖的力量。

如果你感到万念俱灰,就从整理房间开始吧。

这是个好主意。没有什么比整理东西更让我精神振奋了。我洗了茶杯,擦干,收起来。可以稍微整理一下客厅里外婆的古董柜。我小心地打开玻璃柜门,拿出她宝贵的藏品——琳琅满目的水晶动物,每一只都是用在科德维尔家辛苦劳动挣来的钱买回来的。还有一些勺子,主要是银汤匙,是花了好多年从二手店淘来的。还有照片——我和外婆一起做烘焙的照片、我们在喷泉公园的照片、在橄榄花园餐厅的照片(我们举起手里的霞多丽碰杯庆祝),还有那唯一一张不是外婆和我,而是我妈妈年轻时的照片。

我拿起那张照片的时候手还在打战,必须集中精神才能擦去相框上的灰尘。如果我手滑了一下,相框就会掉到地上,让玻璃碎成无数片尖锐的利器。为了离地面近一些,我跪在了地板上。这样更安全一点。我双手捧着相框,仔细端详起妈妈的照片,四周全是外婆可爱的收藏品。

我又想起了一段遥远的记忆,一段很久没有想起来过的记忆。那时我将近十三岁,一天放学回家后,发现外婆像我现在一样跪坐在地上。那是一个星期四。星期四,消灭灰尘。她已经开始打扫了,收藏品散落在她身旁,手里正拿着一块抛光布和我妈妈的照片。我一进门就发现了怪异之处。平日里衣着整洁的外婆蓬头垢面，柔顺的卷发乱成一团。她脸上有泪痕，眼睛红肿。

"外婆？"我脱下鞋擦干净之前就先问道，"你还好吗？"

她没有回答，清澈的眼神看向远处，过了很久之后才说："亲爱的，我直接告诉你吧：你妈妈死了。"

我愣在了原地。我知道妈妈在世界的某个角落里，但对我来说，她和英国女王一样只是抽象的概念。在我的心中，她似乎早就已经死了。但是对外婆来说这是很沉痛的事情，所以我才会担心。

每年临近母亲节的时候，外婆每天都要去查三次邮筒，盼着能得到些妈妈的音信。最初的几年，妈妈会寄来贺卡，即便上面的字凌乱潦草，外婆也会兴高采烈。

"我的小姑娘还活在世界的某个角落里。"她会说。

但是后来，一个又一个母亲节过去了，贺卡不再寄来。每当这时外婆接下来的一个月都会郁郁寡欢。为了让外婆开心，我会把钱浪费在最大最欢快的贺卡上，在"外婆"后面写上"妈妈"，然后用代表亲吻的 X 和 O 填满空白，再画上粉红的桃心，涂好颜色，注意着不要涂出边。

当外婆说妈妈死了的时候，我感到的不是自己的悲伤，而是她的悲伤。

她哭了又哭，一点也不像平时的外婆，让我心慌意乱。

我跑向她身旁，一只手扶上她的后背。

"你需要好好喝一杯茶。"我说，"没有什么事情是一杯茶不能解决的。"

我冲向厨房，用颤抖的双手开始烧水。我能听到外婆坐在客厅地板上哭泣的声音。水烧开之后，我泡了两杯完美的茶，用银托盘端回客厅。

"好了,"我说,"我们坐到沙发上去,好吗?"

但是外婆没有动,抛光布在她手里攥成了一团。

我穿过密密麻麻的收藏品,在她身边找到一块空地,把托盘放到一边,拿起两杯茶,放在了我们面前,再次把一只手放在了外婆的肩上。

"外婆?"我问,"你能坐起来吗?你愿意和我一起喝茶吗?"我的声音也在发抖。我害怕极了。我从来没见过外婆如此脆弱不堪的模样,像一只刚出生的雏鸟。

外婆终于坐了起来,用抛光布擦了擦眼角。

"嗯,"她说,"喝茶。"

我们就这样坐在地上,被施华洛世奇的水晶动物和银汤匙环绕着喝起了茶。妈妈的照片就在旁边,代表着没能来参加茶会的第三个人。

外婆再次开口的时候声音已经恢复了原样,镇定而平和。"亲爱的,"她说,"真抱歉,我太伤心了。但是别担心,我已经好多了。"她轻轻喝了一口茶,对我露出了一个微笑。那不是外婆平时的微笑,她的嘴唇只扬起了一半的弧度。

我想到了一个问题:"她问过我的事情吗?我是说,我妈妈?"

"当然了,亲爱的。她偶尔打来电话,多半是问你的情况。我也会如实相告,只要她愿意听下去。但有时她听不了多久。"

"因为她病了吗?"我问。当我问起妈妈为什么会离开的时候,外婆就是这么解释的。

"是的,因为她病得很厉害。她给我打电话的时候,一般都是在街头。当我不再为她提供资金之后,她也不再打电话回来了。"

"我爸爸呢?"我问,"他怎么了?"

"我之前说过,他不是一个好人。我曾经试过让你母亲认清这一点,甚至叫了老朋友来帮我劝她离开他,但显然没有什么效果。"

外婆停顿了一下,又喝了一口茶。"你要向我保证,亲爱的,永远不要碰毒品。"她的眼睛再次溢满泪水。

"我保证,外婆。"

我不知道还能说些什么,于是伸手给了她一个拥抱。我能感觉到她用一种从未有过的方式抱住了我。这是我唯一一次主动拥抱外婆,而不是反过来。

我们分开的时候,我不知道该怎样做才好,于是说:"外婆,你不是说,'如果感到万念俱灰,就从整理房间开始'吗?"

她点点头:"你真是我的小宝贝,莫莉。你愿意和我一起整理吗?"

于是外婆终于变回了原本的她。也许她只是装作没事的样子,但我们一起把她的收藏品全都擦了一遍,然后放回柜子里。其间她聊着各种事情,仿佛今天也只是平常的一天。

那之后我们再也没聊起过妈妈。

现在,我和那天跪坐在同一个位置,同样被记忆的碎片包围着。但是这一次,我孤身一人。

"外婆,"我对空房间说道,"我好像惹上麻烦了。"

我整理好柜子最上层的照片,擦亮外婆的收藏品,依次摆好。最后站在柜子旁,看着里面的东西。我不知道还能做些什么。

只要你还有朋友,就不是真正孤身一人。

虽然大部分时候我都一个人撑过去了,但也许这次我真的需要帮助。

我去门厅拿起手机，打了罗德尼的电话。

铃响第二声的时候他就接通了："喂？"

"你好，罗德尼。"我说，"希望你没有不方便接电话。"

"我没问题。"他说，"怎么了？我看见你和警察离开酒店了。大家都说你惹上了麻烦。"

"非常遗憾，这个传闻很可能是真的。"

"警察想知道什么？"

"真相。"我说，"关于我的真相，关于吉赛尔的真相。布莱克先生不是死于服药过量，不完全是。"

"谢天谢地。他的死因是什么？"

"他们还不知道，但他们在怀疑我，也许还有吉赛尔。"

"但是……你没有告诉她什么吧，有吗？"

"我说得不多。"

"你没有提起胡安的事情吧？"

"他和这件事有关吗？"

"没有，完全没有。所以……你为什么给我打电话？"

"罗德尼，我需要你的帮助。"我的声音哽住了，我发现自己很难维持镇定。

他沉默了片刻，然后问："是你……是你杀了布莱克先生吗？"

"不！当然不是，你怎么能——"

"抱歉，抱歉，忘记我说过这句话。所以你惹了什么麻烦？"

"吉赛尔让我回去她的酒店房间，因为她落了一样东西在那儿。一把枪。她想取回来。她是我的朋友，所以我……"

"老天。"电话那头安静了一会儿，"好吧。"

"罗德尼?"

"我还在。"他说,"所以,那把枪现在在哪儿?"

"在我的吸尘器里,就在我的柜子旁边。"

"我们必须把枪拿回来。"罗德尼说,我能听到他声音里的焦躁,"我们要让它消失。"

"是的!完全没错。"我说,"天哪,罗德尼,真抱歉把你卷进这些事情。如果警察找你谈话,你能告诉他们我不是一个坏人,不会伤害任何人吗?"

"别担心,莫莉,交给我吧。"

名为感激的情绪溜进我的心口,让我几乎忍不住哭了出来。但我不会哭的,以免让罗德尼尴尬。我希望这次谈话能拉近我们的距离,而不是让我们变得疏远。我深吸一口气,努力让自己平静下来。

"谢谢你,罗德尼。"我说,"你真是个很好的朋友,甚至比朋友还要好。我不知道没有你该怎么办。"

"有我在呢。"他说。

但其实还有别的事情,我怕他听到接下来的内容之后就会永远离开我了。

"然后还有……另一件事。"我说,"我在套房里找到了布莱克先生的婚戒。然后……呃,承认这一点对我来说很难,但我最近面临了一些经济上的困难,所以我今天把戒指卖给了典当行,用来付租金。"

"你……干了什么?"

"它现在就在市中心的商店橱窗里。"

"简直难以置信,我真是服了。"他回道。我能听出来他几乎是在笑,就好像听到了世界上最美妙的消息。但是他当然不会觉得这件事有什么好笑的。这时我才想到，笑声和微笑是一样的，人们会用笑表达各种不同的情绪。

"我犯了一个大错。"我说，"我以为他们不会再盘问我了，以为这件事已经与我无关了。但是如果警察发现我卖掉了布莱克先生的戒指，就会显得好像我是为了钱杀死他的一样。你明白吗？"

"完全明白。"罗德尼说，"天哪，这真是……绝了。听着，都会没事的。交给我吧。"

"你会让那把枪，还有那枚戒指消失吗？我真不该拿走它，这是错的。你会买回戒指吗？这样就不会有人发现它了。我保证总有一天会把钱还给你的。"

"我已经说过了，莫莉。全都交给我吧。你在家吗？"

"是的。"我说。

"今晚别出去，好吗？哪儿都别去。"

"我从来不会在晚上出去的，罗德尼。"我说，"我真的不知道该怎么感谢你。"

"朋友不就是干这个的吗？要在危难时刻互相帮助，不是吗？"

"是的，"我说，"这就是朋友。"

"罗德尼？"我继续对着话筒说道。我想接着说，我非常希望能和他成为比朋友更进一步的关系，但是太晚了。他没有说再见就挂断了电话。我给他惹了这么多麻烦要处理，他一刻都不愿浪费。

等这一切结束之后，我会带他去一趟"意大利之旅"。我们会坐在橄榄花园餐厅温暖的吊灯下，在私密的卡座里，吃无限量供应的沙拉和面包，漫游在通心粉的宇宙中，最后还要加上自助甜点。而结账的时候,我会拿起账单。

我会为这一切买单的。我知道我会的。

星期四 ———

15

第二天早上我迟到了,迟到了好久。无论我多么努力工作都赶不上进度。我刚打扫完一个房间,立刻又会有下一个恐怖的房间等着我,在走廊里张开血盆大口邀请我进去。到处都是灰尘,渗透进每一张地毯的纤维、每一面镜子的裂缝中。桌面上全是油乎乎的印记,床单上涂着扭曲的血手印。转瞬之间,我又到了一楼大堂的阶梯上,拼命想要逃离。我抓着金色的蛇形扶手,每一条摸起来都冰凉而光滑。这些爬行动物警觉的双眼看起来有些熟悉,还未待我细想,它们就眨起了眼,在我的触碰下活了过来。我每向前一步,就会醒来一条新的毒蛇——切莉尔,斯诺先生,威尔伯,两名文身的壮汉,罗索先生,斯塔克警探,罗德尼,还有布莱克先生。

"不!"我尖叫着醒来,听见了敲门声。我从床上弹起,心脏怦怦直跳。

"外婆?"我问道。然后我想起来了,就像我每天早上醒来时都会想起来的那样:我现在是独自一人。

咚咚咚。

我看了一眼手机,还不到早上七点,所以闹钟还没有响。谁会在这种时候跑来敲我的门?我忽然想起了罗索先生,他还欠我一张收据。

我下床，穿上拖鞋。"来了！"我喊道，"请稍等！"

我摇摇头，驱散刚才的噩梦，穿过走廊去到门口，拉开生锈的门闩、开锁，打开了门。

"罗索先生，虽然我很感激你——"说到一半我就停下了，因为门口站着的并不是罗索先生。

一位高大的年轻警官正站在我的门口，挡住了光线。他身后还有两名警官：一位可以出演《神探可伦坡》的中年男性，还有斯塔克警探。

"请不要见怪，我还没有穿好衣服。"我有些不自在地抓了抓睡衣的衣领。这是外婆的睡衣，粉色的法兰绒上是五彩斑斓的茶壶。这可不是接待客人的衣服——即使这些客人大清早就不请自来。

"莫莉，"斯塔克警探走到年轻警官身前说道，"你因涉嫌非法持有武器、毒品和一级谋杀罪被逮捕了。你有权保持沉默，你所说的一切都能够用作呈堂证供。你有权在与警方交涉前咨询律师，并且于现在或未来的审问中请律师陪同。"

我又开始眩晕，地板在脚下倾斜，茶壶在眼前旋转。"有人想喝茶……"但我没能说完这句话，我昏倒了。

我能记起的最后一件事，就是双腿瘫软成橘子酱，眼前的画面变成了黑色。

醒来的时候我在一间牢房里，躺在灰色的小床上。我记得自己打开家门，震惊地听着警察像电视剧里一样宣读权利。那是真实发生的吗？我缓缓坐起身来，看向这个被铁栏围起的狭窄牢房。是的，那些都是真的。我在监狱里，也许就在之前去过两次的警察局地下室。

我深呼吸了几次，希望能够冷静下来。空气很干燥，弥漫着灰尘。我依然穿着与目前状况完全不相称的睡衣。我的小床上有一些无法根除的顽固污渍：血渍和一些黄色的圆形印记。那些印记可能是任何东西，我完全不想去思考这件事。虽然这个床还可以用，但我还是觉得应该立刻废弃，因为它已经无法恢复到崭新的状态了。

这座牢房的卫生状况到底怎样呢？我不禁陷入了沉思。在这样一个地方当清洁工肯定比在酒店当女仆要悲惨得多。我想象着多年来这里到底积攒了多少细菌和污垢。不，我不能想这些。

我穿着拖鞋踩在地上。

多往好处想。

好处。我正准备说出第一个好处的时候，低头看到了自己的双手。我的手脏兮兮的，每一只手指上都有乌黑的墨渍。这时我才隐约记起当时躺在这个满是细菌的小床上，有两名警官拉着我的手去沾墨，甚至没让我洗手（虽然我确实如此恳求了）。那之后发生的事情我就没有印象了，也许我又昏倒了吧。我也记不清这是多久之前发生的事，可能是五分钟之前，也可能是五个小时之前。

我还没来得及进一步思考，那个出现在我家门口的年轻警官就来到了牢房边。

"你醒了。"他说，"你现在在警察局，明白吗？你在家门口还有这里各晕倒了一次，我们给你宣读了警告，你被逮捕了。你面临多项指控，还记得吗？"

"记得。"我说。我记不清自己具体是因为什么被逮捕的，但是我知道大部分和布莱克先生的死亡有关。

斯塔克警探出现在年轻警官旁边。她现在穿着常服，但这并不能减轻我看见她眼神时感到的恐惧。"我来接手吧。"她说，"莫莉，你跟我来。"

年轻警官用钥匙打开了牢门，扶住门让我出来。

"谢谢。"我经过他时说道。

斯塔克警探走在前面，我跟在她身后，年轻警官在最后，两人把我夹在中间。我们路过了另外三间牢房，我努力不要看过去，但还是看到了——面容凹陷的男性脸上生着疮，紧紧地抓着铁栅栏；他对面的女人衣衫不整，躺在小床上啜泣不已。

多往好处想。

我们走上楼梯，我努力避免碰到沾满油污的扶手，最终走进了一间熟悉的屋子。我已经来过两次了。斯塔克警探打开了灯。

"坐。"她命令道，"你来了这么多次，这地方都快成你家了。"

"这里和我家完全不同。"我的声音尖锐得像一把利刃。我坐在摇晃的椅子上，小心不要碰到椅背，正面是脏兮兮的白桌子。即使我穿着毛绒拖鞋，还是觉得双脚冰冷。

年轻的警官拿着一个可怕的泡沫塑料纸杯、两盒牛奶、一只铁勺，还有一块玛芬蛋糕走了进来。他把这些放在桌面上，然后离开。斯塔克警探关上了门。

"快吃。"她说，"我们可不想再看你晕一次。"

"你们考虑得真周到。"我说。因为当别人为你提供食物的时候，表达感谢是应该的。虽然我不相信她是真的关心我，但这并不重要。我饿坏了，需要吃点东西才能坚持到这件事结束。

我拿起勺子，翻过来看了看，背面有一块干涸的灰色物质，于是立刻放下了。

"你咖啡里要加牛奶吗？"斯塔克警探问。她坐在我的对面。

"加一盒，"我说，"谢谢。"

她拿起一小盒奶精，打开，倒进咖啡。正当她要拿起勺子搅拌的时候我阻止了她。

"不！"我喊道，"我喜欢喝不搅拌的咖啡。"

她又那样盯着我看。解读她的表情变得越来越容易了，那是嘲讽与厌恶。她把泡沫塑料纸杯递给我，我接过杯子的时候听见它发出了刺耳的摩擦声，忍不住瑟缩了一下。

斯塔克警探把装蛋糕的盘子推向我。"吃。"她再次说道。这是一个命令，不是请求。

"非常感谢。"我说道，然后小心地剥开蛋糕的纸杯，将其等分成四块。我将四分之一块蛋糕放进嘴里，是葡萄麦维口味的，我的最爱——口感绵密、营养丰富，甜甜的葡萄干深藏其中。这简直就像斯塔克警探事先知道我喜欢什么一样，但是她当然不可能知道。只有神探可伦坡才能猜得出来。

我咽下蛋糕，喝了几口苦涩的咖啡。"美妙至极。"我说。

斯塔克警探大笑出声，没有其他词汇能够描述她刚刚的举动。她双手环胸，这意味着她感到寒冷——但我对此表示怀疑。她不相信我，当然，我也不相信她。

"你知道自己正在面临指控吗？"她说，"非法持有枪支、毒品，还有一级谋杀。"

我喝咖啡的时候几乎呛到。"这是不可能的。"我说，"我从来没有伤害过别人，更不用提谋杀了。"

"听着，"她说，"我们认为你杀害了布莱克先生，或者与此有关，或者知道是谁干的。验尸结果出来了，这是板上钉钉的事实，莫莉。布莱克先生并非死于心脏病发，而是死于窒息。"

我又往嘴里放了一块蛋糕，集中精神咀嚼起来。外婆说每一口都最好嚼十到二十次，能帮助消化。我开始在脑海里默数。

"你每天铺的床上放几个枕头？"斯塔克警探问。

显然，我知道答案，但是我嘴里还有蛋糕。现在开口说话太不礼貌了。

"四个。"警探在我能够回答之前就说道，"每张床上都有四个枕头。我和斯诺先生还有其他女仆确认过。但是当我到达犯罪现场的时候，布莱克先生的床上只有三个枕头。第四个枕头去哪儿了，莫莉？"

七、八。我继续数着咀嚼的次数，然后咽下蛋糕。但是在我能开口说话之前，斯塔克警探突然双手拍向桌面，几乎把我吓得跳了起来。

"莫莉！"她喊道，"我刚刚说你用枕头残忍地杀害了一个人，而你却坐在那里，津津有味地吃你的蛋糕。"

我停顿了一下，努力平复加速的心跳。我并不习惯被人大声呵斥，或者被指控参与毒品犯罪。这让我很焦虑。为了缓和神经，我喝了一口咖啡，然后开口道："我换一种说法吧，警探。我没有杀害布莱克先生，当然也没有用枕头闷死他。而且，我不可能持有毒品，我甚至从未见到过毒品。毒品害死了我妈妈，还险些害我外婆死于心碎。"

"你对我们说谎了，莫莉。你和吉赛尔很熟。她告诉我们你经常在打扫完之后还留在他们的套房里，和她聊一些私人的事。她还说，你从布莱克先生的钱包里拿钱。"

"什么？她肯定不是这个意思！她是说，我接受了那些钱。那些钱是她给我的。"我看着警探，又看向角落里闪烁的摄像头。"吉赛尔很慷慨，给了我很多小费。是她从布莱克先生的钱包里取了钱，不是我。"

斯塔克警探的嘴唇抿成了一条线。我整理了一下睡衣,在椅子上坐直。

"我说了那么多,你只想澄清这一点?"

房间笔直的棱角开始扭曲,我深吸一口气,稳住自己,等待着桌子的四角逐渐变成圆形。

一下子涌现了太多信息,我处理不过来。为什么人们不能表达得更直白一点呢?看起来警探和吉赛尔聊过了,但是我很难相信吉赛尔说了对我不利的话。她不会那样做的,她是我的朋友。

颤抖从我的双手扩散至全身。我伸手去拿泡沫塑料杯,端到嘴边的时候险些洒了出来。

我做出了决定。"我确实想澄清一件事。"我说,"吉赛尔确实对我诉说过心事,我也确实认为她是……是我的朋友。很抱歉我之前没有明确地说出来。"

斯塔克警探点点头。"没有明确地说出来?哼,你还有什么'没有明确地说出来'的事情?"

"是的,确实有。我外婆总说,如果你对一个人的评价不佳,最好不要说出来。所以我很少提起布莱克先生本人。我希望你能知道,布莱克先生绝非大家想象中那个体面的成功人士。也许你应该调查一下他的仇家。我告诉过你,吉赛尔受到过他的暴力伤害,他是一个非常危险的人。"

"危险到让你去告诉吉赛尔最好离他远一点?"

"我从来没有……"我停住了,因为我的确说过这样的话,只是一时没想起来,我当时是这么认为的,现在也是。

我又往嘴里塞了一块蛋糕,能有理由保持沉默让我松了一口气。我继续遵从外婆的教诲开始咀嚼,一、二、三……

"莫莉,我们和你的许多名同事聊过,你知道他们是怎么描述你的吗?"

我暂停咀嚼,摇了摇头。

"他们说你令人尴尬、冷漠、斤斤计较,是一个有洁癖的怪胎。还有更过分的。"

我嚼完了十下,咽下了蛋糕,但这并没有减轻压在我喉咙上的重负。

"你知道还有一些其他同事说你什么吗?他们说完全可以想象你杀人的样子。"

切莉尔,当然是她。只有她会说这么恶毒的话。

"我不喜欢说其他人的坏话。"我回道,"但是既然你都那么说了,我也只能告诉你:女仆长切莉尔·格林会用擦马桶的毛巾擦洗脸池。毫不夸张,她真的这么做了。她会在健康的时候请病假、偷看别人的柜子,还会偷走小费。如果她既偷窃,又破坏卫生,最终将会堕落到什么地步?"

"你又会堕落到什么地步,莫莉?你偷了布莱克先生的婚戒,卖给了典当行。"

"什么?"我说,"那不是我偷的,是我找到的,是谁告诉你的?"

"切莉尔一路跟你到了当铺。她知道你打算干点什么。我们在橱窗里找到了戒指,莫莉。店主完美地描述了你的外表:一个只要不说话就能融入背景的人。那种你大部分情况下都不会记住的人。"

我的心脏怦怦直跳,无法集中精神。这件事对我的影响很不好,我必须尽快弥补。

"我不应该卖掉那枚戒指的。"我说,"我遵守了错误的原则,遵守了'谁捡到就归谁'的原则。但我本应该遵循'己所不欲,勿施于人'的原则。我很后悔当时的选择,但这并不意味着我是个小偷。"

"你还偷过其他东西。"她说。

"我没有。"我不满地抱起双臂,义愤填膺地说。

"斯诺先生说看见你从撤下的餐盘中偷食物,还有小罐果酱。"

我腹中的地板开始下坠,就像酒店的电梯故障一样。我不确定哪件事更让我感到羞耻——是被斯诺先生看见了我做的事,还是他从来没和我提过这一点。

"他说的情况属实。"我承认道,"我让即将被丢弃的食物发挥了更多作用,这条原则是'不要浪费',这不是偷窃。"

"这只是程度的问题,莫莉。你的其中一个同事,也是一名女仆,担心你发现不了危险。"

"桑妮塔。"我说,"顺带一提,她是一名非常优秀的女仆。"

"我们现在不是在聊她的事情。"

"你和普莱斯顿先生聊过了吗?"我问,"他会为我的人格做担保的。"

"我们确实和门卫聊过。他的用词很有意思,他说那'不是你的错',说我们应该去调查其他方向。他提到了布莱克家的其他成员,说有一些可疑人士在夜晚进出酒店。但这些听起来都像是他在竭尽全力保护你,莫莉。他知道丹麦王室有哪儿不对劲[①]。"

"丹麦王室和这些有什么关系?"

斯塔克警探夸张地叹了一口气。"该死的,看起来今天会是漫长的一天。"

[①]出自莎士比亚的《哈姆雷特》,意指有可疑情况发生。

"还有胡安·曼努埃尔,那个洗碗工。"我问,"你们和他聊过了吗?"

"我们为什么要和一个洗碗工谈话,莫莉?他又是谁?"

一位母亲的儿子,一个家庭的经济支柱,还是蜂巢里一只隐形的工蜂。但是我决定不再说更多,我最不想看到的就是把胡安也卷进这些麻烦。相对地,我说出了那个肯定会为我的名誉做担保的人:"你和苏谢尔酒吧的调酒师罗德尼谈过了吗?"

"事实上,我和他聊过。他说他觉得你'绝对有可能干出杀人这种事'。"

瞬间,所有支撑我挺直脊背的力量都消失了。我瘫坐下来,盯着放在腿上的双手。那是一双女仆的手,劳动的手。那双手干燥又粗糙,无论涂多少护手霜都无法改变这一点。指甲整齐地剪短,手心布满茧子。这双手看起来比我的实际年龄苍老得多。谁会想要这样一双手,或者它们的主人呢?我怎么敢期待罗德尼会想要呢?

我知道如果我现在抬头看斯塔克警探,眼泪就会流出来,所以我专注地看着睡衣上的小茶壶——明亮的粉色、天蓝色,还有水仙花一般的黄色。

警探再次开口说话的时候,声音柔和了一些。"布莱克夫妇的套房里到处都是你的指纹。"

"当然了,"我说,"我每天都去打扫那间房。"

"你也清理了布莱克先生的脖子吗?我们在他的脖颈处检测出了你的清洁剂。"

"因为我打电话呼救之前检查了他的脉搏!"

"你有那么多种可以杀死他的方法,莫莉,为什么会选择闷死他,而不是用枪?你真的觉得你不会被发现吗?"

我不会抬头看她的。不会。

"我们在你的吸尘器里找到了枪支。"

我的胃再次纠结起来,巨龙正在疯狂地撕咬。"你们为什么要动我的吸尘器?"

"你为什么要藏那把枪,莫莉?"

我的心跳如雷,唯一一个知道戒指和枪的人是罗德尼。我做不到,我无法把脑海中的拼图拼起来。

"我们检测了你的推车。"斯塔克警探说,"测出了可卡因。我们知道你不是主犯,莫莉。你不够聪明。我们认为,是吉赛尔把你介绍给了布莱克先生,说服你为他工作。我们认为,你和布莱克先生十分熟悉,而你在帮他掩盖酒店内的毒品交易。也许你们之间发生了口角,也许你生气了,然后杀了他。或者,你想帮吉赛尔逃离困境。无论如何,你都脱不了身。

"所以,就像我说过的那样,这件事有两种解决方式。你可以承认所有的指控,包括一级谋杀的罪名,法官会将你配合的态度纳入考量。及时认罪、积极配合调查,提供你们酒店毒品交易的相关信息,可以大大减轻你的量刑。"

茶壶在我的大腿上跳舞。警探不停地说下去,但是她的声音听起来很小、很遥远。

"或者,我们可以绕远道。警方会搜集更多证据,我们法庭见。无论如何,酒店女仆莫莉,你都完蛋了。所以,你怎么选?"

我知道我现在不够清醒。我不知道一般在被指控谋杀的时候,人们都是怎么做的。但忽然之间,我想起了《神探可伦坡》。

"你之前宣读了我的权利,"我说,"在我家门口的时候。你说我可以咨询律师。如果我雇用一名律师,需要立刻付钱吗?"

斯塔克警探翻了个白眼——她生气了，我不会看错的。"律师一般不会当场收费。"她说。

我抬起头，直视着她的双眼。

"那样的话，我希望打一个电话。我想要咨询律师。"

斯塔克警探起身推开椅子，椅子摩擦地面发出了刺耳的噪声。我很确定她再次给伤痕累累的地面增加了新的瘢痕。她打开审讯室的门，对站在外面的年轻警官说了什么。他从身后的口袋里掏出一个手机递给她。那是我的手机，他为什么拿着我的手机？

"来吧。"她哐当一声把手机扔在桌面上。

"你拿了我的手机。"我说，"谁让你拿的？"

她睁大了眼睛。"你让我拿的。"她说，"你在牢房晕倒之前，坚持要我们拿着你的手机，说之后也许要给一个朋友打电话。"

我不记得了，但潜意识里隐约有一点印象。

"非常感谢。"我说着拿起手机打开通讯录。我看着全部八个联系人：吉赛尔，外婆，切莉尔，橄榄花园餐厅，普莱斯顿先生，罗德尼，罗索先生，斯诺先生。我思考着，到底谁才是我真正的同伴，谁又不是。这些名字在我眼前旋转，我等到能看清的那一刻，选择了一个人，拨了电话。

电话接通了。

"普莱斯顿先生？"我说。

"莫莉？你还好吗？"

"请原谅我在这种时候给你打电话，你应该正在准备上班吧？"

"暂时没有，我今天是晚班。亲爱的，发生了什么？"

我看向苍白的房间，还有照在我身上刺目的灯光。斯塔克警探眼神冰冷地盯着我。"其实,普莱斯顿先生,我不太好。我因为谋杀罪被逮捕了,还有其他罪名。我现在就在离酒店最近的警察局。我……我不想打扰你的,但是我真的需要你的帮助。"

16

打完电话后,斯塔克警探向我伸出了手。说实话,我并不确定她是什么意思,于是拿起喝空的泡沫塑料杯递还给她。我以为我们已经结束了谈话,而她正准备收拾桌子。

"你在开玩笑吗?"她问,"你觉得我是你的女仆?"

我当然不这么觉得。如果她有普通女仆的一半水准,这个房间就不会是这样——到处都是划痕和污渍。只要给我一块布和一瓶水,我就能花时间把这个猪圈一样的地方打扫干净。

斯塔克警探拿走了我的手机。

"我还能拿回来吗?那里面有我重要的联系人,我不想弄丢。"

"你会拿回去的。"她说,"总有一天。"然后她看了看手表,"好了,在我们等律师过来的期间,你还有什么想说的吗?"

"非常抱歉,警探,请不要对我的沉默感到冒犯。首先,我并不是一个善于闲谈的人,我经常说错话。其次,我很清楚保持沉默是我的权利,所以我会立刻开始使用这项权利。"

"行吧,"她说,"随便你。"

在仿佛等了一个世纪之后,门口传来了响亮的敲门声。

是普莱斯顿先生。他穿着便服,我很少看见他脱下门卫制服的模样。他穿着熨烫平整的蓝色上衣和深色牛仔裤,身边有一位女性穿着剪裁得体的海军蓝西服套装,拿着一只黑色的皮质公文包。她有一头短短的卷发,梳得整整齐齐,深棕色的眼睛立刻表明了她的身份,因为和她父亲的眼睛非常相像。

我站起身迎接他们。"普莱斯顿先生。"我说着,几乎无法抑制住见到他们时的如释重负。我动作有些匆忙,在桌角撞到了胯骨。虽然很疼,但这并没有阻止我说出下面的话:"真高兴你能来,太感谢了。我被指控了很多糟糕的罪名,但我从来没伤害过任何人,也没碰过毒品,我唯一摸到过的武器就是——"

"莫莉,我是夏洛蒂。"普莱斯顿先生的女儿打断我说,"我的专业建议是:你现在最好保持沉默。哦,还有,很高兴见到你,爸爸说了很多关于你的事。"

"你们中最好有一个人是律师,不然我要抓狂了。"斯塔克警探说。

夏洛蒂向前一步,细高跟在冰冷的地板上踏出清脆而响亮的声音。"我是。夏洛蒂·普莱斯顿,来自比灵斯,普莱斯顿与加西亚律师事务所。"她说着翻出了一张名片递给警探。

"亲爱的莫莉。"普莱斯顿先生对我说,"我们来了,你不要担心,这只是一个天大的——"

"爸。"夏洛蒂说。

"抱歉,抱歉。"他回答道,拉上了嘴巴的拉链。

"莫莉,你愿意请我担任你的律师吗?"

我没有说话。

"莫莉?"她追问道。

"你之前让我不要说话,我现在应该说话吗?"

"真抱歉,我没有说清楚。你可以说话,只是不要说任何与指控相关的内容。现在我再问你一遍:你愿意请我担任你的律师吗?"

"哦,是的,那样最好了。"我说,"我们可以挑一个方便的时间讨论报酬问题吗?"

普莱斯顿先生对着手咳嗽了一声。

"我很想为您提供一张餐巾纸,普莱斯顿先生,但是恐怕我现在并未随身携带。"我看向斯塔克警探,她摇了摇头。

"请不用担心报酬问题,我们先把你从这里带出去。"夏洛蒂说。

"你应该知道她的保释金是八十万美元。让我看看……"斯塔克警探把拇指放到唇边,"这比女仆的收入稍微高了一点,不是吗?"

"确实如此,警探。"夏洛蒂说,"女仆和门卫的工作被过分低估,薪资过低。但是律师嘛,我们拿到的还算可以,至少就我所知,比警探要多点。我已经把保释金交给接待处的人了。"她对斯塔克警探微笑起来,我几乎可以肯定那不是一个友善的微笑。

夏洛蒂转向我。"莫莉,"她说,"我帮你在今天上午晚些时候安排了保释听证会。虽然我无法作为你的律师出席,但我已经以你的名义投放了一些文件。"

"文件?"我问。

"是我和父亲写的信。他在信中描述了你的性格为人,我则说了会将你保释。顺利的话,下午你就能被释放了。"

"真的吗?"我问,"真的这么简单吗?我会被释放,一切都会结束吗?"我看了看她,又看了看普莱斯顿先生。

"怎么可能。"斯塔克警探说,"就算你现在脱身了,还是要出庭受审。我们又没有撤销指控。"

"那是你的手机吗?"夏洛蒂问我。

"是的。"我说。

"你会帮她锁好、存在安全的地方,对不对,警探?你不会把它列到证物清单上的吧?"

斯塔克警探顿了顿,手撑着胯。"我可不是新入行的菜鸟,姑娘。顺便一提,我还有她的家门钥匙,她晕倒前坚持让我替她保管。"警探从口袋里掏出钥匙放在桌上。如果我有消毒纸巾的话,我会立刻拿起来给它们消毒。

"好极了。"夏洛蒂说着拿起了我的手机和钥匙,"我们会和前台的人说清楚,把这些放到个人物品处保管,而不是证物处。"

"随便你。"斯塔克警探说。

普莱斯顿先生低头看我,眉头紧锁。也许他正在努力集中精神,但看起来更像是在担心。

"不用害怕,"他说,"我们等着你的听证会结束。"

"外面见。"夏洛蒂补充道,然后两人就转身离开了。

他们走了之后,斯塔克警探双手抱胸站在那里,瞪着我。

"现在怎么办?"我觉得有点呼吸困难。

"你跟你的茶壶回到牢房,耐心等待听证会开始。"斯塔克警探说。

我站起来,整理了一下睡衣。外面的年轻警官正准备带我回到那个恶臭的牢房。

"非常感谢你。"我离开之前对斯塔克警探说。

"谢什么?"她问。

"谢谢你给我的蛋糕和咖啡。希望你的早晨过得比我愉快。"

17

下午还穿着睡衣的感觉很奇怪。而在一个法院里穿着如此不正式的服装更是让人坐立不安。一个小时前,斯塔克警探手下的一名警官亲切地开车送我来到了这间法院。现在我正和一位即将为我辩护的年轻男性坐在一间极其混乱的办公室里。他问了我的名字,看了警方对我提出的指控,告诉我法官准备好后会传我们进去,然后说他要看几封邮件。接下来的五分钟他全神贯注地看邮件,我完全不知道自己该做些什么。没事的,正好我可以用这段时间调节情绪。

我看电视上被告人都穿着干净的衬衫,扣子系至领口,搭配正式的西服下装。我真的不应该穿睡衣。

"你好,"我对年轻的律师说,"请问我可以回家换一身衣服再来听证会吗?"

他的整张脸都扭曲了。"你开玩笑的吧?"他说,"你知道听证会能在今天办理你有多幸运吗?"

"我其实挺认真的。"我说。

他把手机放进上衣口袋里。"老天,那我可有大新闻给你了。"

"太好了,是什么新闻?请告诉我吧。"我说。

但是他一个字都没说。他只是目瞪口呆地看着我,这当然意味着我又搞砸了，但我不知道是哪里搞砸了。

过了一会儿，他开始问我问题。"你服过刑吗？"

"直到今天早上之前都没有。"我说。

"那不叫服刑。"他说，"服刑比那个糟糕。你有犯罪记录吗？"

"我的记录清清白白，没有丝毫污点。"

"你有计划出国吗？"

"哦，是的。我非常想去开曼群岛看看。听说那里很美，你去过吗？"

"跟法官说你没有出国的计划。"他说。

"好的。"

"听证会一般就是走个形式，不会很长时间——就算是你这种刑事犯罪。我会努力保你出去。我猜和其他所有被指控的人一样，你是无辜的，还要照顾行动不能自理的可怜祖母，是吗？"

"曾经是，现在不是了。"我说，"她死了。而且我当然是无辜的。"

"嗯哼，当然。"他应道。

我很感激他这么快就相信了我。

正当我想要详细阐述自己如何无辜的时候，他的手机振动了几下。"到我们了，"他说，"走吧。"

他领我走出办公室进入走廊，拐进一间更大的屋子。房间两侧是一排排长椅，中间是一条宽阔的过道。我们走上过道，来到法庭的前方。有那么一瞬间，我想象着另一个布局相似的房间，唯一的不同是，在想象中，我是一个即将步入婚姻殿堂的新娘，身边的男人不是这个陌生人，而是一个我很熟悉的人。

我的幻想被年轻的律师无情地打断了。"坐吧。"他指着法官右边的桌椅说道。

我坐下后,斯塔克警探走进了法庭,坐在了过道对面的椅子上。

我又开始紧张了。为了止住颤抖,我紧紧地把手贴在大腿上。

有人说了句"起立",然后年轻的律师拉住我的胳膊,带我站了起来。

法官从法庭后门出来,走到审判桌前,呻吟了一声坐下。我并无恶意,但这位法官的长相让我想起了巴西角蛙。我和外婆看过一个非常精彩的纪录片,讲的就是亚马孙丛林与巴西角蛙。那是一种很神奇的生物,大大的嘴巴向下弯曲,眉毛则高高扬起,就像我面前的法官。

听证会很快就开始了。法官先请斯塔克警探发言。她说了警方对我的指控,还说了很多与布莱克案件有关的事情,以及我是如何涉足其中的。在她的陈述中,我是一个不值得信任的人。但她最后的发言才最让我难过。

"法官大人,"她说,"莫莉·格雷面临的指控十分严重。我很清楚,您面前的被告乍看之下似乎无害,也并没有潜逃的意向,但是她已经证明自己是一个信用极低的人。就像她工作的丽晶大酒店。虽然表面上是一座光鲜亮丽的酒店,但我们越是调查莫莉和她工作的地方,就会发现越多问题。"

如果我有权利这么做的话,一定会敲响木槌大喊:"反对!"就像电视上演的那样。

法官没有敲木槌,却出声制止了:"斯塔克警探,请容许我提醒你,酒店并非此次听证会的议题,也无法站上被告席。请你直接说明要点。"

斯塔克警探清了清嗓子:"重点就是,我们怀疑莫莉与布莱克先生之间存在不正当关系。我们搜集到了大量的证据,证明布莱克先生与您面前年轻的酒店女仆涉嫌违法。我对她个人的道德,以及她遵守法律法规的能力深感忧虑。换言之,法官大人,她就是'人不可貌相'的一个典型事例。"

这句话让我感觉受到了莫大的羞辱。我确实有缺点,也做过错事,但指责我不遵守规则完全就是信口雌黄。我一生都在致力于遵守规则,即使是完全违背我天性的规则。

接下来轮到年轻的律师发言。他说话语速很快,戏剧性地挥舞着手臂。他向法官解释道,我的履历十分清白,没有犯罪记录;我的生活平静无波,做了一份卑微的工作,完全没有潜逃的风险;我从未出过国,且二十五年间长期居住在同一个地址——也就是生来至今都没有换过居住地。

总结陈词时他提出了一个问题:"这位年轻女性真的符合一个危险的罪犯、逃犯的特征吗?我是说,真的。好好看看你们面前的这个人吧,事情绝对有蹊跷。"

法官用双手撑着像青蛙一样下垂的两颊,半闭着眼。"谁提出的保释?"他问。

"被告的一位熟人。"年轻的律师答道。

法官查看着面前的一张纸。"夏洛蒂·普莱斯顿?"他轻轻睁开了眼睛,看向我,"原来如此,你有些身居高位的朋友。"

"并不总是这样,法官大人。"我回答道,"但是最近一段时间,是的。以及,我希望为我不合时宜的着装道歉。我在家门口被捕的时机并不是很好,没能为出席您的法庭选择合适的服装。"

我不知道自己是否应该开口说话,但现在已经太迟了。年轻的律师张大了嘴,但是并没有给我建议告诉我应该做什么。

一段长长的沉默后,法官说:"我们不会依据你的茶壶来评判你,格雷女士,而是依据你是否有能力遵守法规、不企图逃跑。"他的眉毛随着他说出的话不断起伏。

"那太好了,法官大人。我很擅长遵守规定。"

"很好。"他回道。

年轻的律师一直沉默着。既然他没有为我说话,我便继续道:"法官大人,我很幸运能拥有愿意帮忙的朋友。但我只是一个酒店女仆,一个被冤枉的酒店女仆。"

"你今天没有受审,格雷女士。你明白如果我们批准你的保释,你的行动范围将被严格限制在家、工作场所和这座城市内吗?"

"这正是我日常的活动范围,法官大人。除了看纪录片的时候。那时我的精神会随着电视去国外旅游,但我猜这并不包含在内,因为我只需坐在家中舒适的躺椅上。我既没有意愿,也没有经济能力扩张自己的活动范围。我不知道该如何独自旅行,担心自己不了解陌生环境的行为准则,从而……闹出笑话。"我停顿了一下,然后意识到了自己的无礼。"法官大人。"我快速补充道,行了一个屈膝礼。

法官大人的嘴巴一角仿佛扬起了一个近似微笑的弧度。"我也不希望看到今天在场的人闹出笑话。"他说着看向了斯塔克警探,她今天第一次没有对上他的目光。

"格雷女士。"法官宣布道,"我在此批准你的保释。你可以离开了。"

18

终于,在走过许多道程序之后,我坐在了夏洛蒂·普莱斯顿豪华的皮质车后座里。离开法庭后,一位接待员领着我去找夏洛蒂,那位职员说她和夏洛蒂很熟悉。她带我来到后门,普莱斯顿先生和他女儿就像约定的那样站在外面等我。他们带我上了这辆车。我自由了——至少暂时如此。

车上的仪表盘显示现在是下午一点。这似乎是一辆奔驰,但我自己没有车,也很少乘车出行,所以对这些不是很了解。夏洛蒂负责开车,普莱斯顿先生则坐在副驾驶。

我很庆幸能够离开警察局地下脏乱的牢房,坐进这辆车里。也许我应该多往好处想,而不是纠结这些不愉快的事情。今天我拥有了很多全新的经历,外婆总说,新的经历会打开成长的大门。我不确定自己是否享受今天这些打开的大门或者经历,但我希望最终它们能够让我成长。

"爸,莫莉的手机和钥匙在你那里,对吧?"

"哦,对。"普莱斯顿先生说,"多谢提醒。"他从口袋里拿出来,交还给我。

"谢谢你,普莱斯顿先生。"我说。

然后我才想到要问:"请问我们要去哪里?"

"去你家,莫莉。"夏洛蒂说,"我们带你回家。"

普莱斯顿先生从副驾驶转过身来看我。"别担心，莫莉。"他说，"夏洛蒂会无偿帮助你的，我们一定会帮你回归日常生活，不达目的决不罢休。"

"但是保释金怎么办？"我问，"我没有那么多钱。"

"没事的，莫莉。"夏洛蒂直视前方，"我不用真的交那些钱，除非你逃跑。"

"我不会逃跑的。"我说着倾身到两个车前座中间。

"老怀特法官似乎很快就发现了这一点，至少我是这么听说的。"夏洛蒂说。

"你怎么知道得这么快？"

"接待员、助手、法庭记者……总有人会谈论。只要和他们搞好关系，他们就很乐意和你分享一些独家新闻。不过大部分律师会无视他们。"

"如此世道。"普莱斯顿先生说。

"恐怕是的。他们还说，怀特法官并不急于对媒体公开莫莉的名字，看起来他认为斯塔克抓错人了。"

"我不知道为什么会变成这样。"我说，"我只是一个女仆，努力做到最好。我……我没有做过他们说的那些事。"

"我们知道，莫莉。"普莱斯顿先生说。

"有的时候人生并不公平。"夏洛蒂补充道，"我从业这么多年学到了一件事：犯罪分子总会利用他人的'不同'来达成一己私利。"

普莱斯顿先生再次回头看我，额头上出现了深深的皱纹。

"你外婆走后，你的生活一定很艰难吧。"他说，"我知道你很依赖她。你知道吗，她去世之前让我帮忙照看你。"

"是吗？"我说。她要是还在该多好啊……

我透过泪水看向窗外,接着说:"谢谢你帮忙照顾我。"

"没什么的。"普莱斯顿先生说。

我的公寓楼出现在了眼前,我很确定自己从未如此庆幸看到它。

"你觉得我今天可以像往常一样去工作吗,普莱斯顿先生?"

夏洛蒂扭头看了一眼父亲,然后回头看着前方。

"恐怕不行,莫莉。大家也理解你需要离开一段时间。"普莱斯顿先生说。

"我要给斯诺先生打电话吗?"

"不,现在不需要。现在最好不要联系酒店里的任何人。"

"公寓后面有一个给访客的停车场。"我说,"我从来没用过,因为来找我和外婆的客人一般都是外婆的朋友,他们都没有车。"

"你和他们保持着联系吗?"夏洛蒂停车的时候问。

"不,"我回答道,"外婆去世之后就没有联系了。"

停好车后,我们下车走向公寓。"这边。"我指着楼梯。

"没有电梯吗?"夏洛蒂问。

"恐怕没有。"我说。

我们安静地爬上楼梯,穿过走廊去往我家,这时罗索先生突然打开了门。

"你!"他用食指指着我说,"你把警察带到这栋楼里来了!他们逮捕了你!莫莉,你惹了这么大麻烦,不能再住这儿了。我要把你赶出去,你听到了吗?"

在我能回答之前,一只手扶上了我的胳膊。夏洛蒂走上前来,距离罗索先生的脸只有几英寸远。

"你就是这里的地头蛇,哦不,房东吗?"

罗索先生的脸像我告诉他要晚点交房租的时候一样鼓胀了

起来。

"我是这里的房东。"他说,"你又是谁?"

"我是莫莉的律师。"夏洛蒂回答道,"你知道这栋楼违反了不止一条建筑规范,对吧?破损的防火门,过于拥挤的停车位,而且高度在五层以上的建筑物必须有运行良好的电梯。"

"太贵。"罗索先生说。

"我相信调查员肯定听过无数次这个理由了,我可以给你提供一些免费的法律建议,你叫什么名字来着?"

"他是罗索先生。"我热心地提供了帮助。

"谢谢你,莫莉。"夏洛蒂说,"我会记住的。"她继续面对他,"我的免费建议是:不要打我客户的主意,不要和我的客户说话,不要骚扰我的客户,不要用停止租售或其他任何理由威胁我的客户,除非你得到了我的许可。她有权住在这里,和其他任何人一样。你明白了吗?我说清楚了吗?"

罗索先生的脸变得红彤彤的,我以为他会说些什么,但是他没有。他只是点了点头,回到自己的公寓里,安静地关上了身后的门。

普莱斯顿先生对夏洛蒂微笑道:"不愧是我女儿。"

我拿出钥匙打开了自己家的门。

外婆的每日卫生计划最大的好处就是能让房间时刻保持整洁,随时可以迎接意外来访的客人——虽然我平时也不会有客人。除了今天早上警察的突然造访,还有星期二意外出现的吉赛尔,现在是少数我可以利用这一优势的时刻。

"请进吧。"我领着夏洛蒂和普莱斯顿先生穿过前门。我没有拿出柜子里的抹布,因为我还穿着拖鞋,柔软的鞋底擦不干净。于是我拿出了一只塑料袋,把拖鞋装了进去,留待日后清洗。普莱斯顿先生和夏洛蒂没脱鞋,我也没有提出异议,因为此刻我对他们二人只有无尽的感激之情。

"需要我帮你把包收起来吗?"我问夏洛蒂,"虽然柜子很小,但我是一个收纳专家。"

"其实我还得用到它。"她说,"记笔记。"

"当然。"我说。

这时我才意识到她是来做什么的。想到接下来即将发生的事情,地面就开始倾斜。直到刚才,我都沉浸在家里来了"新的、友善的、来帮助我的"客人带来的喜悦中,回避自己不得不直面的现实。我必须深刻反思今天发生的一切及其原因。我必须回想不愿面对的细节,解释事情为什么会变成这样,必须字斟句酌。

一想到这些,我就止不住地颤抖。

"莫莉,"普莱斯顿先生把一只手放到了我的肩膀上,"我可以去厨房泡一些茶吗?夏洛蒂知道,对于一个笨重的老家伙而言,我手艺不算差。"

夏洛蒂走进客厅。"我爸爸泡的茶可香了。"她说,"交给他吧,你可以先去洗个澡,莫莉,你肯定想换一身衣服。"

"我确实很想。"我低头看了看自己的睡衣,"不会很久的。"

"不着急,你准备好了就回来找我们。"

我来到走廊,普莱斯顿先生在厨房忙碌,一边忙一边小声哼着歌。我现在的行为显然很不礼貌,客人应该舒适地坐在客厅,由我来招待他们,而不是反过来。但是无论如何,我现在都没法继续遵守这项原则了。我的头脑混乱不堪,精神高度紧张。我站在自己家的走廊里动弹不得。夏洛蒂去厨房帮忙,他们聊着天,就像两只站在天线上的鸟儿。这是世界上最动听的声音,就像阳光和希望。有那么一个瞬间,我想着自己究竟是做了什么,才能这么幸运地得到他们的帮助。我的腿终于渐渐恢复了知觉,于是我走向厨房,站在门口。"谢谢你们,"我说,"我真的不知道该怎么感谢——"

普莱斯顿先生打断了我:"糖放在哪儿?肯定在这附近吧。"

"在灶台旁边的柜子里,第一层。"我说。

"好了,你快走吧,这里交给我们。"

我转身走向浴室,快速洗了个澡。好在今天的热水滚烫,让我洗掉了警局地下室的酸臭味和法院的气息。几分钟后我穿着白色的衬衫和深色长裤走进了客厅,感觉好多了。

普莱斯顿先生坐在沙发上,夏洛蒂从厨房拿了一把椅子,坐在他对面。他从橱柜里找到了外婆的银色托盘,这是很久以前我们在二手商店淘到的。普莱斯顿先生的手很大,衬得托盘很小。泡好的茶和茶具完美地摆放在沙发前的桌子上。

"你在哪里学会的泡茶,普莱斯顿先生?"

"我也不是一开始就当门卫,你要知道。我是一点点干到现在的职位的。"他说,"想想看,我甚至有了一个当律师的女儿。"他看向女儿的时候,眼周的皱纹变得更深了一些,让我想起了外婆,忍不住有些想哭。

"我来给你倒一杯茶吧?"普莱斯顿先生问,还未等我回答就接着说,"要加一勺还是两勺糖?"

"今天就加两勺吧。"我说。

"我每天都要加两勺糖。"他说,"我的生活需要更多甜蜜。"

说实话,我也是。我需要糖分,因为我现在又快要晕倒了。自从早上在警察局吃了葡萄麦维蛋糕之后,我就没吃过别的东西。柜子里的食物不足以分给三个人吃,但是吃独食太不礼貌了。

"爸,你得少吃点糖。"夏洛蒂摇着头说,"你知道这对你不好。"

"哎呀,"他说,"人上了年纪很难再改变习惯了,你说是不是,莫莉?"他拍拍肚子,笑了起来。

夏洛蒂把杯子放在桌上,拿起一个黄色笔记本,从椅子旁边的地板上捡起一支金色的笔。"好了,莫莉,请坐吧。你准备好了吗?我需要你告诉我关于布莱克夫妇的一切,以及你会被指控……呃,那些罪名的原因。"

"我是被冤枉的。"我在普莱斯顿先生身边坐下说。

"我们知道,莫莉。"夏洛蒂说,"抱歉,我刚才没说清楚,如果我和爸爸不相信你是清白的,现在就不会在这里。爸爸相信你和这件事没有关系,他早就怀疑酒店里有可疑事件了。"她停顿片刻,环顾四周,目光落在了外婆的绣花窗帘、收藏柜,还有墙上的英国乡村风景画上,"我能看出来爸爸为什么如此笃定,莫莉。但是为了证明你的清白,我们必须知道幕后的人可能是谁。我们都认为你被人利用了。你明白吗?在布莱克先生谋杀案中,你被什么人用作了棋子。"

我想起了吸尘器里的枪。唯一知道我有那把枪的人就是吉赛尔和罗德尼。光是想到这里我就感到一股无法言喻的悲伤席卷而来。我瘫坐在那里,这股情绪离开的时候从我身上带走了所有的勇气。

"我是无辜的。"我说,"我没有杀害布莱克先生。"眼泪涌了上来,我努力控制住了自己。我不想在这里出丑,一点也不想。

"没事的,"普莱斯顿先生轻轻拍着我的胳膊说,"我们相信你,你只要说出真相——你看到的真相,夏洛蒂就会解决其余的部分。"

"我看到的真相,是的。"我说,"我能做到,我确实应该说出真相。"

我开始详细描述发现布莱克先生死亡的那天。夏洛蒂飞快地记下我说的每一个字。我说了客厅桌子上的酒,吉赛尔的药散落在卧室,掉在地上的浴袍,床上只有三个枕头而不是四个。随着回忆的深入,我开始微微颤抖。

"枕头和房间的凌乱程度可能不是夏洛蒂想听的内容,莫莉。"普莱斯顿先生说,"她应该是想寻找与谋杀有关的线索。"

"是的,"夏洛蒂说,"比如药片。你说那些是吉赛尔的药,你有碰过吗?药瓶上面有标签吗?"

"没有,我没碰过药片。至少那天没碰过。瓶子上没有标签。我知道那是吉赛尔的药,是因为我经常能在浴室看到瓶子。她管那些药叫她的'苯朋友'或者'镇定片'。'苯'是一个医学词汇吗?她看起来并没有生病,至少外表上看不出来。但有些病就像女仆——隐形却无处不在。"

夏洛蒂抬起头来。"完全没错。"她说,"苯是苯二氮卓的略称。是抗抑郁抗焦虑的药物。那些药片是白色的吗?"

"是一种非常好看的淡青色。"

"嗯。"夏洛蒂说,"所以是街头药物,不是处方药。爸爸,你和吉赛尔说过话吗?她有过什么奇特的举动吗?"

"奇特的举动?"他喝了一口茶说道,"对于丽晶大酒店的门卫而言,奇特的举动并不罕见。很明显,她和布莱克先生经常外出。布莱克先生死的那天,她走得很匆忙,而且正在哭泣。一周前也发生过这样的事,当时布莱克先生的女儿维多利亚和他的前妻来过酒店。"

"我记得那天。"我说,"第一任布莱克夫人帮我扶住了电梯门,但是她女儿让我改乘货梯。吉赛尔说维多利亚讨厌她,也许这就是为什么她那天会哭。"

"眼泪和戏剧性常伴吉赛尔的左右。"普莱斯顿先生说,"不过,想想她嫁的男人也就说得通了。虽然我不喜欢说别人的坏话,但是得知他的死讯我并不难过。"

"为什么?"夏洛蒂问。

"如果你和我一样,在丽晶大酒店当了这么长时间门卫,你也能一眼看出某人的品性。布莱克先生不是一位绅士,无论是对第一任还是第二任夫人。记住我说的话,他是个坏人。"

"一个坏蛋?"我问。

"一颗发臭、腐烂的蛋。"普莱斯顿先生肯定道。

"他有明显的仇家吗,爸爸?有没有人可能希望他死掉?"

"肯定有。我就是其中一个,但肯定还有其他人。首先,他在外面还有别的女人,也就是外遇。当布莱克夫人,无论哪一任,不在酒店的时候,就会有……呃……该说是,年轻的应召女郎吗?"

"直接说性工作者就可以了,爸爸。"

"但我并不确定她们是否是专业的性工作者,我从未见过他们进行金钱交易,或者那种交易。"普莱斯顿先生咳嗽一声,看向我,"对不起,莫莉,这些真是太粗俗了。"

"是的。"我说,"但我可以证实这一点。吉赛尔告诉过我,布莱克先生有婚外情,还是和不止一名女性,这让她很受伤。我很理解她。"

"她和你说了什么?"夏洛蒂问,"你告诉过其他人吗?"

"当然没有。"我说,然后调整了一下衬衫纽扣,"低调是我们的座右铭,我们致力于为顾客提供隐形的服务。"

夏洛蒂看向自己的父亲。

"这是斯诺先生的员工培训。"他解释道,"斯诺先生是酒店经理,号称自己是酒店的接待与环境保卫员。但我现在开始怀疑'洁净行动'先生可能只是一个表象。"

"莫莉,"夏洛蒂说,"你能告诉我一些细节吗?警方为什么会指控你持有枪支和毒品?"

"吉赛尔和我不仅仅是顾客与女仆的关系。她信任我,和我分享秘密。她是我的朋友。"我看向普莱斯顿先生,害怕他会因为我打破了顾客与雇员之间的职业关系而生气,但他看起来并不生气,只是很担心。

"布莱克先生死后吉赛尔来了我家。我并没有告诉警察这些,因为我觉得这是我的私事,和他们没有关系。她很难过,请我帮她一个忙,我答应了。"

"天哪。"普莱斯顿先生说。

"爸。"夏洛蒂警告了一声,然后转向我,"她对你说了什么?"

"她让我取走她藏在套房浴室风扇里的枪。"

夏洛蒂和普莱斯顿先生对视了一眼。我很熟悉这个动作,他们明白了某件我不明白的事情。

"但是没人听见开枪的声音,布莱克先生身上也没有枪伤。"普莱斯顿先生说。

"对,据我所知没有。"夏洛蒂接道。

"他是窒息而死。"我说,"斯塔克警探是这么说的。"

夏洛蒂的嘴巴张开了。"好的,"她在黄色笔记本上写了什么,"所以枪并不是凶器。你把它还给吉赛尔了吗?"

"我没有机会还给她。我把枪藏在吸尘器里了,想之后再给她。然后午休的时候,我离开了酒店。"

"是的,"普莱斯顿先生说,"我看到你冲出了大门,急急忙忙的。"

我低头看向手中的杯子。肚子里的巨龙动了起来,啃食着我的良知。"我找到了布莱克先生的婚戒。"我说,"卖给了典当行。我知道这是错的,但是我手头很紧。外婆肯定会觉得我很丢人吧。"我不敢抬头看他们,所以只是盯着茶杯黑色的洞口。

"亲爱的,"普莱斯顿先生说,"你外婆最了解金钱困难。相信我,我和她认识了很久。但是我记得她给你留下了不少钱?"

"没有了。"我说,"全都没了。"我无法解释威尔伯和"金库"的事情,我一次无法面对那么多羞愧的事。

"所以你卖掉了戒指,然后回去继续工作?"夏洛蒂问。

"是的。"

"然后警察就在酒店等你回来?"

普莱斯顿先生插话道:"是的,夏洛蒂。我当时就在现场,无能为力,只能看着她被带走。"

夏洛蒂换了个姿势,双腿交叉。"毒品呢?你知道自己为什么会被指控持有毒品吗?"

"我的女仆推车上检测出了可卡因。但我完全不知道为什么会这样。我答应外婆绝对不会碰毒品,却打破了约定。"

"亲爱的,"普莱斯顿先生说,"你外婆应该不是想说字面意义上的完全不'碰'。"

"回到枪的话题。"夏洛蒂说,"为什么警察会想到要去查你的吸尘器?"

这时我就必须坦白自己在被捕时想到的事了。"是罗德尼。"我哽咽着说出了这几个字,音节几乎卡在了嗓子里。

"我还在想他的名字什么时候会出现呢。"普莱斯顿先生说。

"昨天警察带走我的时候,我很害怕,怕极了。我直接回家打了电话给罗德尼。"

"他是苏谢尔酒吧的调酒师。"普莱斯顿先生解释道,"是个谄媚的混蛋,你要记下来。"

普莱斯顿先生这么说真的很伤人。"我给罗德尼打了电话,"我说,"我不知道还能怎么办。他一直是我忠实的朋友,也许比朋友还要亲密一些。我和他说了警察正在调查我的事,说了吉赛尔的枪在我的吸尘器里,还说了戒指的事。"

"让我猜猜,罗德尼说他很乐意帮助像你这么好的姑娘。"普莱斯顿先生说。

"差不多吧。"我说,"但是斯塔克警探说,是我的上司切莉尔尾随我去了典当行。也许她才是幕后主使?她是一个不值得信任的人,我能告诉你好多她的事迹。"

"亲爱的莫利,"普莱斯顿先生叹了口气说,"罗德尼利用切莉尔给警察通风报信,你看不出来吗?他利用枪和戒指把自己的嫌疑转嫁到你身上。他很可能与你推车上的可卡因,以及布莱克先生的谋杀案有关。"

我的肩膀垂得更低了,外婆肯定会生气的,但我几乎无法坐直。"你觉得罗德尼和吉赛尔是串通好的吗?"

普莱斯顿先生缓缓点头。

"这样啊。"我说。

"对不起,莫莉,我试过警告你远离罗德尼。"他说。

"你确实说过,普莱斯顿先生,你可以对我说'我早就告诉过你了'。我是活该的。"

"不,你不是。"他说,"人都会有盲点。"

他站起来,走到外婆的收藏柜旁。他看了看我妈妈的照片,然后放下，又拿起外婆和我在橄榄花园餐厅的照片，微笑起来，然后回到了沙发上。

"爸爸，到底是什么让你怀疑酒店内有不法活动？你真的认为丽晶大酒店存在毒品交易吗？"

"不，"我在他回答之前斩钉截铁地说，"丽晶大酒店是一座清白的酒店，斯诺先生不会允许那些事情发生的。唯一的问题是胡安·曼努埃尔。"

"胡安·曼努埃尔，那个洗碗工？"普莱斯顿先生问。

"是的，"我说，"一般情况下我绝不会多嘴，但现在是特殊时期。"

"继续。"夏洛蒂说

普莱斯顿先生身体前倾，调整在沙发上的坐姿。他坐在弹簧戳出来的位置。

我说明了一切：胡安的工作签证过期了，他没有地方住，罗德尼偷偷让他住在酒店的空房间里。我说会把过夜的行李帮他放进去，然后每天早晨帮罗德尼和他的朋友们打扫痕迹。

"不得不承认，"我说，"我完全没想到一晚上房间里能积攒那么多灰尘。"

夏洛蒂把笔放在记事本上，看向父亲。"天哪，爸爸。你工作的这个地方可真厉害。"

"出类拔萃，法国人是这么说的。"我接道。

普莱斯顿先生把头埋在了手心里，不停地前后摇摆。"我早该知道的。"他说，"胡安手臂上的烧伤，还有每次我和他打招呼时躲躲闪闪的样子。"

这时拼图才终于在我的脑海中成形。罗德尼的壮汉朋友，灰尘，还有过夜的行李。我推车上的可卡因。

"天哪。"我说,"胡安·曼努埃尔,他被胁迫和利用了。"

"他被迫每晚在酒店贩毒。"普莱斯顿先生说,"而且他还不是唯一被利用的人。他们也利用了你,莫莉。"

我想咽下横在喉间的肿块,却无能为力。

我全都看清楚了。全都明白了。"我不只是在做酒店女仆的工作,是吗?"我问。

"恐怕是的。"夏洛蒂回道,"很遗憾,莫莉,你还做了运毒的工作。"

19

夏洛蒂正在小声和她办公室的人打电话,普莱斯顿先生在厕所里,我则在客厅来回踱步。我在窗边停下,把窗户打开一条缝,绝望地想呼吸一些新鲜空气。外墙上有一个给鸟儿的喂食器正在微风中摇摆。以前我会和外婆一起站在窗边看鸟,盯着它们吃面包渣,看上好几个小时。我们还给每只鸟起了名字——啾啾爵士、长翼女士,还有尖嘴伯爵。但是后来罗索先生抱怨太吵,我们就不再喂鸟了。鸟儿再也没有回来。唉,要是能变成一只鸟……

我看向窗外,零星听到了一点夏洛蒂的对话——"罗德尼·斯泰尔斯的背景调查","注册在吉赛尔·布莱克名下的枪支","丽晶大酒店检查报告"。

普莱斯顿先生从卫生间里出来了。"胡安还没消息吗?"他问。

"还没有。"我回道。

大概一个小时之前,夏洛蒂和普莱斯顿先生决定联系胡安·曼努埃尔。我其实不是很想把他扯进这些麻烦中。

"在很多层面上,"夏洛蒂说,"这都是正确的选择。"

"他掌握着我们缺失的关键信息。"普莱斯顿补充道,"他是唯一一个可能帮我们挽回局面的人,如果我们能说服他开口的话。"

"他不会害怕吗?"我问,"他和他的家人可能都受到了威胁。"我不忍心提起另一点——他的烧伤。

"是的。"夏洛蒂说,"这种情况下,谁不会害怕?但是他今天有了一个全新的选择。"

"什么?"我问。

"选我们还是他们。"普莱斯顿先生说。

普莱斯顿先生立刻行动了起来。他给厨房的人打了电话,那个人又喊别人悄悄查看了员工名册,把胡安的电话号码告诉了我们。我们马上存进了手机里。

我紧张地等普莱斯顿先生拨通号码。万一胡安也和其他人一样,不是我想象中的那个人该怎么办呢?

"胡安·曼努埃尔?"普莱斯顿先生说,"是的,是我……"

我听不见胡安的回答,但是我能想象到他努力思考普莱斯顿先生来电的原因时脸上困惑的表情。

"我认为你现在的处境很危险。"普莱斯顿先生解释道,他说自己的女儿是一名律师,他知道胡安在酒店被人胁迫了。

胡安停顿了片刻,然后开口说话。

"我明白,"普莱斯顿先生说,"我们也不希望你受到伤害,当然更不希望你的家人受伤。你要知道,莫莉也惹上了麻烦……是的,没错……她被诬陷成了杀害布莱克先生的凶手。"

又是一阵停顿,两人接着说了几句,然后普莱斯顿先生说:"谢谢你……是的……当然,我们会仔细说明一切。请一定记得,我们不会做任何……是的,当然。决定权在你……我把地址发给你。待会儿见。"

已经过去一个多小时了,胡安依然没有出现。之前的等待和期待让我神经紧张。为了平静下来,我开始思考其他的事。有了普莱斯顿先生和夏洛蒂帮忙,事情已不同于以往。昨天我还是孤身一人,在这栋荒凉又空荡的公寓里。外婆死后,所有的色彩和活力都从房间中消散了,而现在它又活了过来,重新苏醒了。我看向窗外的喂食器,也许之后我可以找一些面包碎放进去,不管罗索先生怎么说。

我如坐针毡,静不下心来,于是开始不停踱步。如果这里只有我自己,我肯定正在擦拭地板或者厕所瓷砖。但这里不光有我,还有其他人。有人陪伴的感觉很奇怪,也很新鲜,使我得到了些许慰藉。

普莱斯顿先生坐在了沙发上。

夏洛蒂挂断了电话。

我心中一直有所疑虑,于是决定说出来:"你们不觉得我应该打电话给罗——罗德尼吗?"说到这个名字的时候我打了一个磕绊,但还是一鼓作气说完了后面的话,"也许他能解释?也许他和我推车上的可卡因没有关系,全都是切莉尔,或者其他什么人做的?万一罗德尼可以解释这一切呢?"

"绝对不行。"夏洛蒂说,"我刚才查过了罗德尼的背景。出身富贵,十五岁被逐出家门,去了看护机构。有过行窃记录,还有人身侵犯、毒品相关的指控。搬到这儿之前他待过的住址都能列出一英里长了。"

"对吧,莫莉?给那个混蛋打电话是个坏主意。"普莱斯顿先生说着铺平外婆的编织毯,"他只会说谎。"

"然后消失。"夏洛蒂补充道。

"那吉赛尔呢?她肯定知道能帮到我的信息。还有斯诺先生?"

但在他们能回答之前,敲门声响了起来。

我屏住了呼吸。"万一是警察怎么办?"房间开始扭曲,我不知道自己能不能走到门前。

夏洛蒂从椅子里站起来。"你现在有法律代表了。警察想联系你的话会先告诉我。"

她走到我旁边。"没事的,"她说着把一只手放在了我的手腕上以示安抚,这确实有用,我瞬间觉得平静了一些,房间也不再扭曲。

普莱斯顿先生来到我的另一边。"你可以的,莫莉。"他说,"我们一起打开门。"

我深吸了一口气,上前开门。

胡安·曼努埃尔站在那里。他穿着一件平整的马球衫,塞进合身的牛仔裤里,一只手拿着白色的外卖塑料袋。他瞪着眼睛,喘着粗气,仿佛刚刚跑上楼梯。

"你好,莫莉。"他说,"我简直不敢相信。我从来、从来不想把你牵扯进来的。如果我能——"

他说到一半停住了。

"你是谁?"他看向我身后的夏洛蒂。

夏洛蒂上前一步:"我是夏洛蒂,莫莉的律师,普莱斯顿先生的女儿。请不要害怕。我们并不想举报你,也知道你现在的处境很危险。"

"我陷得太深了。"他说,"太深了。我不想这样的,但是他们逼我去做。还利用了莫莉,虽然手段不同,但我们是一样的。"

"我们都惹上了麻烦,胡安。"我说,"事态非常严峻。"

"是的,我知道。"他说。

我身后的普莱斯顿先生问:"塑料袋里是什么?"

"酒店的剩菜。"胡安说,"我装作提前吃饭出来了。当时还有些剩下的三明治,我知道你喜欢这些,普莱斯顿先生。"

"我确实喜欢,谢谢你。"普莱斯顿先生说,"我来准备食物吧,我们必须保持强壮!"

普莱斯顿先生接过袋子,走进厨房。

胡安站在门厅没有动。他此时两手空空,可以轻易看出他的颤抖。我的手也在抖。

"你不进来吗?"我问。

他犹豫地向前踏了两步。

"你能来我很感激,尤其是考虑到你面临的现状。我希望你能和我聊聊。"我说,"也和他们聊聊。我需要……帮助。"

"我知道,莫莉。我们都深陷泥潭。"

"是的,之前发生的事情我——"

"并不能完全理解,但是你现在明白了。"

"是的。"我看了一眼他被烫伤的前臂,然后移开了目光。

他走进来,看了看我的公寓。"哇哦,"他说,"这个地方让我想起家。"

他脱下鞋。"我该把工作鞋放在哪儿?不是很干净。"

"你真贴心。"我说着绕过他,打开柜门拿出了一块布。我正要擦他的鞋底,他突然把布拿走了。

"不,不,我自己的鞋自己擦。"

他正在仔细地擦鞋,我有些不知所措。胡安把擦好的鞋放进柜子,布也叠好收了进去。

"我要先提醒你,我现在有点精神恍惚。今天的一切都很……令人震撼。我一般不会有客人来访,所以不太习惯。我也不是很擅长招待人。"

"看在老天的分上,莫莉。"普莱斯顿先生在厨房喊道,"你只要放松接受帮助就可以了。胡安·曼努埃尔，你能来厨房帮把手吗？"

胡安前去帮忙，我则去了浴室，我需要让自己恢复精神。我看着镜子，深深地吸了几口气。胡安·曼努埃尔来了，我们都身陷困境。我看起来很憔悴，红肿的眼睛底下是深色的黑眼圈，整个人都苍白而紧绷，就像浴室里的瓷砖，正在逐渐显现出裂纹。我洗了洗脸，擦干，然后走出浴室，回到客厅。

普莱斯顿先生用外婆的托盘运来了一整盘小巧的黄瓜三明治。揭开面包就能看到迷你蛋奶酥和其他各种美味的剩菜。我的肚子在闻到食物的香气后发出了咕咕的响声。普莱斯顿先生把托盘放在茶几上，又从厨房拿了一把椅子给胡安，我们都在桌前坐好。

我简直不敢相信。此时我们四个就坐在外婆的客厅里——我和普莱斯顿先生坐在沙发上，面前是夏洛蒂和胡安·曼努埃尔。大家说着暖心的话，就像在开茶话会，虽然我们都知道事实并非如此。夏洛蒂问起了胡安的家人，问他在丽晶大酒店工作了多长时间。普莱斯顿先生说胡安是一个可靠又努力的员工。胡安低头看着自己的腿。

"我很努力，是的。"他说，"太努力了。但我还是有很多问题。"

我们膝盖上都放着装三明治的小盘子。我吃得比其他人都快。

"吃吧。"夏洛蒂说，"尤其是你们两个。要解决这件事没那么简单，你们要保持体力。"

胡安倾身向前。

"来，"他说，"尝尝这个。"他把两条细长的三明治放到了我的盘子上，"这是我做的。"

我拿起三明治咬了一口。味道美妙至极，松软的奶油芝士加上烟熏三文鱼，清爽的莳萝搭配一丝柠檬的酸味。我从来没吃过这么美味的三明治，甚至美味到让我忘记了外婆的咀嚼法则，等我回过神来就已经吃完了。

"美妙至极。"我说，"谢谢你。"

我们都沉默了一会儿，如果有人感到尴尬的话，我并没有察觉到。有那么一瞬间，我感到了一种久违的温暖。我身边有人陪伴，并不是完全孤独的。然后我想起了让大家聚集在此的原因，又开始焦虑。我放下了盘子。

夏洛蒂也放下了。她拿起纸笔："好了，既然我们目的相同，最好现在就开始吧。胡安·曼努埃尔，我爸爸应该和你说过莫莉遭受的指控了吧？你自己似乎也生活在水深火热之中。"

胡安不太自在地动了动。"是的，确实是。"他大大的棕色眼睛看向我，"莫莉，我从来没想让你卷入这些，但他们拉你入伙的时候，我不知道该怎么做，希望你能相信我。"

我回想着他说的话，花了一些工夫才发现不同——谎言和真相的不同。这种不同变得越发明显，我能从他的脸上看出他说的都是真话。"谢谢你，胡安，我相信你。"

"告诉她你在厨房和我说的事。"普莱斯顿先生说。

"你记得每天晚上我都住在不同的酒店房间吧？你每天都会给我钥匙。"

"是的。"我说。

"罗德尼先生没有告诉你完整的故事。确实，我没有地方住，工作签证也过期了。签证有效的时候，一切都很完美。我会按时寄钱回家，家里很需要，因为父亲死后钱完全不够用。我家人都很为我骄傲。'你是个好孩子，'我妈妈说，'你为家里努力工作了.'我特别开心,因为我在做正确的事情。"

胡安停顿了一下,咽了一口唾液,继续道:"当我需要续签工作签证的时候,罗德尼先生说'没问题'。他把我介绍给了他的律师朋友,那个人收了我很多钱,但最后还是没办好签证。我和罗德尼抱怨的时候他说:'你也得帮我啊,知道吗?互相帮助。'我不想帮他。我只想回家,找别的方法赚钱,但是我回不去,因为我没有存款。"

胡安沉默了。

"罗德尼让你做了什么?"夏洛蒂问。

"晚上我从厨房下班之后,就会用莫莉给我的钥匙潜入房间。莫莉会提前把包留在那个房间里,对吧?"

"是的,"我说,"每晚都会。"

"那个包不是我的,是罗德尼先生的。里面装着他的毒品,可卡因,还有些其他东西。他以前会趁夜深人静的时候自己带进来更多毒品,然后离开。他逼我彻夜工作。有时是我自己,有时还有其他人。我们负责准备贩卖的可卡因。我之前并不知道怎么做这些事情,我发誓。但后来我学会了,我必须马上学会。"

"你说他逼你,他具体都做了什么?"夏洛蒂问。

"他说如果我不闭嘴替他干活儿,他就会杀了我的家人。你们不知道,他有些很可怕的朋友,他知道我在马萨特兰的地址。他是一个坏人。有时我工作到很晚,累到直接在椅子里睡着了,醒来的时候就会忘记自己在哪儿。罗德尼的手下为了让我保持清醒就会打我、用水泼我。有的时候他们会用雪茄烫我,作为惩罚。"他露出了手臂。

"莫莉,"胡安说,"我说被洗碗机烫到是假的,对不起,没有和你说实话。"他停下,眼泪涌了出来。"这样不对,"他说,

"我知道成年男性不应该随便哭鼻子。"他抬头看向我:"莫莉,那天你进来看到我、罗德尼和他的手下时,我试图喊你逃跑,让你通知其他人。我不想把你也卷进来,但是失败了。他们把你也拉入伙了。"

胡安继续啜泣,普莱斯顿先生摇了摇头。我也忍不住哭了出来。

忽然之间,我感到很累,比任何时候都累。我只想从椅子里站起来回到卧室,把自己裹在星星被子里睡觉。我想到了外婆最后的日子,她当时也是这种感觉吗?所有的活力都从体内流逝了。

"看起来我们找到老鼠了。"普莱斯顿先生说。

"找到了一只老鼠,就会有无数只老鼠。"夏洛蒂说,然后转向胡安,"罗德尼是在为布莱克先生工作吗?你有没有看到或听到过任何可能表明布莱克先生是幕后黑手的事情?"

胡安擦去泪水。"罗德尼先生不怎么提起布莱克先生,但有时他会接电话。他可能以为我太傻了听不懂英语,但我全听到了。罗德尼先生有时回来得很晚,带着大笔现金。他会和布莱克先生约定时间,把钱交过去。我这辈子从来没见过那么多钱,有这么多——"他伸手比画了一下。

"堆积如山。"夏洛蒂说。

"是的。崭新的钞票。"

"我发现布莱克先生死亡的那天,保险柜里就有这种钞票。"我说,"崭新的一沓。"

胡安继续道:"有一次罗德尼很生气,因为那天晚上进账的钱不多。他去见了布莱克先生,回来的时候身上多了一个和我一样的伤疤,但不是在胳膊上,而是在胸口。这时我才知道我不是唯一被惩罚的人。"

拼图逐渐成形了。我想起了罗德尼白色衬衫敞开的领口，还有他胸膛上那个奇怪的圆形印记。

"我看到过那个伤。"我说。

"还有一件事，"胡安说，"罗德尼先生从来没和我直接聊过布莱克先生的事情，但我知道他认识布莱克夫人，新的那个——吉赛尔。"

"这不可能，"我说，"罗德尼说过，他几乎没跟她说过话。"但这句话刚出口，我就意识到自己是个蠢蛋。

"你怎么知道他们认识？"夏洛蒂问。

胡安从口袋里拿出手机，翻开相册，找到了那张照片。"因为我抓到了他，"他说，"呃，用英文怎么说来着，看到他在现场……"

"抓了现行？"普莱斯顿先生说。

"就像这样。"他说着把手机转过来给我们看。

照片里是罗德尼和吉赛尔，两人正在酒店阴暗的走廊里激情拥吻，完全没有发现胡安拍了照片。我看着照片，胸口酸涩而沉重。吉赛尔的头发扫过他的肩头，他的手放在她的腰窝。我的心脏似乎要停止跳动了。

"哇哦，"夏洛蒂说，"你能把它发给我吗？"

"好的。"胡安说。两人交换了号码，他把照片发了过去。只用几秒钟，那张该死的证据就复现在了她的手机上。

夏洛蒂站起身来，在客厅里踱步。"越来越明显了，吉赛尔和罗德尼有许多理由希望布莱克先生死亡。但是要证明莫莉的清白，我们还需要更具决定性的证据，证明他们其中的一人，或者两人联手杀害了布莱克先生。"

"不是吉赛尔,"我说,"不是她干的。"

大家怀疑的眼神落在了我身上。

"莫莉,你怎么知道?"夏洛蒂问。

"我就是知道。"

夏洛蒂和普莱斯顿先生再次交换了一个那样的眼神,怀疑的眼神。

普莱斯顿先生站起身来,说:"我有一个想法。"

"糟糕。"夏洛蒂说。

"先听我说完,"他说,"这并不简单,我们必须团结一心……"

"那是当然。"夏洛蒂说。

"我喜欢这个想法,团结起来。"胡安说,"他们不能那样对待我们。"

"我们必须小心谨慎,"普莱斯顿先生说,"制订一个滴水不漏的计划。"

"一个计划。"夏洛蒂重复道。

"是的,"普莱斯顿先生说,"一个让狐狸现形的计划。"

20

我们花了一个多小时推敲细节。这期间,我不停重复着"不行""我不可以",就像外婆曾经说的那个"只会说不的小机器人"。

"你可以的。"普莱斯顿先生不厌其烦地鼓励我,"神探可伦坡会放弃吗?"

"你能行的,莫莉小姐。"胡安也插嘴进来。

"如果我觉得你做不到,最初就不会提出这个建议。"夏洛蒂解释道。

我们不停地练习,设置了无数个情境。面对他们提出的各种问题,我都要对答如流。我们模拟了可能失败的情况。我必须克服演戏和说谎的不适,但是胡安说的一句话减轻了我的负担。"有的时候,为了做成一件好事,必须先做一件坏事。"他说得很对,经验告诉我他是对的。

我和胡安对了一遍词,又和普莱斯顿先生演了一遍。我必须忘记他们是我的朋友,想象他们是穷凶极恶的坏蛋——即使他们和"坏"字完全沾不上边。我们展开细节,抓住关键点,并针对每一种情况制定了完善的策略。

结束之后,夏洛蒂、普莱斯顿先生还有胡安都面露微笑看着我。我不太确定，但他们脸上的表情似乎是——自豪。他们相信我能做到。如果外婆在的话，她会说：看吧，莫莉，只要你用心，就能做成。

在进行了大量练习后我感觉好多了，整个人都平静了下来。不得不说，我确实觉得自己有点像神探可伦坡，身边还有一支强力的调查员队伍。希望我们设计的圈套可以将罗德尼打个措手不及，再次抓到现行。

当然，这次揭露的不只是秘密情人。

计划的第一步就是由我来给他发短信。我们设计好了发给他的内容。"但是我太紧张了。"我说着把内容输入手机，"有人能先帮我看看吗？"

胡安、普莱斯顿先生和夏洛蒂围住沙发看向我的手机屏幕。

"看起来不错。"胡安说，"你说话总是很得体，大家都应该向你学习，莫莉。"

他微笑起来，我感到了一丝温暖："谢谢你，你真好。"

"我觉得最好加一个'紧急'进去。"普莱斯顿先生建议道。

"对，这个不错。"夏洛蒂说，"紧急。"

于是我调整了文章：

> 罗德尼，我们必须安排一次紧急会面。布莱克先生是被谋杀的，我和警察说了一些你应该知道的信息。非常抱歉！

"这样可以吗？"我向大家征求意见。

"发送吧，莫莉。点击发送。"夏洛蒂说。

我闭上眼睛点了发送，听到了短信发出去时"嗖"的一声。

几秒钟后我睁开了眼，屏幕上出现了三个新的消息框。

"好嘛,好嘛,"普莱斯顿先生说,"看起来我们的狐狸很着急回复啊。"

罗德尼每发来一条短信我的手机就震一下:

莫莉?
什么鬼?
二十分钟内 OG 见。

"OG?"普莱斯顿先生问,"那是什么?"

"原创帮派?(Original Gangster)"胡安猜测道。

"到底是什么意思?"夏洛蒂问。

我忽然想到了:"是橄榄花园餐厅(Olive Garden),他要我去那里见他,我应该回复吗?"

"告诉他你马上到。"夏洛蒂说。

我试着输入回复,但是我的手抖得太厉害了。

"需要我帮忙吗?"夏洛蒂问。

"好的,谢谢你。"我说。

我把手机递给她,大家看着她输入:OK,二十分后见。

她正要点击发送,胡安就制止了她。"莫莉不会这么说,她不会这么写的。"

"是吗?"夏洛蒂问,"有什么问题吗?"

"你要写得更精致一点。"胡安说,"尤其是遣词造句上,可以用'美妙至极',莫莉总是用这个词,'美妙至极',听起来很优雅。"

夏洛蒂删去原本的内容,重新输入:

虽然使我们相聚的理由十分不幸,但这个提议简直美妙至极,到时候见。

"是的,"我说,"我确实会这么说,这个写得很好。"

"这才是我们的莫莉小姐。"胡安说。

"嗖"的一声,短信发了出去。夏洛蒂把手机还给了我。

"莫莉,"普莱斯顿先生把手放在了我的肩膀上,"你准备好了吗?你知道要对他说什么,对吧?"

三人担心地看着我。

"我准备好了。"我说。

"你可以的,莫莉。"夏洛蒂说。

"我们相信你。"普莱斯顿先生说道。

胡安对我竖起了大拇指。

他们都选择了相信我,只有我还在犹豫不决。

只要你用心,就能做成。

我深吸一口气,把手机放回口袋,走出了门。

21

十八分钟后,我到了橄榄花园餐厅,比预计时间提前了两分钟。

我太紧张了,一路上走得很快。我坐在上次的卡座里,沐浴在吊灯温暖的光芒中。但这次卡座仿佛并不属于"我们",也永远不会属于"我们"了。

罗德尼还没到。等待的间隙,我脑海中不停闪现各种恐怖的画面:布莱克先生灰暗的皮肤、罗德尼和吉赛尔的照片、两条纠缠不休的毒蛇,还有外婆临终前的模样。我不知道自己为什么会想起这些,但这对于安抚我的情绪无济于事。我能坚持住吗?如果我已经紧张到了极致,又怎么能做到泰然自若呢?

待我再度抬起头来时,罗德尼已经到了,急急忙忙地冲进餐厅来找我。他头发蓬乱,领口最上面的两枚纽扣解开了,露出光洁的胸膛。我想象着拿起桌上的叉子,直直地戳进他的胸口。但当我看到他身上的伤疤时,阴暗的冲动消失了。

"莫莉,"他一边坐进我对面的椅子一边说,"我编了一个借口暂时脱身,但马上要回去工作。咱们速战速决,行吗?快说吧,全都告诉我。"

一名女服务员来到我们桌旁。"欢迎光临橄榄花园餐厅,请问你们需要免费的沙拉和面包吗?"

"我们就是来随便喝点东西。"罗德尼说,"给我来瓶啤酒。"

我伸出一只手指:"实际上,沙拉和面包听起来很不错。请再帮我们点一个前菜拼盘,一张大号萨拉米比萨。哦,还要一些水,非常冰的那种,加冰块。"今天不能喝霞多丽了,我必须保持清醒。而且这也不是庆祝的场合,怎么想都不是。"谢谢。"我对服务员说。

罗德尼把手插进头发长叹了一声。

"谢谢你赶来。"服务员离开后我说,"每次我需要你的时候你都在我身边,你真的太好了,真是一个可靠的朋友。"说出这句话的时候我感觉自己的脸僵硬又刺痛,但罗德尼似乎没有发现。

"当然,有我在呢,莫莉。所以到底发生了什么?"

"其实,"我掩饰着桌子下面颤抖的双手说,"警探带我去警局后,告诉我布莱克先生不是自然死亡,而是窒息死亡。"

我等着他消化这些信息。

"哇哦。"罗德尼说,"而你是主要嫌疑犯?"

"事实上,不是的。他们在找别的人。"这些是夏洛蒂要求我说的。

我仔细观察着他,他的喉结上下滑动。服务员端来了面包、沙拉和我们的饮料。我喝了一大口冰水,看着罗德尼变得越来越局促不安。我没有碰那些食物,因为我太紧张了。况且,这些是为之后准备的。

"斯塔克警探说凶手很有可能是因为遗嘱作案,说对方可能还在动手之前与布莱克先生聊过遗嘱的事情。可怜的吉赛尔。你知道布莱克先生什么都没留给她吗?什么都没有,真的太可怜了。"

"什么？这是警探告诉你的？这不可能，我知道不可能。"

"是吗？我以为你和吉赛尔不熟。"我说。

"确实不熟。"他开始不停地出汗，好像这里突然变得很热，"但我认识和她比较熟的人。总之，他们不是这么告诉我的。所以……呃，有点出乎我的意料。"他喝了一口啤酒，手臂放在桌子上。

"没礼貌。"我说。

"什么？"

"你把胳膊放在桌子上。这是一家餐厅，一张餐桌。胳膊不能上桌，这是餐桌礼仪。"

他摇了摇头，但还是将那两条无礼的附着物拿下了餐桌。胜利。

"要吃沙拉吗？面包？"我问道。

"不。"他说，"我们直接说重点。布莱克先生不是把开曼群岛的别墅留给吉赛尔了吗？警探提到了吗？"

"嗯……"我在桌面下的双手抓住餐巾，手心里全是汗，"我记得有别墅。警探好像说几乎所有财产都归第一任布莱克夫人和孩子们所有。"这又是计划好的说辞。

"你是说，警察就这么把这些信息都告诉你了？毫无缘由？"

"什么？当然不可能。"我说，"谁会想要告诉我呢？我只是一个女仆。警探当时把我单独留在房间里，你知道的，人们会忘记我还在场。或者他们觉得我太蠢了，听不懂。总之，这些都是我听到的。"

"警察不担心你吸尘器里的枪吗？我是说，如果他们是因为这个把你抓走的话。是吗？"

"是的。"我说，"切莉尔似乎找到了枪，报告给了警方。很奇怪，她居然会知道要去哪里找。她那么懒，很难想象她查看吸尘器滤芯的样子。"

罗德尼的表情变了。"你不会是想说我告诉她了吧？莫莉，你知道我绝对不会——"

"我不会这么想的，罗德尼。你是无辜的、清白的。"我说，"和我一样。"

他点点头："好，很高兴知道我们之间没有误会。"他又摇起了头，就像一只正在甩毛的狗。"所以警察问你枪的时候，你是怎么说的？"

"我解释了那是谁的枪，以及我是在哪里找到的。"我回道，"这让警探抬起了眉毛，我猜这意味着她很惊讶。"

"你告发了你的朋友，吉赛尔？"他问，两条手臂再次于桌面闪亮登场。

"我绝不会背叛一个真正的朋友。"我说，"但是我必须告诉你一个坏消息，这也是我为什么会喊你出来。"好了，这就是我一直准备的时刻。

"到底是什么啊？"他几乎控制不住声音中的怒意。

"唉，罗德尼。你知道我在社交场合很容易紧张。鉴于我几乎没有被盘问的经验，警探的逼问让我很害怕。也许你在面对这类困境时会更加得心应手？"

"莫莉，说重点。"

"好的，"我捏紧了手里的餐巾，"在我说了那是吉赛尔的枪之后，警探就说要重新搜查布莱克套房。"我把餐巾拿到眼前，想要窥探他的反应。

"继续。"他说。

"于是我说：'但是不能那样做！胡安还住在那里呢。'警探问：'胡安是谁？'然后我就说了。唉，罗德尼，我不应该这么做的。我说了胡安·曼努埃尔是你的朋友，他没有工作签证，所以你在帮他——"

"你和警探说了我的名字？"

"是的。"我说，"我还说了过夜行李的事情，还有每天早上帮胡安和你的朋友们打扫房间，你对他们是多么的友善——"

"那是胡安的朋友，不是我的。"

"总之，无论他们是谁，真的很容易弄乱房间。不过别担心，我向警探保证了你是一个非常善良的好人，即便你的朋友会弄出很多……灰尘。"

他用手捂住了头。"天哪，莫莉，你做了什么啊？"

"我说了实话。"我说，"但是我发现这可能会给胡安造成一些困扰。万一警方回去搜查的时候他还在房间里该怎么办？我真的不希望他卷入麻烦，你也不希望的，对吗，罗德尼？"

他使劲点头。"是的。我是说，我们必须确保警察去的时候他不在房间里。必须尽快打扫房间，要赶在警察过来之前。这样他们才不会查到胡安的踪迹。"

"当然。"我说，"我也是这么想的。"我对着罗德尼微笑，但是在我的脑海里，我正提着一壶开水往他那张骗子的脏脸上倒。

"所以你会帮忙吗？"他问。

"帮什么？"我回道。

"潜入房间打扫干净。现在立刻。赶在警察之前。除了切尔诺贝利和斯诺，你是唯一有门卡的人。如果斯诺先生发现胡安在那儿——或者更糟糕，如果警察发现了他——他就会被驱逐出境。"

"但是我今天不应该去工作的。斯诺先生说我是警方的'关注对象',所以——"

"求你了,莫莉!这真的很重要。"他伸出手来抓住我的手。我想要把手抽走,但是我知道自己不能动。

我们相信你。

这次我脑海中响起的不是外婆的声音,而是普莱斯顿先生、夏洛蒂和胡安的声音。

我稳住自己的手,目光平静。"你看,"我说,"虽然我不能进入酒店,但是你可以呀。如果我能快速溜进去拿门卡,然后交给你呢?你可以用我的推车清理房间。你自己动手!这不是很好吗?你可以收拾自己的烂摊子——我是说,胡安留下的烂摊子。"

他的目光躲闪,额头上的汗水凝成汗珠。

过了一会儿,他说:"好吧,你说得对。你去帮我拿钥匙,我去打扫。"

"'钥'到病除。"我说,但是他没能注意到我这句机智的评论。

服务员端来了萨拉米比萨和小食拼盘。

"请问你可以把这些打包吗?"我问。

"当然了。"她说,"面包和沙拉不合您的口味吗?我看您都没动。"

"哦,不是的。"我说,"这些都很美味,但我们有点赶时间。"

"好的。"她说,"我帮您全部打包。"她招呼了一名同事过来,两人一起打包了我们点的餐。

"他来结账。"我指着罗德尼说。

他下巴掉了下来,但是什么都没说。一个字都没说。

服务员从围裙里拿出账单递给他,他从钱包里拿出一张崭新的一百美元,说:"不用找零了。"然后站起身来,"我得赶紧走了,莫莉,我必须马上回去办这件事。"

"当然,"我说,"我先把这些吃的带回家,到了酒店之后给你发短信。哦对了,罗德尼——"

"什么?"他问。

"你不喜欢玩拼图真是太遗憾了。"

"为什么?"

"因为,"我说,"我觉得你并不理解看到拼图终于拼好的快乐。"

他看着我,撇起嘴。这个表情的含义再清晰不过了。他觉得我是一个笨蛋,一个蠢货,蠢到甚至对此没有自觉。

他那张满嘴谎言又粗俗无比的脸上,就是这样一副表情。

22

我提着外卖袋子快步回家,迫不及待想要向普莱斯顿先生、夏洛蒂,还有胡安汇报刚刚的成果,尤其是胡安。

进入大楼后,我三步并作两步爬上楼梯,走到家门前的拐角处时看到罗索先生的门打开了一条缝。他向外窥探,看见了我,然后又缩回屋内,关上了门。

我放下外卖袋子,拿钥匙打开了门,走进玄关,说:"我回来了!"

普莱斯顿先生跳了起来:"哦,亲爱的,你终于回来了,谢天谢地。"

坐在客厅的夏洛蒂和胡安也站了起来。

"怎么样?"夏洛蒂问。

在我能回答之前,胡安来到了我身旁。他接过外卖袋子,从柜子里拿出了抹布。我脱下鞋子后他又接过鞋子,擦干净鞋底,收了起来。

"你不用做这些的。"我说。

"这没什么,你还好吗?需要什么东西吗?"他问。

"我很好。"我说,"我带了外卖,希望你们喜欢橄榄花园餐厅。"

"喜欢？我超爱那家！"胡安说。他拿起外卖袋子走进厨房。

"快说说进展怎么样。"夏洛蒂说，"你出去之后爸爸和胡安都紧张得要疯了。"

"一切都在按计划进行。"我说，"罗德尼现在回酒店了。他并不知道我已经被逮捕了，还以为警察会回去搜查房间。我告诉他我会尽快回去帮他拿房间钥匙。"我忍不住微笑了起来。我原本并不相信自己能做到这件事，但是我做到了。

"太棒了，干得好。"夏洛蒂说。

"我知道你可以的！"胡安从厨房喊道。

"爸爸，"夏洛蒂说，"你的排班从六点开始，是吗？你确定能拿到布莱克套房的门卡吗？"

"我自有办法。"普莱斯顿先生说。

"最好是天衣无缝的那种，爸爸，因为我们现在最不想看到的就是你也被卷进去。"

"别担心，会顺利的，相信你老爸。"

胡安端着外婆的托盘从厨房里出来，托盘上是从橄榄花园餐厅带回来的各种小吃和比萨。

"其实我刚才就该回去上班了。"他说，"他们一直在给我打电话。"

胡安把托盘放在了茶几上，然后坐下。

夏洛蒂坐得离他更近了点："这个决定权在你，胡安。但是我担心如果你今天回去的话——如果你还要回到酒店的话——罗德尼肯定会用某种方式控制你的。你会掉进陷阱，而不是他。"

胡安·曼努埃尔低头看向自己的脚。"是的，我知道。"他说，"我会给后厨打电话说我病了，不能继续上班。"

"好。"夏洛蒂说。

"其他的事情我之后再考虑。"胡安补充道。

"其他的?"普莱斯顿先生问。

"比如今晚住在哪儿。"他说,"首先我们要集中精力抓住狐狸。"他点点头,露出了微笑,但那不是一个真正的微笑,他的眼中没有笑意。

夏洛蒂看向普莱斯顿先生。

"哦,胡安。"普莱斯顿先生说,"是我们考虑不周。如果你不回酒店的话,今晚就无家可归了。"

"这是我的问题,不是你们的。"他低着头说,"不用担心。"

我忽然意识到这件事情有一个显而易见的解决方案,虽然对我来说会有点尴尬。我从来没有客人在家里过夜,但我知道在这种情况下外婆会希望我做出正确的选择。"你今晚可以住在这里,"我说,"地方很宽敞,你可以住我的房间,我住外婆的房间。这样你就有时间做准备了。"

他看着我,一脸不可置信。"真的吗?你确定吗?你愿意让我住下?"

"朋友不就是这样的吗?要互相帮助。"

他缓缓点头。"在发生了那样的事情之后,你居然还愿意收留我。谢谢你。还有,请不用担心,我很安静的,就像一个好的烤箱——可以自我清洁的那种。"

普莱斯顿先生咯咯笑了起来,从托盘上拿起一张空盘子,放上意式烤面包、比萨和炸马苏里拉芝士条。

我学着普莱斯顿先生的样子也装了一盘递给胡安,然后给我自己。

"罗德尼请客。"我说,"这是他欠我们的。"

"确实。"胡安说。

夏洛蒂拿起电视遥控器，打开了二十四小时当地新闻频道。

我刚想吃一口炸芝士条，就听到了那条新闻。

"……警方将在一小时后召开新闻发布会，公布有关杀害房地产大亨查尔斯·布莱克的凶手的重要情报。我们尚不清楚具体内容，但希望可以得知凶手的身份及其面临的指控，又及……"

我能感觉到大家都在看我，一瞬间我的信心再次瓦解了。

"现在该怎么办？"我问。

夏洛蒂叹了一口气。"我刚才还在担心会发生这样的事。警察希望能够尽快平复民众的心情，并声明抓到了凶手。"

"这下糟了。"胡安把盘子放在了桌上，说。

"万一他们说出我的名字怎么办？万一罗德尼到酒店之前就发现了该怎么办？"

"现在是五点，我们还有一个小时。"普莱斯顿先生说。

"没错。"夏洛蒂说，"所以不要惊慌，我们按计划行事。只是要抓紧时间了。"

新闻主持人正在回顾案件的细节和验尸报告（布莱克先生是窒息而亡）。我们都沉默地看着。"……有内部消息表明，布莱克先生的妻子，社交名媛吉赛尔·布莱克很可能并没有受到指控，并且目前仍住在酒店内。我们将在一个小时后得知确切消息——"

夏洛蒂关上了电视。"让我们祈祷罗德尼没有看到这个，吉赛尔也不会在短时间内退房吧。"她说。

"她不会的。"我说，"她没有可以去的地方。"

普莱斯顿先生放下盘子，站起身来。"看起来我今天要稍微早点去上班了。"他说，"莫莉，你准备好了吗？你知道接下来该怎么做吧？"

我一时哑口无言,脚下的世界再次开始倾斜,但我知道自己必须继续前进。

"我准备好了。"我说。

"夏洛蒂,你收到我的短信就会联系斯塔克警探,对吧?"

"是的,爸爸。其实我打算直接等在警局门口。"

"胡安·曼努埃尔,你留在这里担任调度中心。我们需要你的时候会给你打电话。"

"当然,好的。"他说,"我时刻准备着。不抓到他决不罢休。"

看起来没有什么其他需要我说或者做的事情了。我忽然没了胃口,于是放下了盘子。

油炸马苏里拉芝士条必须等回来再吃了。

23

为了节省时间,普莱斯顿先生坚持让我们打车去酒店。出租车在拐角处停住,我下了车。这次是普莱斯顿先生付车费,我有些羞愧,但是又不得不接受他的好意。

"莫莉,你确定能从这里走过去吗?你记得计划吧?"

"是的,普莱斯顿先生。我没问题,已经准备好了。"真希望我和能说出来的话一样镇定,但我正在颤抖,身边的世界则在飞速旋转。

正当我打算下车的时候,普莱斯顿先生拉住了我的手臂。"莫莉,你外婆会很为你自豪的。"

他忽然提到外婆让我百感交集,但是我抑制住了自己的情感。"谢谢你,普莱斯顿先生。"我勉强道。

我看着他们开远了。

我走完最后一个街区,在酒店对面的巷子里等了十分钟。下午,金色的太阳斜照在酒店的黄铜柱子和玻璃大门上,一切都笼罩在淡淡的光晕中,美不胜收。陈先生和陈太太正准备早些去吃晚餐。陈先生穿着条纹西装,太太身着黑色连衣裙,胸前戴着一束粉色小花。年轻的一家人结束了一天的观光,跳下出租车,父母懒洋洋地拖着步伐,孩子冲向绯红的地毯跑上阶梯,拿出买到的纪念品给门童看。黄昏时刻总是这样,仿佛太阳正在燃尽最后一点能量，而酒店则静静地等待夜晚的到来。

只有迎宾台空空如也。普莱斯顿先生还没来，他肯定已经在地下室穿好制服，打算提前开始上班了。

时间过得不可思议的慢。我紧张得浑身颤抖，不确定自己是否真的能做到。这种级别的演出并不是我擅长的事情，唯一能给予我力量的只有我的同伴——普莱斯顿先生、夏洛蒂和胡安。

只要你相信自己，就没有什么能阻止你。

我在努力了，外婆，我真的在努力了。

是时候了。

我留在小巷里，贴墙躲在咖啡店的阴影中。终于，穿好制服的普莱斯顿先生出现了。他平静地穿过旋转大门，站在迎宾台前，拿出手机发了一条短信，然后放回口袋。我紧贴在墙边——即使我知道墙面很脏。如果一切顺利的话，我就能回去洗衣服。但如果不顺利，我也许就永远没有机会了。

几分钟过去了。就在我快要陷入恐慌的时候，街角出现了一个身影。罗德尼快步走向酒店。我承认，看到他让我的心情很复杂。一方面这意味着一切都在按计划进行；另一方面，光是看到他那张骗子的脸就让我恼火不已。

他跑上阶梯，在迎宾台前停下，和普莱斯顿先生聊了不到一分钟，然后走进了酒店。

普莱斯顿先生拿出手机拨通电话，手机在我口袋里震响，吓了我一跳。

我拿出手机。"喂？"我小声道，"是的，我看到了。他说了什么？"

"他听说了发布会的事。"普莱斯顿先生解释道，"问我知不知道是谁被逮捕了。"

"你说了什么?"我问。

"说我看到吉赛尔和警察说话了,她看起来很难过。"

"天哪,这可不是计划的一部分。"我说。

"我必须随机应变,换成是你也会这么做的。你能做到的,我知道你可以。"

我深吸了一口气:"还有别的吗?"

"发布会还有不到四十分钟就开始了。我们必须尽快。趁现在,快给他发短信,按计划进行。"

"收到,普莱斯顿先生。通话完毕。"

我挂掉了电话,看着普莱斯顿先生把手机收好。

我打开短信界面,为了让内容看起来更像平时的我,我和胡安在家提前想好了措辞。

救命。我到酒店前门了,但是他们不让我进去!如果我不能把门卡带给你可怎么办?

罗德尼几乎是秒回:BRT DGA。

什么?这到底是什么意思?我完全没有概念。思考,莫莉,思考!

只要你还有朋友,就不是真正孤身一人。

答案就在我的手指尖。我找到胡安的号码,然后拨通了电话,他在第一声铃响起之前就接通了。

"莫莉?发生了什么?还好吗?"

"是的,还好,一切都在按计划进行。但是……胡安,我遇到了点困难,需要你帮忙。"我把罗德尼的短信读给他听。

"你觉得我会知道这条短信的意思吗?"他问,"我现在感觉有点像在电视里那种问答节目,你可以给场外的朋友打电话求助,答对了就能赢得大笔奖金。但是,莫莉,你选错人了!"他停顿了一下,"等下。"我听到电话那边一阵噼里啪啦。

"好了,莫莉,你还在吗?"

"是的。"

"我查了谷歌。罗德尼的意思是马上到(Be right there),别走开(Don't go anywhere)。这样可以吗?你觉得意思通顺吗?"

通顺,非常通顺。我又回到了正轨。"胡安,我简直想……"

我简直想亲他一口。我本想这么说,但如此大胆的想法真的很不像我,于是这句话卡在了我的喉咙里没能说出来。

"谢谢你。"我转而说道。

"去抓住那只狐狸吧,莫莉。"他回道,"我会在家等你的。"

我知道他此时并不在我身边,却感觉他好像握住了我的手,和我在一起。

"好的,谢谢你,胡安。"

我挂掉电话,收起手机。

是时候了。

我深深地吸了一口气,然后走出阴影,来到人行道上。

过马路的时候要左看右看……

我尽量像往常一样过马路,不要太匆忙,要做到像平日里一样。我在酒店门前站稳,扶住黄铜扶手,一步一步爬上红色的阶梯。

普莱斯顿先生见我过来,拿起迎宾台上的座机打了个电话。我听见他对话筒说:"是的,很紧急。她正在前门,不愿离开。"

普莱斯顿先生按计划戴着白手套。这不是他平日里的制服,一般只有在特殊场合才会佩戴。但今天这副手套能派上大用场。

"莫莉,"他大声说道,"你来这里做什么?你今天不能来酒店,我必须请你离开。"他看向周围,确保大家都在看。有几个客人走了出来，几个员工停在了人行道边，回头看过来。我们简直就像是在进行一场观赏型体育运动。

虽然感觉很奇怪，但我要演好自己的角色，努力吸引更多的目光。"我有权来到这里。"我自信地大声说道，"我是这座酒店的员工，而且——"

我打住了话头，因为斯诺先生来了。

普莱斯顿先生快步走向他。"我去喊保安。"他对斯诺先生说，然后穿过了旋转门。

斯诺先生朝我走来。"莫莉，"他说，"很遗憾地通知你，你已经不再是丽晶大酒店的员工了，必须立刻离开。"

这句话对我造成了极大的冲击。不得不承认，听到这句话的瞬间我简直痛不欲生，但我还是深吸了一口气，维持住演技，用比刚才更大的声音念出台词："但我是模范员工！你不能毫无缘由就把我开除！"

"就像你也知道的那样，我们这样做是有原因的，莫莉。"斯诺先生说，"现在，请你离开酒店大门。"

"我不接受。"我说，"我不走！"

斯诺先生整理了一下眼镜。"你对顾客造成了困扰。"他嘶声说。

我看了看四周，更多客人聚集了过来。门口的迎宾员似乎把这件事告诉了前台，几个接待员正站在他们旁边窃窃私语，全都看向我。

接下来的几分钟我努力拖住斯诺先生，要求他做出解释，恳请他重新考虑。我长篇大论地讲述自己为酒店带来的价值，讲述我是如何通过辛勤打扫每一间客房维持酒店超高的卫生水准。我学着外婆的样子喋喋不休起来，就像她每天早上那样，句子与句子之间几乎不留喘息的时间。其间我一直留意着：只要再过几分钟我们的计划就会分崩离析。我意识到自己没有穿制服，这加剧了我的不适感和压力。快回来，普莱斯顿先生，快啊！我祈祷着。

终于，普莱斯顿先生快步穿过旋转门来到了斯诺先生旁边。

"我没找到保安，先生。"他说。

"我也赶不走她。"斯诺先生说。

"请让我来处理吧。"普莱斯顿先生说。斯诺先生点点头，退到一旁。"莫莉，来这边……"

普莱斯顿先生轻轻领我走到旁边，背对着好奇的群众。

"怎么样？"我小声问。

"我找到了切莉尔。"

"然后呢？"我问。

"我拿到了。"

"怎么做到的？"我问。

"我说我知道她在偷其他女仆的小费，她慌了神，都没发现我从她的推车上拿走了万能门卡。而且完全没有留下指纹。"他晃起戴着白手套的手。"来，"他伸出一只手，"握手。"

我握住了他的手，门卡顺利地来到了我的手中。

"照顾好自己，莫莉。"他大声说给围观的人听，"现在，快回家去吧。你今天不该过来的。"他向斯诺先生点点头，斯诺先生也点头致意。

当然，普莱斯顿先生知道我不能离开，至少现在还不能。正当我打算重新开始一段关于工蜂的演讲时，罗德尼终于穿过旋转门来到了我身边。

"我真的不明白！"我大喊，"我是一个好女仆！罗德尼，你来得正好，你敢相信吗？他们居然要开除我！"

斯诺先生走过来。"罗德尼，"他说，"我们正想和莫莉小姐解释，酒店不再欢迎她的到来，但似乎很难让她明白。"

"我明白了，"罗德尼说，"让我来和她谈谈。"

我又一次被拉开了。离开听力范围后，罗德尼说："别担心，莫莉。我待会儿会和斯诺先生谈谈，弄清楚你的工作是怎么回事，好吗？这很可能只是一个误会。你拿到门卡了吗？我们没时间了。"

"你说得对，时间紧张。"我说，"门卡在这里。"我悄悄递给他。

"谢了，莫莉，你最棒了。哦，我听说警察要开发布会，你知道是怎么回事吗？"

"我也不知道。"我说。

我仔细观察着他，希望这个回答能让他满意。"行，好吧。我得赶在猫头鹰眼镜带警察进去之前把事情搞定。"

"是的，越快越好，祝你好运。"

他转身走上阶梯。"对了，罗德尼。"我喊道，他回过头来看我，"你能为朋友做到这个地步，真了不起。"

"你根本不知道，"他说，"我什么都会做的。"

在我能开口说话之前，他就在楼梯上停了下来。"别担心，"他对斯诺先生说，"她要走了。"仿佛我根本就不在这里。

那之后，我快步离开门口，最后回头看了一眼。罗德尼匆忙穿过旋转门，普莱斯顿先生在他身后，一只手伸向前，另一只手扶着斯诺先生回到了酒店。

我看了一眼手机。五点四十五分。

是时候了。

24

我坐在酒店正对面的咖啡店里,就在窗边,能看到丽晶大酒店的正门。天色逐渐转暗,尖锐的阴影笼罩了前门,鲜红色的地毯变成了干涸血迹般的深棕。很快,道路两旁就会点起灯,照亮暗淡的街道,黄昏过渡为黑夜。

我面前摆着一只金属茶壶,是那种倒茶时总会洒出来的壶。还有一只大号马克杯。我更喜欢外婆的陶瓷茶具,但此时别无选择。我还点了一个新鲜出炉的葡萄麦维玛芬蛋糕,等分成四块。但是我现在太紧张了,没有心情吃。

几分钟之前,普莱斯顿先生从酒店里出来,回到了迎宾台。他快速打了一个电话。我能看见他透过窗户看过来。光线这么暗,他多半看不到我,但他知道我在这儿。我也知道他在那里。这让我感到了一丝安慰。

我的电话震了一下。是夏洛蒂发来的短信,一个竖起拇指的表情,是"一切都在按计划进行"的意思。

然后她又发了一条:原地待机。

我也给她发了一个竖起拇指的表情,虽然我现在完全不是竖起拇指的心情。我的情绪十分低落,直到门口出现动静之前都不会好转。我需要看到表情符号以外的、更加确切的信号,表明计划真的在顺利进行。但是现在,什么都没有。

现在是下午五点五十九分。

是时候了。

我紧张地握住马克杯,里面的茶已经变温了,并不能安抚我的情绪。从我这里能清楚地看到电视屏幕。虽然没有声音,但电视正在播放新闻频道,一个年轻警官(我认出是斯塔克警探的同事)正准备在发布会上讲话。他读着面前的稿子,屏幕底下滚动着字幕。

……周一于丽晶大酒店发生的查尔斯·布莱克凶杀案,警方已逮捕犯罪嫌疑人。嫌疑人照片如下。莫莉·格雷是丽晶大酒店的女仆,因一级谋杀、持有枪械和贩卖毒品等指控而被逮捕。

我喝了一口茶,在屏幕上看到自己的照片时几乎呛到了。那是我入职时的照片,在我的人事档案里。照片里的我没有笑,但至少看起来很职业。我穿着干净平整的女仆制服,屏幕上继续滚动着字幕:

……现已被保释。任何需要进一步信息的媒体请……

我从电视上回过神来,外面突然响起了急刹车的声音。四辆深色的巡逻车停在了酒店门口。几名武装警察跳下车冲上台阶,普莱斯顿先生领他们进去。整个过程只有几秒钟的时间。普莱斯顿先生又从大门出来,斯诺先生紧随其后,他们说了几句话,然后转向围观的顾客,无疑是在向他们确保一切安好。我从远处看着,感到很无力,接下来就只能等待了。我打了一通电话,一通很重要的电话。

是时候了。

这是计划中唯一一处我自行安排的部分。我没有和任何人提起过,没有告诉普莱斯顿先生、夏洛蒂,也没有告诉胡安。有一些东西只有我才知道,只有我能理解,因为只有我亲身经历过。我知道孤身一人的感觉。因为太过孤独而做出错误的选择,因为太过于绝望,只能相信错误的人。

我打开通讯录,打通了吉赛尔的电话。

铃声响了一次,两次,三次,就在我以为她不会接电话的时候……

"喂?"

"晚上好,吉赛尔。我是莫莉,女仆莫莉,你的朋友。"

"天哪,莫莉!我一直在等你打电话过来,我没在酒店看到你,我很想你,你还好吗?"

我没时间闲聊,而且我认为这是少数跳过寒暄也不会太失礼的时刻。"你对我撒了谎,"我说,"罗德尼是你的男朋友,你的秘密情人。你从来没告诉过我。"

对面沉默了片刻。

"唉,莫莉,"过了一会儿,她说,"真的很对不起。"我能听出来她好像在哭。

"我以为我们是朋友。"

"我们的确是朋友。"她说。

这句话狠狠地刺痛了我。

"莫莉,我迷路了……迷失了自我。"她大声哭了出来,声音温顺又胆怯。

"你让我去拿你的枪。"我说。

"我知道,我不该把你卷进来的。我怕极了,害怕警察会找到枪,然后一切都会指向我。我以为他们不会怀疑你。"

"警察在我的吸尘器里找到了你的枪。所有证据都指向我了,吉赛尔。我因为很多项指控被逮捕,几分钟之前刚刚对外公开了。"

"天哪,这不是真的……"她说。

"这是真的。而且我没有杀害布莱克先生。"

"我知道,"她说,"但是我也没有杀他,莫莉,我发誓。"

"我知道。"我说,"你知道罗德尼会陷害我吗?"

"莫莉,我真的不知道。还有罗德尼让你做的那些事……让你帮他打扫房间。我周一早上才知道的。那之前我真的被蒙在鼓里。你还记得他的黑眼圈吗?那是他告诉我的时候我打的。我们大吵了一架。我说这么做是错的,你是一个无辜的好人,他不能这样利用你。我用包砸了他的脸,莫莉。我气坏了,金属链正好打中了他的眼睛。"

这倒是解释了一个谜题,但是只有一个。"你知道罗德尼和布莱克先生正在合伙从事违法行为吗?"我问,"你知道他们在酒店里贩毒吗?"

我听见她在电话那端有些坐立不安。"是的,"她说,"我之前就知道了,所以我们才会在这该死的酒店里住这么久。但是我不知道你也被卷进来了。我这周才发现,如果我能早点得知的话,一定会阻止他们的。而且我真的没有杀害查尔斯,罗德尼和我确实开过这样的玩笑,说用一颗子弹解决掉他的老板、我的丈夫,就能修复我们的人生,公开在一起。我们甚至策划了要一起逃跑,跑得远远的。"

原来如此,所以才有那两张机票。单程机票。"去开曼群岛。"我说。

"是的,去开曼群岛。所以我才想让查尔斯把那处房产冠在我的名下。我本想离开他之后再把离婚协议发给他。我本来要和罗德尼开启新的人生,更好的人生——就我们俩。但是我从来没想到……我不知道罗德尼真的能下得去手……"

她的声音渐渐消失。

"你有过被背叛的感觉吗?"我问,"你有相信过一个人,然后被彻底地背叛吗?"

"你知道我有的。我对这些再了解不过了。"她说。

"布莱克先生背叛了你。"

"是的,"她说,"但是他不是唯一的一个。罗德尼也是。看起来我经常相信一些烂人。"

"我们可能都是。"我说。

"是啊。"吉赛尔说,"但我和他们不一样,莫莉。我和查尔斯还有罗德尼不一样。"

"是吗?"我问,"我外婆说过,如果你想了解一个人,不要听他们嘴上说什么,而要看他们做了什么。我现在才终于明白。她还说过,布丁好不好吃,要尝过才知道。"

"布丁……什么?"

"意思是我不会再相信你了。"

"莫莉,我错了。我不该让你回去帮我拿枪的,这是个愚蠢的错误。求你了,我不会背叛你的,我不会让他们逃脱的。"

她的声音听起来很恳切,但我真的能相信她吗?

"吉赛尔,你现在在酒店里吗?在你的房间里?"

"是的,完全被锁在高塔里。莫莉,你必须让我帮忙,我会说出来的,好吗?我会告诉警察那是我的枪,是我让你去拿的。

我甚至会告诉他们罗德尼和查尔斯的贩毒计划。我会帮你脱罪的,我发誓,莫莉。你是我唯一真心的朋友。"

我忽然有些想哭。希望她说的是真话,希望她只是一个不小心迷失了方向的好人。测试她的时间到了。

"吉赛尔,你要好好听我说。必须按我说的做,可以吗?"

"好。"她吸着鼻子说。

"你能去开曼群岛吗?"

"可以,我有不定期客票,随时可以飞。"

"你带着护照吗?"

"是的。"

"不要联系罗德尼,明白吗?"

"但是我要让他知道——"

"他没有那么关心你,吉赛尔,难道你看不出来吗?他只会利用你,你只是他的一枚棋子。"

我能听到她在挣扎。"莫莉,我真希望自己能更像你一点。但我……但我一点也不像你。你很强大,很诚实,你是一个好人。我不知道我能不能做到,不知道自己能否一个人活下去。"

"你一直是孤身一人,吉赛尔。和坏人待在一起还不如独善其身。"

"让我猜猜,这也是你外婆说的?"

"是的,"我说,"而且她说得对。"

"我为什么会迷上那么……"

"那么肮脏的人?"我提议道。

"是的,"她说,"肮脏。"

"肮脏与邪恶总是寸步不离。"

"罗德尼和查尔斯。"她说。

"肮脏与邪恶。"我说,"吉赛尔,我们时间不多了。我需要你按我说的做,越快越好。"

"好的,"她说,"你说吧,莫莉。"

"把必要的东西收进一个包里,带上护照和你身上的钱,立刻逃跑。不要走酒店正门,走后门,现在立刻。你听到了吗?"

"但是你怎么办?我不能让你——"

"如果你是我的朋友,就按我说的做。我已经不是孤身一人了,我有了真正的朋友。我会没事的。但是我现在需要你立刻逃走,吉赛尔,立刻!"

她继续说了几句,但是我没有听,我已经说完了所有要说的话。我知道这很不礼貌,若非情况特殊,我绝对不会这么做——我没有道别就挂上了电话。

我抬起头来时,一个店员正站在我的桌旁。她有些尴尬地站在原地,我知道这意味着什么。我在等待时机搭话时也会这样做。

"那是你吗?"她指着电视屏幕问道。

我该怎么回答呢?

诚实永远是最佳策略。

"是的,是我。"

她愣了一会儿,消化这个信息。

"但是我必须澄清,我没有杀害布莱克先生。我是说,我不是杀人凶手,所以你完全不必担心。"我喝了一口马克杯里的茶。

店员僵硬了片刻,离开了我的桌边。回到安全的柜台后,她背对着我冲进了厨房。她会和上司说起我的事,对方则会从后门出来瞪大眼睛看着我,我将会瞬间读懂这个表情的含义。那是恐惧的表情。因为我越来越擅长做这件事情了——读懂微妙的肢体语言和暗示，了解藏在背后的情绪。

活得越久，学到的就越多。

她的上司会上下打量我一番，确定真的是我——那个新闻里提到的人。她会给警察打电话，警察会说些什么安抚她，告诉她不用担心，发布会的细节搞错了。

一切到最后都会变好的。

我深吸了一口气，心情平静地喝了一口茶，看着酒店门口，等待着。

然后，我等待的事情终于发生了……

警察穿过旋转门出来，前面走着一个人——罗德尼。他的衬衫袖子卷起，露出铐着手铐的前臂。他身后是斯塔克警探，手里拿着一个熟悉的海军蓝旅行包。拉链半打开着，即使离得这么远我也能看出来，那里面装的不是洗碗工的衣服和个人物品，而是一个个装着白色粉末的塑料袋子。

人心是永远无法解开的谜题。

是的外婆，的确是这样。

玛芬蛋糕在我的嘴里融化开来，美妙至极。吃东西的感觉很好，令人十分满足。人只要活着就必须吃饭，地球上的所有人都是如此。

我吃，故我在。

罗德尼被押进警车后座，几个刚刚冲进酒店的警察正在楼梯口戒备周围的情况。紧张的顾客围在一起，向门卫寻求安全感与慰藉。

斯塔克警探走上楼梯，和普莱斯顿先生说了什么。我看到他们两人转向我，咖啡厅的玻璃反射出最后一丝夕阳的余晖，他们不可能看得到我。

斯塔克警探冲我的方向点了点头，几乎微不可见，但我确实看到了。我很确定，她是在对我点头。我不太确定这个动作意味着什么，因为我向来不擅长解读斯塔克警探的意思，所以我只能猜测，但是并不能确定。

我不爱赌博，因为赚钱对我来讲实在太难，而我又很容易失去钱财。但是如果要赌的话，我会说斯塔克警探的点头中有着某种确切的含义，她的意思是：我错了。

25

我迈着悠闲的步子回家。这真的很神奇,当你被压力裹挟时,是注意不到身边那些美好的细节的——鸟儿在回巢休息前最后的歌声,被晚霞照亮的棉花糖一般的天空。你正在回家的路上,与以往的许多个日夜不同的是,当你打开门的时候,会有朋友在等你。这可能是外婆去世后我第一次觉得生活充满希望。

一切到最后都会变好的,如果不好,那只是因为还没到最后。

我的公寓楼就在前面了,我加快了脚步。胡安肯定很想知道发生了什么,而不只是看到一个竖起拇指的表情符号。

我走进大门,大步跨上楼梯,拐进走廊,拿出钥匙打开家门。

"我回来了!"我喊道。

胡安冲了过来,站得离我很近,肯定不足一辆推车的距离,但这并没有让我感到不适。我不会因为人们站得离我近而尴尬,相反的情况才会让我困扰——当人们远离我的时候。

"嗨,你回来了。"他双手合十说道。他打开柜子,拿出擦鞋布,然后等我脱下鞋。

"怎么样,有用吗?"他问,"你们抓到狐狸了吗?"

"是的,"我说,"我亲眼看到他们抓住了罗德尼。"

"太好了,谢谢,感谢上天。你必须把一切都告诉我!你还好吗?"

"胡安，我很好，非常好。"

"那就好。"他吸了一口气，"太好了。"他拿过我的鞋，用布擦着鞋底，好像能从里面召唤出灯神一样。擦完之后他将鞋和布都收回了柜子，然后抱住了我。这突如其来的示好令我惊讶不已，甚至忘记了要抱回去才是礼貌的做法。当我反应过来的时候，他已经松开了。

"这是在做什么？"我问。

"迎接你平安到家。"他说，"来，到厨房来。我准备了一点晚餐。我也想乐观一点，但实在太担心了，总觉得警察会来把我带走，或者你再也不会回来了。我想到了很多糟糕的事情，万一他们……"他的声音变小了。

"万一他们什么？"我问。

"罗德尼和他的手下，"他说，"万一他们……伤害你，就像伤害我那样。"

光是这个想法就让房间倾斜了三十度角，但我深吸了一口气，平复心情。

"来吧。"胡安说。

我跟着他来到厨房，晚餐已经在桌子上摆好了。是我从橄榄花园餐厅带回来的外卖，都精致地摆放在盘子里。他甚至铺上了外婆的黑白格子餐布，为餐桌增添了不少意大利风情。最终呈现的效果十分惊艳，我们的小餐桌摇身一变，成了一张意大利的风景明信片。这一切都恍如梦境，我必须静下心来才能找回自己的声音。

"看起来太棒了，胡安。"我说，"你知道吗？这是我这么久以来第一次吃一顿完整的晚餐。"

"我们先吃，然后你就全都告诉我。"他说。

我们在餐桌旁坐下,但他刚坐下就突然站了起来。"我忘了一件事。"他说。

他赶忙去到客厅,回来的时候拿着外婆的蜡烛和火柴盒。"我可以点燃这个吗?"他问,"我知道这是很特别的东西,但今天也是个特别的日子,不是吗?今天他们抓住了真正的罪犯。"

"是的,他们把他押进警车带走了。"我说,"希望这对我们来说是一件好事。"但是这句话刚说出口,我就感到了疑虑。乐观当然是好的,我应该相信——胡安和我都会有一个恰当的结局。

他把蜡烛放在桌上,就在我们拿起刀叉打算吃饭时,我的手机响了。我几乎跳了起来。谢天谢地,是夏洛蒂。

"夏洛蒂?"我说,"我是莫莉,莫莉·格雷。"

"嗯,"她说,"我知道。你怎么样?"

"我很好,"我说,"谢谢你的关心。我和胡安在家,正准备开启意大利之旅。"

"什么?"

"这不重要。你能说说酒店那边的情况吗?我从咖啡店看到了,但是计划进行得顺利吗?罗德尼被抓到现行了吗?"

"进行得非常顺利,莫莉。听着,我现在正在警察局呢,讲不了太久。斯塔克警探想和我谈谈,你和胡安待在那里不要乱跑,好吗?我和爸爸也会尽快过去。这可能要花几个小时,我觉得你会对结果十分满意的。"

"好的,谢谢你,夏洛蒂。"我说,"请替我和斯塔克警探问好。"

"你想让我……你确定吗?"

"我没有道理不遵守礼仪。"

"好吧，莫莉。我会替你问好的。"

"请告诉她我能读懂点头。"

"你能什么？"

"只要这么告诉她就可以了，拜托了。谢谢你。"

"好吧。"夏洛蒂说，然后挂断了电话。我收起了手机。

"非常抱歉。我一般不会在晚餐期间接电话，也不希望培养这样的习惯。"

"莫莉，你太在意什么是'对的'，什么是'错的'了。我只想知道夏洛蒂都说了什么。"

"他们抓到了罗德尼。"

"抓了个现行？"

"是的，没错。"

胡安脸上绽开了一个笑容，直达深棕色的眼底。外婆曾经告诉我，真正的笑容都是藏在眼睛里的，我一直不明白这句话的意思，直到今天。

"莫莉，我从来没机会和你说这句话——对不起。我不想把你卷进这些事情的。"

我拿起叉子，但是很快又放下了。

"胡安·曼努埃尔。"我说，"你试过阻止我了，你甚至试过警告我。"

"也许我应该更努力一点，也许我应该把一切都告诉警察。但是我无法相信警察，他们一看我，就会觉得我是坏人。而且并不是所有的警察都是好人，莫莉。我又该如何分辨呢？我很担心，怕说了毒品和酒店的事会让事情变得更糟糕。"

"是的。"我说，"我明白，我也不擅长分辨他人的真心。"

"还有罗德尼和布莱克先生，"他继续说道，"我不在乎他们会不会杀了我，但是我的妈妈，我的家人……我很怕他们会受到伤害，也很怕那些人会伤害你。我觉得，如果我忍气吞声，也许就不会有其他人受伤。"

他的手腕在桌面上，但是手肘不在。我必须努力集中精神看着他的脸，不然就会忍不住盯着他胳膊上的伤，有一些已经痊愈了，但还有一两处是崭新的。

我指了指他的手臂："是他做的吗？这些伤是罗德尼干的吗？"

"不是罗德尼，"他说，"是他的朋友们，那些大个子。但罗德尼是下命令的人。布莱克先生烫伤了罗德尼，所以他就要这样对我。如果我抱怨，或者说不想干了，他们就会这样惩罚我。都是因为我有心爱的家人，而他没有。"

"他们不能这样对你，这是错的。"

"是的，"他说，"确实是错的。还有他们对你做的事。"

"你胳膊上的伤看起来很疼。"我说。

"之前是很疼。但是今天不疼，今天我感觉好一些了。我甚至不知道接下来自己会变成什么样，但我还是感觉很好，因为罗德尼被抓住了。而且我们还能点起蜡烛，还有希望。"他拿出一根火柴，点亮了蜡烛，说，"快吃吧，再等下去就该凉了。"

我们拿起刀叉，开始享用晚餐。时间很充裕，我不光有时间遵守咀嚼法则，还能细细品味食物的味道。我一边吃着，一边和胡安说起今天下午的每一个细节。我是怎样坐在咖啡店里，怎样看到罗德尼被押送到巡逻车里。当我告诉他店员从新闻里认出了我时，他忍不住哈哈大笑起来。有一瞬间我愣住了，我分不清他是在嘲笑我还是在和我一起笑。

"有什么很好笑吗？"我问。

"她以为你是个杀人犯!在她的店里,一边喝咖啡一边吃蛋糕!"

"那不是普通的蛋糕,"我说,"是玛芬蛋糕,葡萄麦维口味的。"

他笑得更大声了,我毫无头绪。但他似乎不是在嘲笑我。忽然之间,我发现自己也在笑,因为葡萄麦维蛋糕而狂笑不已,甚至不知道自己为什么会笑。

晚饭后,胡安开始洗盘子。

"不,"我说,"你帮我准备了晚餐,已经足够了,我来洗吧。"

"那不公平,"他说,"你觉得自己是唯一一个喜欢洗东西的人吗?你为什么要夺走我的乐趣?"

他又露出了那种微笑。他从厨房门后拿出外婆的围裙,上面是可爱的蓝粉色佩斯利花纹,但他并不在意。他套上围裙,系带子的时候嘴里哼着歌。我已经好久没见到任何人系那条围裙了。最后的几个月里外婆病得太重,也没再系过。过了这么久,再次看到有人系上它……不知为何让我移开了目光。

我回到桌前,收拾剩下的餐具,胡安则在水池洗碗。

我们两人合力,不出几分钟就把厨房收拾得干干净净。

"看吧,"他说,"我这辈子都在厨房里工作——大的、小的、家里的……最终,看着收拾干净的厨房会让我心情快乐。"

"心情愉快。"我说。

"啊,是的,心情愉快。"

外婆的蜡烛照在胡安的脸上。我看着他,仿佛第一次用心在看。几个月来我每天都会见到这个人,但是忽然之间,他似乎比以往要英俊得多。

"你会感觉自己像一个透明人吗?"我问,"我是说,工作的时候。你会觉得别人看不到你吗?"

他取下围裙,放回门后的挂钩上。

"当然了。"他说,"我经常会有这种感觉。我很了解那种变得完全透明、与世界格格不入、对未来充满恐惧的感觉。"

"你一定很痛苦吧。"我说,"那样被迫给罗德尼帮忙。"

"有的时候,为了做成一件好事,你必须做一件坏事。这没有那么显而易见,不是大家想象中非黑即白的事情。尤其是当你没得选的时候。"

是的,他说得对。

"我能问你一个问题吗,胡安?"我问,"你喜欢拼图吗?"

"我喜欢吗?我简直爱死了!"

这时忽然响起了敲门声,我感觉胃里变得沉重起来,双脚黏在了地板上。

"莫莉,你要去开门吗?……莫莉?"

"是的,当然。"我说。

我强迫自己动起双腿,和胡安一起走到门边,打开了门。

夏洛蒂和普莱斯顿先生站在门外,身后则是斯塔克警探。

我的膝盖软了下来,不得不扶住门框。

"没事的,莫莉。"普莱斯顿先生说,"没事的。"

"警探是带着好消息来的。"夏洛蒂补充道。

我听到了他们说的话,却还是动弹不得。胡安站在旁边,扶住我不要倒下。我听到走廊里又响起了开门声,接着就看到罗索先生站在斯塔克警探身后。这么多人聚在一起,简直像是在我家门口开起了派对。

"我就知道!"他喊道,"我知道你不是什么好鸟,莫莉·格雷。我在新闻上看到你了！你立刻给我滚出这栋楼，听到了吗？警察，快把她带出去！"

我脸上因为羞愧烧得通红，一句话也说不出来。

斯塔克警探转向罗索先生："事实上，先生，新闻报道出现了一些错误，一个小时之内就会被纠正过来。莫莉是清白无辜的，她甚至还帮忙破了案，只是我们之间有过一些误解，所以我才会过来。"

"先生，"夏洛蒂对罗索先生说，"你肯定知道，你不能无缘无故就将房客驱逐出去。格雷女士付过房租了吗？"

"虽然晚了，但是她确实付过。"他说。

"格雷女士可以说是一名模范租客，您不该这样骚扰她。"夏洛蒂说，"还有，斯塔克警探，你是否意识到了这栋楼里没有电梯——"

"抱歉，我该走了。"罗索先生说完就迅速离开了。

"再见！"夏洛蒂冲他喊道。

走廊里很安静，大家都站在我的门前，看着我。我不知道该怎么办。

普莱斯顿先生清了清嗓子："莫莉，你愿意请我们进屋吗？"

我的腿终于能动了，随着我的力气一点点恢复，胡安扶住我的手也渐渐松开。

"非常抱歉，"我说，"我并不习惯接待这么多客人，但我很欢迎你们的到来，请进吧。"

胡安站在门边，就像一个哨兵，对每一位客人打招呼，并请他们脱下鞋子。他会用有些颤抖的手把鞋擦干净后收进鞋柜里。

客人们来到了客厅，有些尴尬地站在那儿。他们在等什么？

"请坐吧。"我说。

普莱斯顿先生去厨房拿了两把椅子回来,放在沙发对面。

"有人想喝茶吗?"我问。

"想到可以杀人了!"普莱斯顿先生说。

"爸!"

"是我用词不当,抱歉。"

"没事的,普莱斯顿先生。"我说着转向斯塔克警探,"我们都会犯错,是不是,警探?"

警探的目光似乎被自己的长筒袜吸引了。在工作期间脱下鞋子对她来说一定很不常见,让自己脆弱的双脚暴露在空气中可能让她十分不适。

"那么,"我说,"喝茶吗?"

"我去沏茶。"胡安说。他看了看斯塔克警探,然后飞速跑向厨房。

普莱斯顿先生请警探坐下,她照做了。夏洛蒂坐在她之前坐过的椅子里,我则坐在沙发上,普莱斯顿先生在我旁边——外婆的位置上。

"你可以想见,"我说,"我很好奇最后发生了什么。如果我仍被指控谋杀的话,自然就更想知道了。"

我听到了勺子掉在地上的声音。

"抱歉!"胡安从厨房里喊道。

"针对你的指控已经全部撤销了。"斯塔克警探说。

"全部。"夏洛蒂重复道,"警探希望你能去一趟警局,这样她就能亲自告诉你,但我坚持让她来这儿见你。"

"谢谢。"我对夏洛蒂说。

夏洛蒂倾身向前,看着我的眼睛说:"你是无辜的,莫莉。你明白吗?现在他们也知道这一点了。"

我听到了她的话,却不太相信。说出来的话很可能是有欺骗性的。

普莱斯顿先生轻轻拍了拍我的腿。"好了,好了。结果一切都好。"如果外婆在世的话,肯定也会这么说吧。

"莫莉,"斯塔克警探说,"我过来是因为我们需要你的帮助。我们今天下午接到了斯诺先生的电话,请我们尽快赶往酒店。他说事态有了新发展。"

胡安从厨房走了出来,脸色苍白。他手里端着外婆的托盘,放在了桌子上,然后离开,站得离斯塔克警探足足有几个推车远。

斯塔克警探没能发现这一点,她看了看托盘,拿起了外婆的茶杯。这让我有些恼火,但是无妨,就这样吧。

"胡安。"我说着站了起来,"你来坐我这里。"我希望我还有一把椅子能给他坐,可惜我没有。

"不,不。"他说,"不用了,你坐吧,莫莉。我站着就好。"

"确实,"斯塔克警探说,"免得她又晕倒了。"

我坐了回去。

警探往茶里加了些糖,搅拌起来,然后继续道:"我们今天去查了布莱克的套房,苏谢尔餐吧的调酒师——罗德尼·斯泰尔斯和他的两个同伙在里面。"

"两个身材高大、文着奇怪面部文身的男性?"我问。

"是的,你认得他们?"

"我以为他们是酒店的住客。"我说,"我被告知他们是胡安的朋友。"这句话一说出口我就后悔了。

普莱斯顿先生仿佛读懂了我的心一样,立刻补充道:"别担心,莫莉。警探知道罗德尼在威胁胡安的事情,还有……对他施加暴力的事情。"

胡安愣在厨房门口，我知道他是什么感觉——被人谈论，就像你不在屋里一样。

"莫莉，你能告诉警探你为什么帮罗德尼打扫房间吗？只要说实话就行。"夏洛蒂说。

我看向胡安，如果他不同意的话，我一个字都不会说。"没事的。"他说，"告诉他们吧。"

于是我开始解释一切。罗德尼说胡安是他的朋友，而且无家可归。我打扫房间的时候并不知道自己清理的是犯罪现场。我说了罗德尼是如何欺骗了我，又是如何利用了胡安·曼努埃尔。

"我不知道那些房间里每晚发生的事情，没有意识到胡安遭受了暴力。我以为自己只是在帮一个朋友。"

"但是你为什么会相信他？"斯塔克警探问道，"事情很明显涉及毒品，你为什么还会相信罗德尼呢？"

"对你来说显而易见的事情，警探，对其他人而言却并非如此。我外婆常说：'我们很相似，却各有各的不同。'事实就是，我相信了罗德尼，相信了一个坏蛋。"

胡安依然安静地站在厨房门口。

"罗德尼利用我和胡安让自己隐形。"我说，"现在我明白了。"

"确实。"斯塔克警探说，"不过我们还是抓到了他。我们在那间套房里找到了大量的苯二氮卓和可卡因。他几乎是把这些东西拿在手里。"

我想到了吉赛尔的"好苯友"，装在没有标签的瓶子里，很可能是罗德尼给她的。

"我们对他提出了多项指控，包括非法持有枪械、袭警，等等。"

"袭警？"我问道。

"我们打开房间门的时候他掏出了一把枪，和我们在你吸尘器里找到的枪是同一型号，莫莉。"

很难想象罗德尼撸起袖子拿出一把枪，而不是在吧台倒酒的模样。

胡安察觉了我没有发现的事情，开口说话，所有人都看了过去："你说很多项指控，却没有谋杀。"

斯塔克警探点点头："我们确实指控罗德尼涉嫌杀害布莱克先生。但是说实话，如果要使罪名成立，我们还需要你们的帮助。事情还有一些疑点。"

"比如？"夏洛蒂问。

"莫莉，在你发现布莱克先生死亡的那天，套房里并没有罗德尼的指纹。事实上，整个房间里都没有指纹，唯一找到的只有他脖子上的清洁剂。"

"那是因为我检查了他的脉搏，因为——"

"是的，我们知道，莫莉，我们知道你没有杀他。"

然后我意识到了："是我的错。"

所有人都看向了我。

"这是什么意思？"普莱斯顿先生问。

"你们之所以找不到罗德尼的指纹，是因为当我打扫一间房的时候，我一定会彻底清洁。就算罗德尼进去过，留下了指纹，也会被我在无意识中擦掉。我是一个优秀的酒店女仆，也许太优秀了。"

"可能是这样吧。"斯塔克警探说着露出了一个勉强的微笑，但是眼中没有笑意，"我们还在想，你是否知道吉赛尔·布莱克的所在。逮捕罗德尼后，我们去了她的酒店房间，但是她已经不见了。也许她看到我们进了酒店，于是匆忙逃跑了。她在酒店前台留了一条留言。"

"是什么？"我问。

"上面写着'去问酒店女仆莫莉，她会告诉你真相。不是我做的。罗德尼和查尔斯=BFFs'"

"BFFs？"我问。

"永远的好朋友（Best friends forever）。"夏洛蒂解释道，"她的意思是说，罗德尼和查尔斯是同伙。"

"是的。"胡安说，"他们是同伙。"大家又看向了他，他继续说道："罗德尼和布莱克先生经常打电话。有的时候还会争论——关于钱。他们会说很多有关运输、分区和买卖的事情，没人觉得我能听懂，但是我听懂了。"

警探转向了胡安："我很希望能带你去录一份口供。"

胡安的脸上闪过一丝警觉。

"他们不会对你提出指控的，"夏洛蒂说，"也不会把你驱逐出境。他们知道你是受害者，只是需要你帮忙破案。"

"对。"警探说，"我们明白你帮助罗德尼是被胁迫的，而且还遭受了……身体上的伤害。我们知道你的工作签证过期了。"

"不只是'过期了'。"胡安说，"还跑到了罗德尼的手里。"

斯塔克警探歪了歪头："这又是什么意思？"

胡安解释说，罗德尼帮他联系了一个移民律师，收了他一大笔钱，但是一直没能签下来文件。

"这个'律师'，你记得他的名字吗？"

胡安点点头。

警探摇了摇头："看起来我们又有新案子了。"

夏洛蒂忽然插嘴道："胡安，如果你能在罗德尼的案子里成为关键证人的话，我们也许可以抓到这个律师，在他伤害更多人之前抓住他。"

"没有人应该经历这一切。"胡安说。

"是的，而且，"夏洛蒂说，"我的合伙人加西亚专攻移民法，所以如果你愿意的话，我可以把你介绍给他，看看他能不能帮你续签工作签证。"

"我很愿意和他聊聊，是的。"胡安说，"但我还是很担心——比如斯诺先生，他知道我做了什么，知道我在本应站出来的时候保持了沉默，他肯定会开除我的。"

"不会的，"普莱斯顿先生说，"此时他比以往任何时候都更需要你。"

"我们都是。"斯塔克警探说，"我们需要你做证，表明罗德尼和布莱克合伙在酒店里做毒品生意，证明他们在利用你、对你施暴。有了你的帮助，我们也许能找出罗德尼杀害布莱克的动机。他还没有供认这项指控。他承认了毒品的事情，但是没有承认谋杀。至少目前还没有。"

胡安沉默了片刻，然后说："我会尽力帮忙的。"

"谢谢。"斯塔克警探说，"还有莫莉，你还有什么能告诉我们的事情吗？你知道吉赛尔可能在哪儿吗？"

"她准备好的时候自然会出现的。"我说。

"但愿如此吧。"斯塔克警探说。

我想象着吉赛尔在遥远的白色沙滩上，拿着手机看最新的新闻。她会发现罗德尼被逮捕了，发现我不再是嫌疑人，到时候她又会怎么做呢？她会去找警察吗？还是把这些都抛诸脑后？她会投入另一个有钱男人的怀抱吗？还是会真正地成长起来，做出改变？

我向来不擅长判断人们的秉性,总是最后一个发现真相。就像胡安说的那样:有的时候,为了做成一件好事,你必须做一件坏事。也许这次吉赛尔会做一件好事,也许她不会。

"接下来呢?"我问,"胡安会怎么样?我会怎么样?"

"这个吗,"斯塔克警探说,"你被释放了,所有指控都被撤销了。"

"但我还是丢了工作?"我问道。这个想法让我感觉自己正在跌落通往毁灭的悬崖。

"不,莫莉。"普莱斯顿先生说,"你不会丢掉工作的。斯诺先生会亲自和你还有胡安聊这件事。"

"真的吗?"我问,"他不会开除我们两个?"

"他说你们都是模范员工,是丽晶大酒店的典范。"普莱斯顿先生说。

"那审判呢?"我问。

"那是很久之后的事了。"夏洛蒂说,"我们要先准备着,可能要花上几个月的时间。希望在斯塔克警探和警方的努力下,我们能把罗德尼关上很长一段时间。"

"听起来很合理。"我说,"他是一个骗子,一个施暴者,一个坏蛋。"

"还是杀人犯。"普莱斯顿先生补充道。

我什么都没有说。

"警探,"夏洛蒂说,"我的客户已经很累了,今天发生了这么多事,早上她还在因谋杀被指控,现在就和指控她的人在客厅里喝茶。你还有什么想告诉她的吗?"

斯塔克警探清了清嗓子:"我只是想说,呃,很抱歉……拘留了你。"

"你真好,警探。"我说,"希望你学到了重要的一课。"

警探有些不自在地动了动,仿佛坐在一颗钉子上。"什么?"她说。

"你妄下了一些针对我的结论。你认为某些反应是正常的,而当你无法在我身上找到那些反应的时候,就认定我是罪犯。随便猜测别人的想法,只会让我们两个看起来都像傻瓜一样。"

"好吧,也可以这么说。"她说。

"我外婆总说,生活就是学习。也许下一次你就会知道不要随便猜测。"

"我们很相似,却各有各的不同。"胡安补充道。

"呃,"她说,"行吧。"

然后她站起身来,感谢了我们的配合,穿上鞋离开了。

门在她身后关上,我插好生锈的门闩,然后大大地松了一口气。

我转回身来,看到的不是空旷的房间,而是三位朋友。他们都在微笑,是那种真诚的笑。我第一次理解了什么是真正的朋友。真正的朋友不只是一个喜欢你的人,还是会为你采取行动的人。

"怎么样?"普莱斯顿先生说,"警探一口气承认了那么多错误,看起来都要爆炸了。你感觉如何,莫莉?"

我感到如释重负,但还有一些别的……

"我……我不确定自己做了什么才会遇到这些。"我说。

"你是无辜的,莫莉,这些本不该发生在你身上。"夏洛蒂说。

"我不是说犯罪,我是说你们三个给予我的善意,这毫无道理。"

"善意总是有理由的。"胡安说。

"是的,"普莱斯顿先生说,"你知道以前是谁总跟我说这句话吗?"

"不知道。"我说。

"你的外婆。"

"她从来没告诉过我你们是怎么认识的。"我说。

"是的,我猜她也不会说的。"他回答道,深吸了一口气,然后继续说,"我们曾经订婚过。"

"你们什么?"夏洛蒂问。

"是的,我在你出生之前也有过一段人生,亲爱的,一段鲜为人知的人生。"

"不可置信。"夏洛蒂说,"为什么我现在才听说?"

"发生了什么?"胡安坐在警探的空椅子里问。

"你外婆芙洛拉是一名非常优秀的女性。她善良又敏感,和同龄的女孩子都不太一样。我完全被她迷住了,于是在我们十六岁的时候向她求婚,她答应了。但是她的家人不同意。她出生在富贵人家,你知道。我们的身份天差地别,但她从来没有瞧不起我。"

我很惊讶,非常震惊。但也许我早该知道外婆也有自己的秘密。所有人都有。

"我当时真的非常爱你的外婆,莫莉。"普莱斯顿先生说,"比你想的还要爱。"

"所以你就一直和她保持联系?"我问。

"是的,她和我的妻子玛丽关系很好。时不时地,如果芙洛拉遇到了麻烦也会给我打电话。但是真正的麻烦其实很早就发生了。"

"这是什么意思?"我问。

"你知道自己其实是有一个外公的吗?"

"是的,"我说,"外婆说他'也是个不可信的家伙'。"

"是吗?"他说,"他有很多特质,但绝不是不可信的人。他如果有得选,绝对不会离开的。他是被逼无奈。我和他很熟悉,甚至可以说是朋友。你也知道爱情萌芽的时候是什么样。"普莱斯顿先生清了清嗓子,"结果,芙洛拉怀孕了。当她无法再向父母隐瞒这一点的时候,他们把她逐出了家门。可怜的姑娘那时还不到十七岁,还只是一个孩子,却要带着自己的孩子流落街头。所以她后来才会去做保洁。"

很难想象外婆独自一人,失去了一切的样子。我感到肩头有些沉重,心底有一种不可名状的悲伤。

"你外婆很聪明,本可以拿到任何一所大学的奖学金。"普莱斯顿先生说,"但是那个年代,一个带着孩子的未婚女性是无法接受教育的。"

"等下,爸爸。"夏洛蒂说,"有点不对劲。你那个朋友是谁?现在在哪儿?"

"上次我听说的时候,他已经有了自己的家和深爱的家人,但他从来没有忘记过芙洛拉,从来没有。"

夏洛蒂歪起了头,用一种我不太理解的眼神看着自己的父亲。"爸爸?"她说,"你还有什么想告诉我的吗?"

"亲爱的,"他说,"我觉得我已经说得够多了。"

"你也认识我妈妈吗?"我问。

"是的,恐怕她才是真正不可信的人。她爱上了错误的人,你外婆当时还让我帮忙劝说。我去见了她,想把她从那个廉价旅馆里带回来,但是她完全不听。你可怜的外婆,就那样失去了一个女儿……"普莱斯顿先生的眼中闪现出泪光,夏洛蒂抓住了他的手。

"你外婆是个很好的人。"普莱斯顿先生说,"玛丽病危的时候,她还来帮忙。"

"什么意思?"我问。

"玛丽当时非常痛苦,我也是。我坐在她的病床边,握住她的手,说:'请不要离开,现在还太早了,不要丢下我一个人。'芙洛拉全都看到了,她拉我到一边,说:'你看到了吗?她不会走的,除非你告诉她是时候了。'"

外婆确实会说这样的话。我都能听见她的话在脑海中回荡。

"然后呢?"我问。

"我告诉玛丽我爱她,然后像芙洛拉说的那样放她离开了。她一直在等这一句话。"

普莱斯顿先生抑制不住地哭了出来。

"你做了正确的选择,爸爸。"夏洛蒂说,"妈妈当时很痛苦。"

"我一直想要报答你外婆的恩情,谢谢她当时帮我指出一条路。"

"你已经报答过她了呀。"我说,"你在我遭遇危机的时候来帮忙了,外婆会很感激的。"

"哦,但那不是我,"普莱斯顿先生说,"是夏洛蒂帮了你。"

"不,爸爸。是你坚持的,你说服了我要帮助这个年轻的女仆。我现在开始明白为什么这件事对你来说这么重要了。"

"患难见真情。"我说,"外婆会感谢你们的,你们所有人。如果她在的话肯定也会这么说。"

普莱斯顿先生和夏洛蒂都站了起来。"好了,不要再伤感了。"他说着擦了擦脸,"我们该走了。"

"真是漫长的一天。"夏洛蒂说,"胡安,我们从你在酒店的柜子里把行李拿来了,就放在门口。"

"谢谢。"他说。

我忽然觉得自己并不希望他们走。万一他们就此从我的生活中离开了呢?我不是第一次遇到这种事情了。这个想法让我坐立不安。

"我还能再见到你们吗?"我的声音中有着无法掩盖的焦虑。

普莱斯顿先生笑了起来:"就算你不愿意也会见到的,莫莉。"

"我们会经常见面的。"夏洛蒂说,"还要准备庭审呢。"

"而且除此之外,你也甩不掉我们了,莫莉。你知道,我老了,是一个顽固的老鳏夫。虽然很奇怪,但这件事甚至让我感觉很不错。今天的事情,还有你们,感觉就像……"

"一家人?"胡安说。

"是的,"普莱斯顿先生赞同道,"正是如此。"

"你们知道吗,"胡安说,"我家里有个习俗,就是星期天晚上一定要一起吃晚饭。我离开家之后最怀念的就是星期天的聚餐了。"

"这个简单,"我说,"夏洛蒂,普莱斯顿先生,你们这周日愿意来一起吃晚饭吗?"

"我可以做饭!"胡安说,"你们可能都没吃过真正的墨西哥菜,就像我妈妈做的那种。我会带着大家来一次墨西哥之旅,你们肯定会喜欢的!"

普莱斯顿先生看向夏洛蒂,她点了点头。

"我们会带甜点过来的。"普莱斯顿先生说。

"还有一瓶用来庆祝的香槟。"夏洛蒂补充道。

我站在门口看着他们穿鞋。对于刚刚把你从监狱生活中拯救出来的人，该怎么道别才合乎礼数？

"好了，你还在等什么呢？"普莱斯顿先生说，"来给我们一个拥抱。"

我照做了，那种感觉真的很神奇——就像是金凤花姑娘正在拥抱熊爸爸。

我还拥抱了夏洛蒂，同样让人心里暖洋洋的，却又完全不同，就像是在轻抚蝴蝶翅膀。

他们挽着手离开了，我关上了门。胡安站在玄关处，左右换着脚下的重心。

"莫莉，你确定我今晚可以住在这儿吗？"

"当然，"我说，"就今天一晚。你住我的房间，我住外婆的房间。我现在就去换床单。我每次都会给床单消毒，然后熨烫平整。我总是准备好两套待用的床上用品。请放心，浴室是干净的，而且会定期消毒。如果你需要任何其他生活用品，诸如牙刷或香皂，我肯定可以——"

"没事的，莫莉，我没事的。"

我打住了话头。"非常抱歉，我并不擅长这些。我知道该如何接待酒店的客人，却不知道该怎么招待自己家的客人。"

"你不用刻意招待我，我会努力保持安静和整洁的。能帮上忙的地方我也会尽力帮忙。你喜欢吃早餐吗？"

"是的，我很喜欢。"

"太好了，"他说，"我也是。"

我本想自己更换床单，但是胡安坚持要帮忙。我们一起把外婆缝的星星被套取下来，再换上新的床单。整理卧室的时候，胡安说起了他家里三岁大的外甥——特奥多罗的事。特奥多罗总会在他铺床单的时候跳到床上。胡安讲这些故事的时候,我脑海中出现了栩栩如生的画面,仿佛能看见那个上蹿下跳的小男孩,看见他和我们一起在这间屋子里。

铺好床之后,胡安安静了下来。"好了,我要准备睡觉了,莫莉。"

"你还需要其他东西吗?一杯阿华田?或者洗漱用品?"

"不用了,谢谢。"

"好吧。"我说着离开了房间,"晚安。"

"晚安,莫莉小姐。"他说道,轻轻地关上了门。

我走到浴室换上睡衣,慢慢刷着牙。我唱了三遍《祝你生日快乐》,确保牙齿得到了彻底的清洁。

然后我洗了脸,上了厕所,洗手。我从水池底下拿出清洁剂快速擦了一遍镜子。镜子里的我回望过来,光洁无瑕。

没理由再拖延下去了。

是时候了。

我穿过走廊,来到外婆的门前。我还记得上次关上这扇门的时候,验尸官和助手把外婆从房间里抬了出来。我将房间从上到下打扫了一遍:洗了床单,重新铺好床,拍松枕头,擦拭了所有的物件。我把挂在门后的居家毛衣、所有没洗过的衣服抱在怀里,最后深吸了一口气,记住外婆身上的气息,然后放进了洗衣桶。门合上的咔嗒声尖锐得就像是死亡。

我伸手握住门把手,转动。房间和我离开的时候一模一样。穿着衬裙的皇家道尔顿雕塑安静地立在柜子上。天蓝色的床裙依然崭新,枕头松软平整,没有一丝褶皱。

"外婆。"我心底涌起了一股悲伤。强烈的悲伤把我压垮在她的床上。我仰面躺着,就像一艘迷失在大海中的小木筏。我抱住一只枕头,拉向自己,但我把枕头洗得太干净了,上面没有外婆的味道。她已经不在了。

在她生命的最后一天,我坐在她身旁。她就躺在我现在躺的位置。我当时把前门的椅子——那张放着她绣的枕头的椅子——搬进了卧室,坐在她旁边。一个星期之前,我把电视也搬了进来,放在床对面的柜子上,这样她就能在我工作的时候看《国家地理》。即便只是几个小时,我也不想留她一个人面对空荡荡的房间。我知道她很痛苦,虽然她总在否认这一点。

"亲爱的,你的工作需要你。你是蜂巢中重要的一员。我没事的,我有茶喝,还有药片,还有《神探可伦坡》。"

时间渐渐过去,她的脸色越来越差。早上她不再哼歌了。她变得很安静,思考变成了一种负担,每次去厕所都成了一次艰难的远征。

我近乎绝望地想要说服她:"外婆,我们要叫一辆救护车,你必须住院。"

她缓缓地摇着头,灰色的发丝在枕头上颤动。"不用。我这样就好,我有药可以缓解疼痛,我要住在我最喜欢的地方——自己的家里。"

"但是他们能帮到忙,也许医生会有办法——"

"嘘。"每次我拒绝听从的时候她就会这样说,"我们约定好了。而约定是要怎么样?"

"约定是要遵守的。"

"是的,"她说,"这才是我的乖外孙女。"

最后那天,她比以往都更痛苦。我再次努力说服她去医院,但还是失败了。

"《神探可伦坡》要开始了。"她说。

我打开电视,我们一起看了起来。或者该说是,我看着她紧闭着眼睛,双手抓着床单。

"我在听。"她呢喃道,"你来当我的眼睛,告诉我画面上在演什么。"

我看着屏幕,为她解说电视上演的内容:"可伦坡在质问一名贵妇人,她听说自己的百万富翁丈夫很可能不是杀人凶手后,看起来有些心烦意乱。"我描述了他们所在的餐厅,铺着绿色的桌布。我描述那个妇人的动作,她是如何在桌边惴惴不安。我告诉外婆,我知道可伦坡盯上她了,他脸上的表情说明他已经看透了真相。

"是的,"外婆说,"很好,你在学会解读表情。"

播到一半的时候,外婆有些焦躁。她太疼了,甚至开始呜咽起来,眼泪滑落脸颊。

"外婆,我该怎么帮你?我该怎么办?"

我能听到她粗重的喘息声,每次吸气都要停顿一下,就像水管里的水在汩汩作响。

"莫莉,"她说,"是时候了。"

可伦坡继续在电视上调查案件,他盯上了那个妻子。拼图逐渐变得完整,我关小了音量。

"不,外婆,我做不到。"

"可以的,"她说,"你答应过我的。"

我抗议起来,试图说服她。我开始恳求她:求求你,求求你,让我给医院打电话吧。

她只是静静地等着我冷静下来,然后再次开口道:"帮我沏一杯茶,是时候了。"

我很感激她能告诉我该做些什么,于是立刻起身冲向厨房,帮她泡好了茶,倒在她最喜欢的英国乡村风景图案茶杯里,赶回了卧室。

我把茶带给她,放在床头柜上。我在她身下垫了一只枕头,让她能坐得更直一点。但无论我的动作多么轻柔,她都会发出痛苦的呻吟,就像一只被陷阱困住的动物。

"我的药,"她说,"全都拿过来。"

"没有用的,外婆。"我说,"剩下的不多了。下周我们能拿到更多。"我再次恳求道。

"约定……"

她甚至连这句话都说不完。

"外婆——"

"求你了。"

我把剩下的止痛药都倒进了她的茶杯——四粒。并不够。下一次取药是五天之后,她还要忍受整整五天的痛苦。

我透过泪水看向外婆,她眨了眨眼,然后看向了茶托上的勺子。

我拿起勺子,搅拌起来,一分钟后她又眨了眨眼,我停止了搅拌。

她努力倾身向前,我把茶杯举向她苍白的唇边,恳求道:"不要喝,不要……"

但是她喝了,全都喝下去了。

"美妙至极。"喝完之后她说道。然后她躺回枕头上,把手放在胸口。她的嘴唇动了动,似乎在说话。我必须凑近才能听到。

"我爱你,我最亲爱的女孩。"她说,"你知道该怎么做。"

"外婆,"我说,"我做不到!"

但是我能看到。我看到她的身体再次僵硬起来,疼痛再次袭来。她的呼吸变得更加急促、沙哑了，就像是鼓点。

我们讨论过，我答应了她。她总是那么理智又冷静，我不能拒绝她最后的愿望。我知道这是她的愿望，她不应该这么痛苦。

愿上帝赐予我心胸，接受无法改变的事实；赐予我勇气，改变力所能及之事；赐予我智慧，让我得以区分二者。

我从椅子背后拿起那只绣着祈祷文的枕头，把它放在了外婆的脸上，捂住。

我不能去看枕头，我把注意力放在她的手上。那是一双劳动者的手，一双女仆的手，和我的很像——指甲干净，修剪得很短，关节上起了茧子，皮肤干燥又粗糙。手背下青色的河流正在渐渐枯竭。她张开了手，仿佛想要抓住什么东西，但是太晚了。这是我们的决定。她还没能抓到什么，手指就变得松弛瘫软，落回了床上。

没过多久，等一切都归于静默时，我移开了枕头，用尽全身的力气把它抱在胸口。

外婆就躺在那里，看起来像睡着了一样。她闭着眼睛，嘴巴微微张开，脸上的表情看起来很平静。

现在，九个月后，我躺在她的床上，胡安就在隔壁。我想着这期间发生的一切，还有把我的人生搅得天翻地覆的这几天。

"外婆，我好想你，我不敢相信再也见不到你了。"

想想美好的事。

"是的，外婆。"我大声说道，"想一想生活中美好的事，这比数羊好多了。"

星期五 ————

26

我醒来时闻到了熟悉的香气，那是早饭的味道。煮咖啡的香味伴随着在厨房里走来走去的拖鞋声，甚至还有哼歌的声音。

但那不是外婆。

我也不是躺在自己的床上，而是在外婆的床上。

这时我全都想起来了。

该起床啦，亲爱的！新的一天开始了。

我从床上坐起来，穿上拖鞋，在睡衣外裹上外婆的居家服，轻手轻脚地摸到浴室去洗漱，然后来到了厨房。

胡安就站在那里。他洗了澡，头发还是湿的。他一边哼着歌，一边叮叮当当地摆弄着盘子，炒着鸡蛋。

"早上好！"他说着抬起头来，"希望你别介意。我刚刚跑了一趟超市，你家里没有鸡蛋。还有这个面包，"他指了指台面上的松饼，"这个看起来有点奇怪，我不知道该怎么做，上面有好多洞。"

"那是松饼。"我说，"非常好吃，你可以用烤箱烤，然后抹上黄油和橘子酱。"

我拿起松饼放进了烤箱里。

"希望你不要介意我做早饭。"

"完全不介意，"我说，"你太客气了。"

"我还买了些咖啡。我喜欢早上喝咖啡,加牛奶,再配上鸡蛋,还有玉米饼。不过今天可以尝试一下新的——那个全是洞的松饼。"

我们一起在厨房准备早餐。这感觉很奇怪:和一个不是外婆的人在厨房里忙碌。早餐很快就做好了,我们在桌边坐下。我拿起一块烤好的松饼涂上黄油和橘子酱。

"你介意吗?我洗过手了。"

"你的手是我见过的最干净的手,莫莉。"胡安说。

我笑了起来:"谢谢你。"

鸡蛋美味得不可思议,胡安往里面加了某种辣酱,香气扑鼻。和橘子酱松饼简直是绝配。我安静地享受着每一口食物,胡安则不停地说着话,像一只早上的麻雀。他说话的时候拿着叉子,我注意到他很礼貌地没有把胳膊肘放到餐桌上。

"我今天和家里打了视频电话。他们不知道其他的事情,我也不会告诉他们,但他们知道我住在朋友家。我给他们看了你的屋子、厨房、客厅,还有你的照片。"他喝了一口咖啡,"希望你不要介意。"

我没有回答,因为我嘴里塞满了食物。这个时候开口说话很不礼貌。但是我并不介意,一点也不介意。

"我表哥费尔南多的女儿下个月就十五岁了,真不敢相信!我家那边女孩子十五岁是个值得庆祝的事情,家里会开派对,请人来演奏音乐,还会做一顿大餐,跳上一整晚的舞。我妈妈得了感冒,但现在好多了。这个星期天他们吃饭的时候要拍一张照片发过来,你到时候就能看见大家了。还有我的外甥,特奥多罗,他去农场骑了一只毛驴!现在他每天都假装自己是一只毛驴,真的很好笑……唉,我好想念他们。"

我咽下最后一口松饼,喝了一口咖啡。

"你一定很难过吧,"我说,"只能在视频上见到他们。"

"他们离得很远,"他说,"但是他们还在这里。"

我想到了他的爸爸,又想到了外婆,然后说:"是的,你说得对。"

但在我们接着聊下去之前,我的电话响了——在客厅里。

"对不起,"我说,"我一般不会在吃饭的时候接电话,但是——"

"我知道,我知道。"他说。

我走到客厅拿起手机。

"喂?"我说,"我是莫莉,您需要帮忙吗?"

"莫莉,我是斯诺。"

"哦,你好。"

"你怎么样了?"他问。

"我很好,谢谢你。你呢?"

"这是一段艰难的时期,我欠你一个道歉。警方说服我相信了一些关于你的事情,但那些并不是真的。我早该知道的,莫莉。酒店的房间需要你打理,我希望你能继续回来上班。"

我很高兴听到这些,非常高兴。"恐怕我没法立刻过去。我正在吃早饭。"

"哦,不。我没想让你立刻过来。我的意思是,等你准备好之后。你可以慢慢准备,当然。"

"明天怎么样?"我问。

我听到斯诺先生松了一口气。"那就太好了,莫莉。切莉尔请了病假,其他的女仆都在做双倍的工作。她们都很想念你,听到你回来她们肯定会很开心的。"

"请代我向她们问好。"我说。

有一件让我很烦心的事情，我决定说出来。

"斯诺先生，"我说，"我得知有一些同事觉得我很……奇怪。他们说我是'怪胎'。我希望听一听你对这件事情的看法。"

斯诺先生沉默了片刻，然后说："我觉得，你的那些同事该学着成熟一点。我们开的是酒店，不是中学。我觉得你很特别，而这是一件好事。你是丽晶大酒店最优秀的女仆。"

我不由得深感自豪。听到斯诺先生的这些话我甚至可能长高了几厘米。

"斯诺先生？"我问。

"怎么了，莫莉？"

"胡安·曼努埃尔呢？"

"我会给他打电话，让他知道他随时可以回来上班。显然，他的签证问题是可以解决的，那些事也不是他的错。"

"我知道。"我说，"他就在这里，你要直接跟他说吗？"

"他……什么？哦，好的。"

我走进厨房，把手机递给胡安。

"喂？"他说，"是的，是的……非常抱歉，斯诺先生，我……不，我……"

一开始，胡安一句话都插不上。"是的，先生……我知道，你不知情，谢谢你这么说……"

谈话又持续了一会儿，转回到了工作上。"当然了，我今天就给律师打电话……非常感谢。我很开心能回去工作。"

他们又说了几句，最后胡安说："我会尽快回去上班的，再见，斯诺先生。"

胡安挂断了电话，把手机放在桌子上。

"我简直不敢相信,我没有被开除。"

"我也是。"我心底有一种久违的温暖,一种妙不可言的感觉。

胡安双手合十。"好了,"他说,"看起来这间厨房里的两人有一整天休息时间,不知道他们该做些什么呢……"

"告诉我,胡安·曼努埃尔。"我说,"你喜欢冰激凌吗?"

几个月后 ———

27

今天真是美好的一天。

昨天晚上我躺在床上细数生活中美好的事情,很快就数到了一百。没过多久我就睡着了,不然我可以一直数到天亮。

而今天,还会有更多美好的事情。

外面阳光明媚,微风和煦,没有一丝乌云。我刚到丽晶大酒店,正准备走上鲜红的地毯,和刚刚帮顾客提完行李的普莱斯顿先生打招呼。

"莫莉!"他露出了一个灿烂的微笑,"能在工作时——而不是法庭上——见到你真好。"

"今天天气真不错,普莱斯顿先生。"

"是的。"他说,"我们正在工作,罗德尼则在监狱里。世界终于走上了正轨。"

我不禁想到,会不会有一天,听到罗德尼的名字不会再让我咬牙切齿、胃中泛酸?

"胡安呢?"普莱斯顿问。

"他待会儿就来了,他的排班一个小时后才开始。"

"星期天的安排照旧吗?我很期待他做的香辣玉米卷。你也知道,我不怎么尝试吃新东西,妻子过世后也很少下厨。但你那位先生,他简直让我胃口大开,甚至有点开过头了。"他拍了拍肚子笑着说。

"他听到会很开心的,普莱斯顿先生。是的,我们周日老时间见。我该走了,今天工作可不少!酒店要举办一场婚礼,还有发布会,斯诺先生说接下来的一周所有房间都是满员。替我向夏洛蒂问好。"

"我会的,亲爱的,你也要保重。"

普莱斯顿先生回去继续帮助顾客拿行李,我则穿过玻璃旋转门来到大堂。酒店和初见时一样气派奢华——大理石台阶、金色蛇雕扶手、厚厚的祖母绿沙发,还有匆忙来往的员工和客人们。我深吸一口气,走向地下室,正要下楼的时候,看到了前台穿着企鹅制服的员工。他们停下了手头的工作,都在看我。有几个正在小声交头接耳。我不在意,一点也不在意。

斯诺先生从接待处走出来,看到了我。

"莫莉!"他说着快步走来,"你太厉害了,简直太厉害了。"

我有些难以集中精力听他在说什么,我一直看着那些企鹅,想搞明白为什么他们都盯着我看。

"我只是说了真相。"我对斯诺先生说。

"是的,但是你的真相、你的证词解决了一切!你站在证人席上,那么冷静镇定。而且你确实拥有演讲的天赋,还有记忆细节的天赋。法官看出了这一点,并认定了你是一个可靠的证人。"

"他们为什么盯着我看?"我问。

"什么?"斯诺先生顺着我的目光看到了前台,"哦,原来如此。"他说,"要我来猜的话,他们是在惊叹。我敢说他们对你投来的是敬佩的目光。"

敬佩。从来没有人这样看过我,我甚至认不出这种表情。

"谢谢你,斯诺先生。"我说,"我该走了,今天要打扫很多间房,你也知道,房间不会自己打扫自己。"

"的确不会。祝你一天愉快,莫莉。"

我走下楼梯,去往客房服务中心。这里和往常一样拥挤,但我并不在意。我站在自己的柜子前,上面挂着干洗过并且熨烫平整的制服,包裹在塑料薄膜里。我的制服又是一样美好的东西,一件极其美丽的物品。

我拿着制服进入更衣室换上,然后回去打开柜门。斯塔克警探早就把吉赛尔的沙漏还给我了,我把它放在柜子的最上层作为纪念。纪念我们奇特的"友谊"。

是时候了。

除了制服,我的柜子里还多了一样东西。是一个小小的金属铭牌,我每天都会把它别在胸口。上面写着:莫莉·格雷,女仆长。

大概一个月前,斯诺先生破格将我提拔为女仆长。虽然我并不清楚具体情况,但似乎是切莉尔的职业道德问题终于惹恼了斯诺先生,于是她被从女仆长的职位撤下,这一职位则被转交给了我。

自那之后,我就开始了一系列提升蜂巢效率和士气的尝试。首先,在每一班开始工作之前,我会确保所有的女仆推车都更换一新,装满所有的必需品。我很喜欢这部分工作内容——整理香皂盒、小小的洗发水和沐浴露,更换新的抛光布和清洁剂,放进崭新的白色毛巾。在特殊节日时——比如母亲节——我会在推车里给女仆们留下礼物。比如一盒插着小旗子的巧克力,附上一张卡片写着:"来自女仆莫莉,请记得:你的工作是甜蜜的。"

还有一个尝试就是开始工作之前的"例会"。所有的女仆会聚在一起,公平分配今天打扫的房间——无论是数量上还是小费额度上。我对切莉尔说得很明确，她不能再去提前"视察"其他女仆负责的房间，但凡她动了一分钱，我都会立刻将她开除蜂巢，并用她的推车无情地碾轧她。

我们的队伍中多了一名新成员，他叫瑞克，是桑莎恩的儿子。切莉尔立刻指出他有语言障碍，还画眼线——说实话，这两样特征都与工作无关，而且我在他为期一个月的培训中甚至没有发现这些。但我确实发现他学得很快，并且十分享受自己的工作。他喜欢铺好一张平整的床，擦亮一块玻璃，还喜欢彬彬有礼地向顾客致以问候。就像酒店经理说的那样，他会留下来的。

升职之后，我的薪水也有了提升。再加上现在有人和我平摊房租，我开始存自己的小金库了。虽然并不多，目前只有几百美元，但我会按计划进行下去。我会继续存款，直到我有足够的钱去附近的大学读酒店管理专业。在斯诺先生的同意下，我可以利用课余时间来酒店工作，一两年之后就能毕业，学成归来，带着更加专业的技巧和知识回到丽晶大酒店。

也许我生活中最大的变化是——我现在正式拥有一个爱人了。我听别人说，最好把他称为我的"伴侣"或者"搭档"，我努力适应这个说法，但每次用这个词我都会想到《犯罪团伙》[①]。虽然在某种层面上我们确实曾是"共犯"，但我当时并不知情。

胡安终于拿到工作签证，回到厨房后，斯诺先生为他在酒店里准备了一个房间。他可以住在那里，直到找到落脚地。晚上和周末下班的时候，我会和胡安待在一起。我花了一段时间才终于相信他的确像表面上看起来那么好，他似乎也花了一段时间才确定可以相信我。

[①] 阿加莎·克里斯蒂所著侦探小说，"汤米与塔彭丝"系列。

我学会了看人要看他们的行动，而胡安的行动很能说明问题。他做过一些很勇敢的大事，比如在法庭上为我站出来，说我对酒店里发生的毒品交易毫不知情。但是也有小事，比如他帮我准备的午餐。每天中午我都会去厨房拿走一个棕色的纸袋，里面装着美味的三明治和一个我肯定会喜欢的甜点——饼干、巧克力，偶尔还有葡萄麦维口味的玛芬蛋糕。

有时回想起外婆我还是会抑制不住地悲伤，当我给胡安发短信说自己很难过的时候，他总会迅速回复：BRT！DGA！（马上到，别走开！）他会带来一副拼图，我们一起拼好；或者会帮我一起做家务。如果说有什么能比整理东西更加使我心情振奋的话，那一定就是和别人一起整理。当胡安因为想念家人而情绪低落的时候，我也不会再提供纸巾了，我会给他很多的亲吻和拥抱。

两个月前，我问胡安愿不愿意搬出酒店，住进我家。"为了省钱，"我澄清道，"当然也有其他原因。"

"只要你让我洗所有的盘子我就答应。"

我勉为其难地答应了。

那之后我们过上了快乐的同居生活——分摊房租、一起做饭、给他家人打电话、逛超市、去橄榄花园餐厅……还有很多其他的事。胡安也很喜欢"意大利之旅"拼盘。我们经常玩一个游戏：假设你被困在了孤岛上，只能选择"意大利之旅"拼盘上的其中一道菜，你会选择哪一道？

"你只能选择一种——鸡肉帕尔玛干酪，千层面，还是奶油意面？"

"不行，我选不出来，这太难了。"

"但是你必须选。"

"我选不出来,我宁可饿死!"

"那算了,你还是健康地活着最好!"

上次我们玩这个游戏的时候就坐在橄榄花园餐厅里。他倾身向前,隔着桌子吻了我,就在吊灯下,全程都没有把胳膊肘撑在桌面上,因为他就是这样一个人。

今天晚上我们也要去橄榄花园餐厅庆祝一番。昨天发生了一件大事:我们都站上了法庭的证人席。夏洛蒂花了好几周的时间帮我们准备交叉质询,预演所有辩方可能会扔向我们的刁钻问题。胡安在我之前站到了法庭上,讲述自己经历的悲惨真相。他说了自己的护照是如何被扣押、罗德尼又是如何威胁他家人的生命。他被迫为罗德尼工作,还被反复烫伤。但最后在法庭上被刁难的并不是胡安,而是我。

你真的认为本庭会相信你对自己每天从桌面上擦去可卡因的行为一无所知吗?

可以说,你也是布莱克先生的同伙之一吗?

吉赛尔是你的朋友吗?这是你袒护她的原因吗?

我想告诉他们吉赛尔并不需要我的保护。至少现在,在她的施虐者布莱克先生已经死亡的现在,她并不需要我保护。但我听夏洛蒂说过,对于诱导性的问题可以不予作答。我不想在大庭广众之下出丑,所以我保持沉默,听着夏洛蒂提出抗议。

斯塔克警探为了让吉赛尔出席庭审做了很多努力,但似乎都失败了。有一次她甚至拨通了吉赛尔的电话,得知她正在圣特罗佩的一家酒店里。警探恳求她回国,作为证人出席法庭,吉赛尔问了被告是谁,而当她得知被告是罗德尼而不是我的时候,她说:"得了吧,我可不会回去。"

"她说了原因吗?"

"她说她已经受够了渣男,说现在一切都不同了,她第一次感到了自由。她说如果我想让她回来,就去开一张传票,不然她只会等一切尘埃落定之后再回来。她还说我才是警探,她不是,把罪犯关进监狱是我的工作不是她的。"

听起来很像吉赛尔会说的话,我几乎能听见她说话的声音。

然后,我站上了证人席,只有胡安能证明我说的是真话。

显然我做得不错。显然,法官注意到了我冷静的姿态。夏洛蒂说,大部分证人站在台上的时候都会觉得受到了攻击,会发怒或者崩溃。

我已经习惯了被人喊带有侮辱性质的外号,习惯了语言的苛责与刁难,这些是我每天都会面对的东西,即使是在我没有意识到的情况下。我已经习惯了用语言来为自己辩护。

多数时候,提供证词并不困难。我只需要听取对方的提问,并回以真相——我的真相。

最难的部分是夏洛蒂让我复述案发当天的时候,也就是布莱克先生死亡的那天。我说了那天布莱克先生急匆匆地离开,几乎撞倒了我;说了我后来去打扫卫生的时候吉赛尔已经不见了;说了我进入卧室后看见布莱克先生躺在床上。我说了所有能记住的细节——客厅桌子上的酒水,打开的保险柜,撒落的药品,布莱克先生的鞋子凌乱地躺在地板上,床上只有三个枕头,不是四个。

"三个枕头。"夏洛蒂说,"一般丽晶大酒店的床上会准备多少个枕头?"

"标准是四个枕头。一对硬枕,一对软枕。我可以向你保证,我每次都会确保在床上放四个干净的枕头。我是一个注重细节的人。"

法庭上出现了一阵含混的笑声，他们是在笑话我。法官喊了"肃静"，夏洛蒂让我继续说下去。

"莫莉，请告诉我们，你有在套房或者走廊里见到过任何可能拿走了枕头的人吗？"

这是最棘手的部分。我从来没和任何人说过这件事，即使是夏洛蒂也没有。但我为此做了很多准备，日复一日，我在每晚入睡前都会默默地练习。

我目视前方，稳住声线，专注于自己血液流淌的声音，温暖的湍流穿过四肢百骸，"唰啦，唰啦"，就像滚动的浪花拍打在遥远的沙滩上。

对的永远是对的，过去的已经过去了。

"我不是独自一人在房间里。"我说，"虽然我一开始以为屋里没人，但是我错了。"

夏洛蒂转向了我。

"莫莉？"她说，"你在说什么？"

我咽了咽唾沫，开口道："给前台打过第一次电话后，我放下了话筒，然后转向卧室门的方向，就是在那个时候看到了。"

"莫莉，你说接下来的话之前一定要考虑清楚。"夏洛蒂冷静地建议道，她眼中充满了警惕，"我要问你一个问题，而你必须诚实地回答。你看到了什么？"她歪了歪头，仿佛完全不能理解现状。

"我前面的墙上有一面镜子。"

我停顿了片刻，等待夏洛蒂跟上，她很快就消化了这些信息。

"一面镜子，"她说，"镜子里反射了什么？"

"首先是我自己,惊恐地回望过来。然后,在我的背后左侧,吉赛尔化妆台的阴影中,有一个……人。"

我和夏洛蒂的目光锁在了一起。她就像是一台精密的仪器,正在读取我说的话,计算着该如何进行下一步。

"那么……这个人的手里拿东西了吗?"她问。

"拿了一个枕头。"

座无虚席的法庭上爆发出一阵窃窃私语。法官要求大家保持安静。

"莫莉,你在房间角落里看到的人,此时在法庭上吗?"

"恐怕我无法回答这个问题。"我说。

"因为你不知道是谁?"

"因为当我看向镜子,发现阴影中站着一个人的时候,我昏倒了。等我恢复神志,那个人就已经不见了。"

夏洛蒂缓缓点头,斟酌道:"当然,你经常晕倒,不是吗?斯塔克警探说你在家门口被捕的时候,以及在警察局的时候各晕倒过一次,是这样的吗?"

"是的,我在面临巨大压力的时候就会晕倒。我被逮捕的时候是这样;我看向镜子,发现房间里还有其他人的时候也是这样。"

夏洛蒂走上前来,站在我的对面。"你醒来的时候做了什么?"她问。

"恢复清醒之后,我第二次给前台打了电话。但那时房间里已经没有别人了,只有我。或者说,只有我和布莱克先生的尸体。"我说。

"是否有可能——我只是提出一种猜想——房间角落里的人是否有可能是罗德尼·斯泰尔斯?"

罗德尼的律师跳了起来："反对！诱导性提问。"

"反对有效。"法官说，"原告，你希望重新表述问题吗？"

夏洛蒂沉默了片刻，但似乎并不是在思考。我趁机观察了一下罗德尼，他的律师正凑近他耳边说着什么。不知道他们这次又会怎么说我呢？但我其实不是很在意。罗德尼穿着一身看起来很昂贵的西装。我以前总觉得他英俊潇洒，但是现在看着他，却怎么也想不出以前看上了他的哪一点。

一段漫长的沉默过后，夏洛蒂终于说："我没有其他问题了，法官大人。"她转向我："谢谢你，莫莉。"

有一瞬间，我以为质询已经结束了，然后才发现刚刚进行到一半。罗德尼的律师走过来，居高临下地盯着我。但这并没有对我造成困扰，我对这种目光早就习以为常，生活已经磨炼过我了。

我无法逐字逐句地复述当时的场景，但我记得每当对方提问的时候，我就会重复已经讲过的故事。我没有出现过一次停顿，也没有自相矛盾，因为我只需讲出真实情况。当你画下一条明确的界线区分真实与虚幻，讲述真实就会变得异常简单。交叉盘问的时候，罗德尼的律师异常尖锐地逼问道："莫莉，你说的故事里有一点我不太明白。你多次被带到警察局，有无数次机会告诉斯塔克警探那天在房间里看到的人影，坦白后甚至还能消除你的罪名，但你却从未提起。一个字都没说。看到你的律师的反应，她很可能也是刚刚才得知。这又是为什么，莫莉？是因为房间里其实没有别人吗？是因为你在保护谁吗？还是说，你看向镜子，其实只看见了罪孽深重的自己？"

"反对！污蔑性提问。最恶劣的那种。"夏洛蒂说。

"反对有效，除去最后那句。"法官说。

法庭又出现了一阵嘈杂的说话声。

"我换一种方式提问。"罗德尼的律师说,"你第一次对斯塔克警探描述房间里的情境时撒谎了吗?"

"我没有说谎。"我说,"恰恰相反,你读过的我口供,也许甚至看过我第一次被带到那个脏兮兮的警察局时录下的视频。我最初对斯塔克警探说的一件事就是:我敲了门才进去,因为我认为屋里可能还有其他人。我还请她特别注意要写下这一点。"

"但是警探显然以为你说的是布莱克先生。"

"所以妄下推断是非常不可取的。"我说。

"哈。"他在证人席前不停踱步,"所以你隐藏了部分真相。你没有清楚地表述出来。这也算是在撒谎,莫莉。"他给法官递了个眼色,法官微微颔首。我以为夏洛蒂会打断他,但是她只是沉默地坐在自己的座位上。

"莫莉,希望你能告诉我们,为什么你有无数次机会向调查人员澄清'当时屋内还有其他人',并且那人还'拿着一个枕头',却没有这么做呢?"

"因为我……"

"你什么,莫莉?站上证人席后你一直对答如流,所以请讲吧,这是你把事情好好说清楚的机会。"

"我并不是百分之百确定自己看到了什么。我知道自己对世界和自身的认知是有偏差的,学会了要质疑自己的判断。我很清楚自己和其他人不同,先生,至少与大部分人不同。我看到的与你看到的并不相同。而且,人们并不会听我说话,多数时候也不会相信我,对我的判断往往一笑置之。我只是一名女仆,一个无名之辈。我当时看到的情境就像是在做梦,但现在我知道那是真实发生的事情。某个心怀强烈动机的人杀害了布莱克先生,而那个人并不是我。"我说着看向了罗德尼,他也看向了我。他脸上有一种全新的表情，仿佛他今天才第一次真正看清楚我是谁。

法庭上爆发了一阵骚乱，法官再次要求肃静。律师又问了我几个问题，我尽可能平和有礼地回答了他。但我知道后面说的这些都不重要了，因为我看见夏洛蒂露出了一个微笑，一个我从未见过的微笑。我想，之后我会把这个微笑也编进"微笑词典"中，意思大概是"惊叹"。我给了她一个惊喜，也没有把事情搞砸，一切都很顺利——那个微笑似乎就是这个意思。

她是对的，事情确实进行得很顺利。

现在回想起昨天法庭上发生的一切，我自己也会忍不住微笑起来。

桑妮塔和桑莎恩来了，准备开始上早班。我这才回过神来。她们穿着整洁的制服，头发利落地向后梳起。两人静静地站在我面前——这对她们来说是一件极不寻常的事，尤其是桑莎恩。

"早上好，女士们。"我说，"希望你们准备好面对又一天的清洁工作了。"

她们还是什么都没说。终于，桑莎恩说道："行了，快告诉她吧！"

桑妮塔向前一步："你抓住了毒蛇，草丛变干净了，谢谢你。"

我不太明白她想说什么，但我知道她是在称赞我。

"我们都希望酒店能变得更干净，不是吗？"

"哦，是的。"她说，"干净意味着更多绿色！"

我感到十分欣慰，因为她引用了我在上次女仆培训时说的话。如果我们能打扫得更干净，就能赢得更多绿色。绿色是钞票的意思，我想说打扫干净就能赚到更多小费。我觉得这个说法挺聪明，很开心她能记得。

"祝我们都能赚到更多小费！"她说。

"这样大家都会更开心。"我说，"我们走吧？"

于是我们推着车开始一天的工作。

刚走到电梯旁，我口袋里的手机就震动起来。

电梯门打开了。"你们先去吧，我等下一趟。"我说。

她们一起上了电梯，我拿出手机看了看。应该是胡安发来的短信，他经常时不时地发短信给我，分享一些能让我会心一笑的内容——比如我们一起在公园吃冰激凌的照片，或者他家人的一些趣闻。

然而胡安并没有发来短信，是我的银行发来了邮件。我的心沉了下来，我不想再听到更多财务上的噩耗了。

> 珊迪·开曼向您转账 $10,000 (U.S.)，钱已自动存入您的账号。

下面是一条备注，写着：谢谢你。

一开始我以为是哪里搞错了，后来才忽然想到，珊迪·开曼 (Sandy Cayman)。沙滩。开曼群岛。

是吉赛尔。

吉赛尔送了我一份礼物。她就在那里——在她最喜欢的小岛上，住在她最想要的别墅里。布莱克先生死前几个小时，吉赛尔求他把那栋别墅送给她，布莱克先生同意了，屈服了。罗德尼的辩护团队在法庭上证实了这一点。那天布莱克先生摘下婚戒丢向吉赛尔，但是他后悔了。在人生的最后一天，他打开保险柜，拿出开曼群岛别墅的房契，冲出了房间。虽然刚刚大吵过一架，但他还是直接找到律师，把别墅改到了吉赛尔名下。这是他回到酒店之前做的最后一件事,同时也说明了很多问题……

　　我想象着吉赛尔坐在躺椅上,沐浴在阳光下,终于得到了她想要的一切,只是和她预期的有些不同。她还设法弄到了钱,无论那是不是布莱克先生的钱,都可以用来弥补往日的过错。

　　她送了我一份礼物,一份充盈我的"金库"的大礼。

　　一份我不知道该如何偿还的礼物。

　　一份我决定要好好利用的礼物。

尾声

外婆总说真相是主观的。直到亲身经历之前,我从未理解过这句话。现在我明白了。我的真相之所以会不同于你的真相,是因为我们认识世界的方式并不相同。

我们很相似,却各有各的不同。

如今,我接受了这种更加灵活的"真相"。甚至可以说,这种看法为我带来了莫大的安慰。

我学着不要总看字面意思,不要过于绝对。五彩斑斓的世界比非黑即白的世界更加美丽。这个全新的世界有了更多解读的空间,更多灰色地带。

我在法庭上讲述的真相正是如此——是我对自己那天的记忆与经历的解读。我的真相侧重于我观察世界的方式,会凸显我关注的细节,也会模糊我无法理解,或者选择不予探究的事情。

正义也像真相一样,是主观的。许多本应受到惩罚的人都逃避了制裁;许多好人、善良的人都遭到了错误的指控。司法制度是有缺陷的,是一个混乱、肮脏,并不完美的制度。但如果每一个好人都能承担起责任,贯彻正义,让那些骗子、瘾君子和虐待狂受到应有的制裁,世界难道不会变得更加干净美好吗?

我不会大声把这个观点说出来。但是谁会在意呢?毕竟,我只是一个女仆。

那天在法庭上,我对在场的人讲述了发现布莱克先生死亡的那天。我说了自己的所见所闻,但那是精简版的故事。是的,我确实检查了布莱克先生的脉搏,发现他已经死亡。我确实给前台打了电话求助。我转向卧室门口,看到了镜中的自己,那时才发现屋里还有其他人。那个人站在角落里,脸庞笼罩在阴影中,但我能清楚地看见对方手中拿着一个枕头,紧贴在胸口。这个人让我想到了自己,想到了外婆。镜子仿佛反射出了两个我的影子,我晕倒了。

然后故事继续,就像《神探可伦坡》一样:总会有些之前没看到的内容。

角落里的那个人不是男性。

醒来的时候,我发现自己倒在床边的地板上。有人正在用酒店提供的信纸为我扇风。我深呼吸几下,看清了眼前的人,是一个女人。一名中年女性。她留着修剪整齐的波波头,直发,和我的很像。她穿着宽松的蓝色上衣和深色裤子,花白的头发被墨镜拢起。她蹲在我身边,看起来很担心,我一开始没能认出她。

"你还好吗?"她停下手上的动作问。

我的第一反应是去拿电话。

"真的,"她说,"你可以不那么做的。"

我坐起身来,靠在床头柜旁边,她后退了两步给我让出空间,但目光仍然落在我身上。

"非常抱歉,"我说,"我没发现房间里还有其他客人,但我必须——"

"请不要那么做,拜托了。在你打电话之前,可以先听我说完吗?"

她听起来并不生气,也不紧张。她只是在提议。

于是我听从了她的提议。

"你想喝杯水吗?"她问,"再来点甜的东西?"

我的腿还是瘫软的,站不起来。"是的,"我说,"麻烦你了。"

她点点头,离开了卧室。我能听到她在客厅找东西的声音,然后浴室里响起了接水的声音。

很快她就回来了,在我身边蹲下,递来了一杯水,我用颤抖的手接过杯子,贪婪地喝了起来。

"来,"我喝完后她说,"我在你的推车里找到了这个。"

那是一块巧克力,是留给客人的夜床服务供给。严格意义上我没有资格吃这块巧克力,但当时算特殊情况,而且她已经拆开了包装纸。

"吃了会感觉好点的。"她说。

她把那块方形的巧克力放在了我的手心里。

"谢谢。"我接过巧克力,整块放进了嘴里。巧克力瞬间融化了,我能感觉到糖分的作用。

过了一会儿,她伸出手来扶我,说:"我来帮你吧?"

我用颤抖的手抓住她,借着她的力量站了起来。房间的轮廓变得更清晰了,脚下的地面也逐渐变得坚实起来。

我们站在床边面面相觑,没有人敢错开视线。

"时间不多了。"她说,"你知道我是谁吗?"

我仔细观察她的样貌,她看起来有点眼熟,但是经常光顾酒店的中年女性顾客似乎都长这个样子。

"非常抱歉,我并不……"

然后我想起来了。我在报纸上见过她,还在电梯里偶遇过她。她是布莱克夫人,不是第二任夫人吉赛尔·布莱克,而是第一任夫人,最初的布莱克夫人。

"哎呀,"她把巧克力包装纸放进裤子口袋收好,"你想起来了?"

"很抱歉打扰您，布莱克夫人，但是您的前夫看起来似乎……布莱克先生好像死了。"

她缓缓点头："我的前夫是一个骗子、小偷、虐待狂，还是一名罪犯。"

这时我才明白发生了什么。"布莱克夫人，"我问，"你……是你杀了布莱克先生吗？"

"那就要看你如何理解这件事了。"她说，"我相信他是缓慢地杀死了自己，他的贪婪最终导致了他的灭亡。他夺走了我和孩子们正常的人生，他贪污、腐败，无恶不作。我的两个儿子简直就是他的翻版，每天都沉迷于派对和毒品，挥霍父亲的积蓄。我的女儿维多利亚只想让家族企业回归正道，不再做那些肮脏的勾当，但是她的亲生父亲却想与她断绝关系。他绝不会停手，除非我和维多利亚变得一贫如洗。他想收回女儿所有的股份，但维多利亚可是持有百分之四十九股份的股东！或者该说'曾经是'，现在她能拥有更多了……"

她看了看床上已经死亡的布莱克先生，又看向了我。

"我只是来和他谈话的，希望他能给维多利亚一个机会。但是他开门的时候整个人烂醉如泥，还嗑了药，口齿不清地嘟囔着吉赛尔是个拜金的婊子，说她和我一样，都是没用的花瓶，是他人生中最大的两个错误。他面目可憎、专横跋扈——和往常一样。"

她停顿了片刻。

"他狠狠地抓住了我的手腕，留下了一圈瘀青。"

"和吉赛尔一样。"我说。

"是的，和更新、更好的布莱克夫人一样。我试着警告过吉赛尔，但是她不听。她太年轻了，什么都不懂。"

"他也打她。"我说。

"现在不会了。"她说道,"他本来会对我做得更过分,但是他突然开始呼吸不畅,松开了我的手腕,踢掉鞋子,倒在了床上,就像这样。"

她看向了地上的枕头,然后移开视线。"告诉我,"她说,"你会觉得世界好像反过来了吗?恶人享尽荣华富贵,好人却只能苦苦挣扎?"

她就像是读懂了我内心最深处的想法。我想到了那些让我遭受不公和痛苦的人——切莉尔、威尔伯……还有一个我从未见过的男人,我的父亲。

"是的,"我说,"我一直有这样的感觉。"

"我也是。"她说,"我认为,好人有时也需要做一些不太好的事情,但那仍是正确的事。"

她说得对。

"如果这次可以不一样呢?"她问,"如果这次,我们掌握主动权,平衡正义的天平呢?如果你没有看见我呢?如果,我走出这座酒店,再也不回头呢?"

"但你会被认出来的,不是吗?"

"如果人们真的好好读过摆在他们面前的报纸的话,也许吧。但我很怀疑。我是一个隐形的人,只是又一个头发灰白,穿着宽松衣服、戴着墨镜的中年女人走出了丽晶大酒店的后门。一个无足轻重的人。"

一个隐形的人,和我一样。

"你碰过什么?"我问她。

"什么?"

"你进来的时候,都碰过什么?"

"哦……我碰过门把手，可能还有门。玄关的桌子好像也碰到了。但是我没有坐下，他满屋子追着我跑，大喊大叫。他抓住了我的手腕，所以我应该没有碰过他。我拿了床上的枕头……然后就没有了。"

我们都陷入了一阵沉默。我盯着地上的枕头，又想到了外婆。我当时并不能理解她，至少不是真正的理解。但是此时面对布莱克夫人，我忽然明白了——善意也有各种不同的形态。

我抬头看向这个陌生人。她的身影逐渐与我自己的重合。

"他们没来呢。"她说，"你之前打电话喊的人。"

"不，他们不会来的。我说的话他们不会听，我必须再打一遍。"

"现在吗？"

"不，不是现在。"

我不知道还能说些什么。我很紧张，双腿完全僵住了。"你该走了。"最终我说道，"请不要因为我耽搁了时间。"我微微行了一个屈膝礼。

"我走之后你要怎么办？"

"我会做我一直在做的事情，把一切打扫干净。我会把我用过的杯子拿走，擦干净前门把手、玄关和浴室的水池。我会把那个枕头收进推车，送到洗衣房洗干净，放在另一个房间。没人会知道它来自这里。"

"就像我一样？"

"是的，"我说，"等我将房间的这些区域清理一新，就会打电话给前台，重新请求紧急救助。"

"你没有看见过我。"她说。

"你也没有看见过我。"我回道。

然后她就离开了。就那样走出了卧室，走出客房。我一直没有动，直到听见前门关上的咔嗒声。

那是我最后一次见到布莱克夫人——第一任布莱克夫人。或者从没见过，全看你如何解读。

她离开之后，我像之前说的那样打扫了卫生，把她留在原地的枕头收进了推车的洗衣篮。当我完全恢复神志后（就像我在法庭上说的那样），我给前台打了第二次电话。终于，几分钟之后，人来了。

现在我晚上睡得很香，比以前更香。因为我睡在胡安·曼努埃尔——我在这个世界上最好的朋友身边。他睡得很沉，就像外婆，头刚沾到枕头就睡着了。我们一起盖着外婆缝的星星被子，因为有些事情最好保持原样。而其他事情则需要一些改变：我把墙上外婆的风景画摘下来，挂上了我和胡安的合影。

我听着他的呼吸声，就像翻滚的海浪，一下又一下。我数着生活中美好的事情，多到甚至有些吓人。我知道自己问心无愧，因为我睡着前需要数的数字越来越少，然后就会进入甜蜜的梦乡。每天早上醒来的时候我都感到心情愉快、精力充沛，准备好迎接新的一天。

如果说我从这件事中学到了什么的话，那就是我比自己想象得更有力量。我一直知道自己拥有清洁、打扫、刷洗和消毒的能力，但是现在我知道，更大的力量隐藏在我的头脑和心中。

到头来，外婆说的都是对的。

THE MAID by Nita Prose
Copyright © 2022 NITA PROSE INC.
Published by arrangement with Madeleine Milburn Literary, TV & Film Agency, through The Grayhawk Agency Ltd.
Simplified Chinese edition copyright © 2022 New Star Press Co., Ltd.
All rights reserved.

图书在版编目（CIP）数据

酒店女仆 /（加）妮塔·普洛斯著；拾九译 . -- 北京：新星出版社，2022.3
ISBN 978-7-5133-4731-0

Ⅰ. ①酒… Ⅱ. ①妮… ②拾… Ⅲ. ①侦探小说－加拿大－现代 Ⅳ. ①I711.45

中国版本图书馆 CIP 数据核字（2021）第 274875 号

午夜文库
谢刚 主持

酒店女仆

[加] 妮塔·普洛斯 著；拾九 译

| 责任编辑：王　欢
| 特约编辑：郑　雁
| 责任校对：刘　义
| 责任印制：李珊珊
| 装帧设计：hanagin

出版发行：新星出版社
出 版 人：马汝军
社　　址：北京市西城区车公庄大街丙3号楼　100044
网　　址：www.newstarpress.com
电　　话：010-88310888
传　　真：010-65270449
法律顾问：北京市岳成律师事务所

读者服务：010-88310811　service@newstarpress.com
邮购地址：北京市西城区车公庄大街丙 3 号楼　100044

印　　刷：大厂回族自治县彩虹印刷有限公司
开　　本：910mm×1230mm　1/32
印　　张：9.875
字　　数：140千字
版　　次：2022年3月第一版　2022年3月第一次印刷
书　　号：ISBN 978-7-5133-4731-0
定　　价：56.00元

版权专有，侵权必究；如有质量问题，请与印刷厂联系调换。